THE FORBIDDEN LIBRARY
THE FALL OF THE READERS

禁忌圖書館

THE FALL OF THE READERS

Ⅳ 讀者殞落

Django Wexler
謙柯・韋斯樂

謝靜雯——譯

重要人物簡介

愛麗絲

本書女主角，曾是魔法師傑瑞恩的學徒，
頭腦聰明，善於智取戰鬥，
成功對傑瑞恩復仇後，擔負起守護圖書館的重任。

傑瑞恩

擁有強大法力的老讀者，
一時大意，被愛麗絲關進囚禁書中。

灰燼

外型是一隻灰色的貓，會說人話，
愛麗絲的親密夥伴。

艾薩克

與愛麗絲同年的男孩子，能夠使用獨特魔法的「讀者」，
在多次共同出生入死後，與她產生特別的情愫。

終結

灰燼稱她為「母親」，外型是一隻巨大的黑貓，
是具有強大法力的「迷陣怪」，與愛麗絲共謀推翻傑瑞恩。

爍兒

年齡與愛麗絲相仿的火精靈，
原本仇視著所有的「讀者」，後來接納了愛麗絲。

黛克西

與愛麗絲年紀相仿、皮膚黝黑的女生「讀者」，
性格活潑，身著麻袋一般的袍子，具有占卜、感應危險的能力。

麥克

原本與愛麗絲一樣是學徒，後來與老讀者反目成仇，
成為愛麗絲的夥伴，性格拘謹認真，總是戴著金屬圓框眼鏡。

小珍

麥克的夥伴，兩人總是形影不離，
性格火爆，與冷靜的麥克正好相反。

索拉娜

原本也是讀者學徒的一員，
個性敏感害羞，非常崇拜愛麗絲。

初始

讓眾多「讀者」與迷陣怪恐懼的未知生物，
據說是形成至今勢力平衡的關鍵，
跟「她」有關的一切至今還是謎團。

CONTENTS

獻給全天下的讀者。

第一章 消夜

鏡子後方一片漆黑，有東西在蠢動。

是隻眼睛，細如貓眼，泛著銀光。雖然它獨自懸浮在空無中，愛麗絲知道它非常龐大，體寬就跟她的身高一樣。那隻眼睛聚焦在她身上，偌大的瞳孔逐漸縮窄；在它的凝視下，她湧現某種難以捉摸的奇異感受。

但她卻不覺得恐懼，反之，回望那個深淵般的眼睛時，她感覺到的卻是……溫暖、善意、**愛**。

她腦海裡有個聲音，奇怪又熟悉。

愛麗絲。

她連忙在床上坐直身子，床單纏繞在腳邊。臉頰因為汗水而滑溜，心怦怦猛跳。

這裡就是主人傑瑞恩在她剛抵達這座莊園時，分派給她的房間，這個昏暗骯髒的三樓房間適合給僕人住。現在，這裡感覺就像家，如果有任何地方可能讓她覺得像家。她熟知剝落漆料的每道裂縫，老舊木頭和新鮮洗晒床單的氣味，以及這棟古老建築無止無盡的嘎吱怪聲。兩隻絨毛兔子站哨似地坐在窗檯上，是當初離開父親的舊家時，別人准她帶走的唯一東西。

如果她不想，其實也不用繼續住這個房間，傑瑞恩人在愛麗絲安置的地方——關在**無盡牢獄**裡，迷失在無限延伸的鏡像之海中。沒人指示愛麗絲該睡哪裡、該上哪去、該做什麼。原本她應該覺得很有解脫感，但是封閉的感覺卻比之前更強烈。現在，沒有傑瑞恩的命令來限制她，但**責任**的鐵籠卻將她壓擠得更嚴重。

回籠覺是不可能的了。愛麗絲等心跳放慢，然後身子一翻下了床，伸展疼痛的雙腿，她的肚子發出大得驚人的咕嚕聲，提醒她又錯過了晚餐。

既然都醒了，乾脆找點東西吃。距離黎明還有好幾個鐘頭，不過，傑瑞恩家的廚房永遠不休息。愛麗絲套上拖鞋，小心翼翼打開房門。

這棟房子長久以來感覺都空蕩蕩的，現在卻多了幾十個住戶。其他學徒住進她周圍的房間，就是跟她齊心協力對付奧若波里恩之後，堅定支持她的那幾個朋友。她靜靜路過他們的房間：最老的朋友、當初替自家主人偷走龍書的艾薩克；黛克西，根深柢固的樂天派，曾經在伊掃的碉堡裡跟她並肩戰鬥；小珍和麥克，年紀比愛麗絲小，對彼此忠心耿耿，前者個性剛烈、後者小心謹慎。

沿著走道過去是來自傑瑞恩圖書館的其他魔法生物，他們之前懇求她提供庇護。迷陣怪終結——就是那座圖書館的守護者——擊退老讀者們的攻擊時，曾經和平安寧的圖書館，儼然成了戰區。有些居民撤退回到自己的書本裡，可是圖書館裡有許多生物回不去，因為他們的世界早已經把他們當作敵人，他們落得無處可去。這些難民——妖精、叫做「艾諾基」的蕈菇人以及更奇怪的生物——在傑瑞恩莊園大宅的空房裡安頓了下來。

這間廚房的規模和這棟房子其他區域一樣大，有佔地幾畝的長木桌，還有大到足以烤整頭牛的烤箱。廚房通常是空的，因為所有的工作都是由效率頗高的隱形僕人完成，他們只會背著你活動。不過，今晚的夜間訪客不只愛麗絲一人。艾薩克正坐在其中一張長桌邊，面前擺著一壺牛奶和高高疊著糕點的盤子。

「叩叩。」愛麗絲說，穿過暢通無阻的門口走來。艾薩克抬起頭，臉上如她想像掛著心虛的表情，逗得她咧嘴一笑。

「噢，」他說，「原來是妳。」

「不然你以為是誰？」

「我還真不知道，」艾薩克嘆氣，「有一半的時間，我醒來都還以為會發現我主人——我以前的主人——低頭盯著我。」

愛麗絲的笑容退去。他一臉疲憊蒼白，體力透支，她照鏡子的時候，也會在自己的臉上看到同樣的狀況。他只穿著睡衣睡褲，沒披他那件招牌寬鬆長外套，看起來比平常更矮小、更脆弱。他的棕色頭髮長長了，不受控制的鬈髮沿著頸背垂落。

「這些你全都要吃嗎？」她說，「可以分幾個給我？」

「請用，」他把盤子推向她，「我就是沒辦法讓這個地方瞭解，我只是想要吃個點心。」

愛麗絲在他旁邊坐下。她別開臉的時候，另一個杯子出現在桌上，還有一壺新鮮的冰牛奶。她倒好牛奶，拿了糕點。口感酥脆、暖烘烘，夾著滿滿的覆盆莓醬。

要是傑瑞恩當初喪命，讓這棟房子順利**運轉的一切**——負責料理餐點、洗晾衣服的那些隱藏生物——就會逐漸停擺，像是主發條被拆除的手錶。她在伊掃的碉堡裡見識過這種情形，一位讀者的法力消逝之後，轄下的領地逐漸解體。她保住老主人的命，困住他，使得這棟房子可以運轉下去，同時也為了掩藏之前發生的種種，不讓其他的老讀者知道。

遺憾的是，後面這部分並不成功。

「看來你今天過得很辛苦。」愛麗絲說。艾薩克喝光杯子裡的牛奶，伸手再拿一塊糕點。

「可以這麼說。」艾薩克打哈欠，「我跟麥克正在跟沼澤妖精演練，遇到緊急事件時，怎麼從大宅撤離。」

「進行得不順利嗎？」

「他們好像沒辦法理解排成直線移動的概念，」艾薩克說，「而且一直把腳下的地面攪成泥巴，到了第四或第五次就沒那麼有趣了。」

愛麗絲臉一扭。「真遺憾。」

「我想最後他們總算有點概念了，」艾薩克盯著糕點說，「可是我只是……我不知道啦。」

「怎麼了？」

「真的會有差別嗎？」他一臉難受，彷彿吐出那些話是種背叛，「擬定計畫保護大家的安全是很好沒錯，可是到最後，那些計畫能夠真正達成什麼？也阻擋不了老讀者過來壓垮我們，沒辦法——」他話說到一半打住，搖搖頭，然後仰頭看著愛麗絲。「對不起，我只是累了。」

愛麗絲的肚子翻攪。問題在於，艾薩克說得一點也沒錯。

一個月前，她把傑瑞恩困在「無盡牢獄」裡，巴望老讀者們不會發現，可是他們還是發現了。他們驚慌起來，釋放了古老的武器——奧若波里恩，試圖毀滅她。在朋友們的奧援下，她擊潰了奧若波里恩，事後，她告訴學徒和魔法生物們，她打算挺身對抗老讀者，將他們那種有害的組織一舉瓦解。才過幾天，攻擊就開始了。其他的迷陣怪硬是推開通往這座圖書館的入口，將老讀者的生物們帶進來。

從那之後，抵禦這些攻擊佔據了愛麗絲所有的心神。來自圖書館的難民必須保護，她把他們組織起來，讓他們盡自己所能來幫忙。終結也卯盡全力，不過其他迷陣怪不時襲擊她，而她必須保住力氣。獵捕大多是野獸般怪物的攻擊者，因為殘酷的魔法，他們陷入暴怒狀態——任務落到愛麗絲和朋友們身上，她努力確認大家都知道，一旦發生攻擊事件該如何因應，到目前為止，圖書館生物裡只有幾個傷兵。

可是這種情況持續不了多久，**老讀者的妖怪取之不盡、用之不竭**。妖怪會繼續到來，直到終結的力氣用盡，然後某種**真的**很棘手的東西會成功穿越過來，或是直到愛麗絲跟她這一小隊的防禦者筋疲力竭，**我們贏不了的**。

她原本巴望……**我巴望好多事情**。首先，我希望有更多**時間**，**一定有辦法可以主動**

出擊，可是如果我們連自己都快保護不了，那也沒什麼用。

她的思緒有部分一定顯現在臉上，因為艾薩克將手放在兩人之間的桌面上，朝她伸去。

「嘿，」他說，「沒事的，我們還撐得住。」

愛麗絲把手搭在他的手上，兩人十指交扣。她逼自己微笑。「我知道。」

「我不是想抱怨，」艾薩克說，「只是——」

門口傳來砰一聲。兩人都抬起頭，愛麗絲的心念抓力自動探向腦海後側的魔法線，這些線可以將她跟她的受縛生物連結起來。簇仔的韌性、史百克的力氣，以及——

「索拉娜！」她邊說邊將法力放開。

那個女孩沉重地倚在門框上。她將自己推離門框時，往前踉蹌一步，愛麗絲看出她渾身污穢，粗布衣服上沾黏著塵土和汗水，大腿纏著繃帶，襯衫一側脆脆硬硬、泛著棕色，是乾涸的血跡。

愛麗絲不由自主用手撐桌，一躍而過，拔腿衝過驚呆的艾薩克身邊，趕到女孩身旁。愛麗絲一握住索拉娜的手臂，索拉娜似乎整個洩了氣。愛麗絲半扛著她走到其中一把長凳那裡，索拉娜往後靠在桌子上，閉上雙眼、吃力呼吸。

當初有幾個學徒跟愛麗絲一起在伊掃碉堡裡，和伊掃的迷陣怪「折磨」對戰，索拉娜就是其中一位。愛麗絲從那之後就沒再見過她——傑瑞恩被囚禁之後現身的那群人裡並沒有她。愛麗絲一直想不通該怎麼聯繫她。現在她來了，而且傷勢嚴重。

「索拉娜，出了什麼事？」

「我去……找人過來。」艾薩克說，連忙站起身。

「找黛克西，」愛麗絲說，「不，找骨巫婆瑪各妲過來，如果你找得到她。」

「好。」艾薩克得到任務，一臉如釋重負。不過，在他離開以前，索拉娜睜開眼睛。

「他們要來了，」她啞著嗓子說，「必須……告訴愛麗絲。」

「我在這裡，」愛麗絲說，「誰要來了？」

索拉娜眨眨眼，轉頭看著她，一抹笑容漾過臉龐。她咳了咳，扭著臉，彷彿會痛。

「陽鷹，」她說，「我主人……派了陽鷹過來。」

「如果有東西進了迷宮，終結會通知我們——」愛麗絲開口。

「不！」索拉娜揪著她的襯衫領口，「不是透過迷宮過來，是穿過**真實**世界過來，就是要打得你們……措手不及……」

索拉娜的眼睛往上一翻，身子往後癱軟。愛麗絲趕緊檢查她的呼吸，發現還算穩定。

「他們不能派怪物穿過真實世界。」艾薩克說。

「為什麼不能？」愛麗絲說，俯看著索拉娜。

「人類會看到啊，」艾薩克說，「這是讀者們最古老的守則，就是不要招來注意。」

「我想讀者們老早把守則全都拋開了，」愛麗絲說，「去找瑪各妲過來，然後發佈警報，我們必須把大家都移到圖書館裡。」

「可是——」

愛麗絲的視線穿過窗戶，投向後花園。在圖書館那棟陰暗肅穆的龐大建築以及周圍濃密樹林的上方，夜空滿天星斗，點綴著不規則的浮雲。可是這些雲朵下方，有兩點亮橙色的光線正快速移動著。

「**馬上**，艾薩克！」愛麗絲大喊，然後他拔腿就跑。

第二章 撤離

在大宅深處，開始響起銅鑼聲，這副銅鑼以前可能用來召喚住戶前往用餐，現在用來放送警報，喚醒在此避難的生物。

時候到了，計畫就跟麥克和艾薩克帶著沼澤妖精演練的那個相同：把大家帶往圖書館。他們演習過幾次，或者該說「試著」演練過幾次，「訓練」對妖精和艾諾基來說是個陌生的概念；發條蜘蛛魯歐則堅持要計算出最好的走法，而不是實際跟著整群人走。

愛麗絲慘兮兮地意識到，即使在表現最好的情況下，少說也要花十五或二十分鐘，才能讓每個人都脫離危險。陽鷹移動的速度這麼快，大家逃生的時間可能連十分鐘都不到。她可以聽到樓上傳來喀答喀答的腳步聲和悶住模糊的說話聲。索拉娜還癱軟在椅凳上，沒有意識，愛麗絲舉棋不定，一方面想要指揮撤離行動，但又不想拋下受傷的朋友，讓她孤單一人。

幸運的是，這時門口傳來空洞的喀答響，骨巫婆瑪各妲到了。她體型龐大，從頭到腳都蓋滿枯骨：枯骨繞在脖子上、織進精心紮成的髮髻、串在鐵線上成為披垂的長斗篷。她移動的時候，這些枯骨不停發出喀答嘎啦作響。自從愛麗絲向老讀者宣戰以來，瑪各妲一直是最忠誠的支持者之一，而她氣勢驚人的存在也讓其他生物謹守分際，就這點來說貢獻不小。

更重要的是，暫時來說，瑪各妲跟人類頗為近似，對醫療略有所知。愛麗絲招手請瑪各妲過來，瑪各妲一看到索拉娜就忍不住屏息。

「天啊！」她說，「艾薩克說妳需要幫忙，她吃過不少苦頭。」

「有東西要過來了，」愛麗絲說，對著窗戶擺擺手，「我必須到外頭去，可以麻煩妳帶她到圖書館，盡力治療她嗎？」

瑪各妲點點頭，雙手一拍，就像老師要叫全班同學注意那樣。她斗篷上的枯骨輕輕抖了抖，然後發出響亮的嘎啦聲，往上升起，長長的骨串像多骨節的四肢一樣往外伸展。末端的手骨攤展開來，枯骨手指張開，以令人詫異的輕柔動作，探進索拉娜的身子底下。

「我來照顧她，」瑪各妲說，「去吧！他們需要妳的幫忙。如果可以的話，派老人克里普塔斯來找我。」

愛麗絲點點頭，從廚房衝了出去。在大廳裡，種類多元的生物已經朝著後門走去，艾薩克正等著催促他們越過草坪，往圖書館奔去。好幾種不同的妖精，模樣像人的精靈生物，眼睛和頭髮有各式各樣的色彩，在樓梯底部推推搡搡，有一群瞪大雙眼的艾諾基孩童被堵在後方。

「夠了！」愛麗絲大喊，走進這場混仗之中。

她用史百克的線捆住自己好得到力量，在必要的地方，一把將妖精們抓起來，硬將他們分開。他們一見到她，大部分都主動讓開，他們眼神流露敬畏，趕緊乖乖聽話，照著她的指示移往出口。

「謝謝妳。」一位艾諾基婦女說。就像所有的艾諾基，她看起來跟人類很類似，除了長在頭髮、背部和肩膀上的蘑菇。那些蕈菇的種類就跟人類頭髮或膚色一樣多樣，這一位的蕈類是漂亮的紅底配白點。

「我還以為他們永遠都不肯動了，」婦女說了下去，「妳知道出了什麼事嗎？到外頭去安全嗎？」

愛麗絲在心裡嘆口氣。這些蕈菇人友善歸友善，但生性過度膽怯，不肯出手戰鬥，甚至不願意跟人起爭執。

「你們到圖書館就安全了，」愛麗絲說，「動作快！」

這個少婦點點頭，開始趕著孩子們往外走。另一個三人組的妖精走下階梯，是沼澤妖精，他們泥濘的身軀把地毯弄得一團亂，後面跟著鳥身女妖姑娘伊芙瑞絲特和兩個年幼的手足，愛麗絲揮手要他們往前，然後一等階梯清空片刻，就拔腿衝了上去。

到了樓梯頂端，她碰見克里普塔斯，他是個拄著枴杖走路的駝背老人，身上幾乎蓋滿了茂盛的紫色蕈菇。

「你在等什麼？」愛麗絲說。

「只是要確定沒人落在後頭，」他說話的聲音就像潤滑不足的鉸鍊，「得照顧那些幼小的啊。」

愛麗絲點點頭。「你到圖書館的時候，去找瑪各妲。有個學徒受傷了，她要找你幫忙。」

「真是個愛管閒事的老太婆，」克里普塔斯嗤之以鼻，「哼，既然她都開口了，我想我也只得配合了。」

愛麗絲沒時間應付他們兩人之間的角力。她奔上階梯，在她接近自己的房間以前，還有幾個生物又跑又滑或飛過她身邊，另外三個學徒正在等候，把他們照管的最後一批生物帶往樓梯。

儘管四周一片恐慌，黛克西——她比愛麗絲大幾歲，身材高䠷、膚色深暗，一頭極鬈的頭髮，往後紮成凌亂的馬尾——卻露出燦爛笑容。就愛麗絲來看，黛克西天不怕地不怕，但這種特質有時會害她惹上大麻煩。

麥克和小珍——以團隊的身分服侍主人，自從跟主人反目成仇以來，總是形影不離——是很合拍的一對；小珍粗獷狂野、容易發怒，麥克則拘謹細心，戴著金屬圓框眼鏡，模樣有點像貓頭鷹。

「愛麗絲姊妹！」黛克西說，「我們聽到警報了，有東西從圖書館逃出來嗎？」

愛麗絲搖搖頭。「牠們要從陸地上，不是從書的入口過來，這層樓的人全都撤走了嗎？」

麥克點點頭。「有一百零三個，我數過了。」

「等撤離結束以後，要把大家再整頓一次，一定會很頭痛。」小珍埋怨。

「那個我們晚點再擔心就好，」愛麗絲說，「你們兩個去幫艾薩克帶他們進圖書館，我要去瞧瞧我們要對付的東西。」她畏縮一下。「還有，找出艾瑪，帶她一起走。」如果沒人下別的指令，即使整棟房子燒成平地時，那個小女僕也只會平靜地佇立一旁。

「我陪妳去，」黛克西說，「到陽台上嗎？」

愛麗絲點點頭。麥克已經往樓下走，小珍跟了上去。就某方面來說，連個性最固執的學徒都願意遵循愛麗絲的指示，這點還滿令人高興的，**我只希望知道自己下什麼指令才正確**。

她和黛克西衝到走廊盡頭，那裡有對開的雙門，通往鮮少有人使用的陽台，陽台面向後花園和圖書館。愛麗絲拉動門栓時，門栓發出尖鳴。她借用史百克的力氣，生鏽的鉸鍊發出猶豫的呻吟，移動起來，露出幾尺染有水漬的地磚，周圍是腐爛到岌岌可危的木頭圍欄。

下方，一群色彩繽紛的生物正魚貫越過草坪。愛麗絲看到發條蜘蛛魯歐，她的八肢銅腿就像活塞一樣忙亂動作著，噴出陣陣蒸汽。妖精們、艾諾基們以及更奇怪的生物都匆匆忙忙穿越草坪。

兩隻陽鷹的身影此時已經放大許多，她可以看到牠們就像鳥類——羽翼寬闊、嘴喙倒勾——羽毛的顏色從淺黃到暗紅，以漣漪似的圖樣覆蓋在鳥身上，看來好似火焰。牠們的雙眼發出太陽般的強光，身形**巨大無比**，可比大象，各個輕易就能用嘴喙逮住人類。

其中一隻往下俯衝，羽翼緊緊收折，默不作聲朝著草坪上的生物大隊往下直墜。艾薩克就在那裡，揮手催促隊伍向前，他並未抬頭仰望，愛麗絲緊抓圍欄，尖聲喊出警告。

艾薩克連忙轉身，看見危險進逼，這時陽鷹開始水平前進。鷹眼大放光芒，強度令人無法承受，然後朝著地面噴射兩道劈啪作響的橙色光束，沿途掃過那條穿越周遭樹林、朝草坪延伸的小徑。光束碰到的一切都迸出火焰，彷彿淋上了汽油，留下一路焚燒如火炬的樹木。那一道毀滅的火線竄上草坪，朝艾薩克蔓延。

艾薩克穩穩站在原地，即使背後的生物們開始驚慌逃逸。他舉起一手，平空召喚出一面旋飛不停的白雪高牆，白雪迅速凝固成一道冰凍的屏障。火焰撞上艾薩克那片冰的時候，大片的蒸汽往上直竄。蒸汽散去時，艾薩克和背後那些逃命的生物都毫髮無傷，那道毀滅路徑持續往他們背後蔓延一段距離，進入了草坪另一側的樹林。

「愛麗絲姊妹！」黛克西說，「牠們看到我們了！」

第二隻陽鷹一邊翅膀往下，改變了角度，然後像第一隻那樣往下俯衝。鷹眼噴射出兩道細長的燃燒能量，切過樹林，直直瞄準這棟大宅，草地往上炸出大團火焰，泥土爆飛。

上頭無處可躲。愛麗絲攔腰抱住黛克西，聚焦在史百克的力量上，然後一躍而下。靠著雙腿那頭恐龍的氣力，她輕易越過圍欄，以一道平緩的弧線，朝著依然冒著蒸汽的草皮而去，艾薩克就站在那裡。愛麗絲撞到地面以前，先用簇仔的線裹住自己，讓自己的肉體變成橡皮似的質地，這樣才不容易受傷。力氣加上耐力，讓她能以蹲伏的姿勢，吸收落地的撞擊力道，夾在她腋下的黛克西發出歡喜的笑聲。

她背後傳來樹枝斷裂的撞擊聲和火焰的吼聲。能量光束掃過房子，沿著牆壁往上，

越過屋頂的磚瓦，沿途燒出一道黑線，大宅大多是石砌的，不過還是到處竄出小火。

「你還好嗎？艾薩克？」愛麗絲問，放下黛克西讓她站好，「剛剛那招不錯。」

「謝了。」艾薩克說。他臉色蒼白、微微發抖。「我本來不確定管不管用。」

愛麗絲瞅著陽鷹，牠們正在森林上方猛力拍動翅膀，拉升高度，想再俯衝一次。「你還有可能再來一次嗎？」

艾薩克呼出一口氣。「也許可以再做一次，可是接下來我就沒辦法多做什麼了，因為會耗掉很多法力。」

愛麗絲點點頭。「那最好還是把大家都帶進圖書館。陽鷹是沒辦法燒掉**那個**的。」不管傑瑞恩原本提供圖書館什麼樣的魔法防護，圖書館本身是個石砌碉堡，只有一扇小門可以進出。

艾薩克深吸一口氣，衝過燒毀的草皮，追著一群脫隊的驚慌妖精。麥克和小珍還在大宅旁邊，想要說服一群怯懦的艾諾基，要他們跑步越過沒有遮掩的地面，到圖書館裡避難。

「還有太多生物在開放空間裡，」愛麗絲說，「我們必須轉移陽鷹的注意力。」

「我同意。」黛克西說。愛麗絲感覺黛克西扯動內心的線，從頭到腳突然包覆在銀色盔甲裡，這種法力來自她稱為「卡里亞堤」的生物。「我們要怎麼引起陽鷹的注意？」

第三章 擊潰陽鷹

愛麗絲站在圖書館草坪上，手持一把長達一點五公尺的矛，仰頭盯著朝她俯衝的巨鳥，速度比運貨火車還快，**這個計畫可能不是我想過最棒的一個……**

那根長矛是用黛克西稱為「月亮物質」做成的，是她其中一個生物產出的東西。黛克西可以把月亮物質捏塑成簡單的物件，不只輕得不可思議，而且幾乎堅不可摧。有史百克的力量撐腰，愛麗絲猜想自己可以把矛射得相當遠。至於夠不夠遠，她毫無概念。

陽鷹雙眼噴射出來的光，像煙火一樣劈啪作響，掃向那群正在趕路的生物，將草坪變成了一片混雜了扯斷小草和火烤泥巴的沼地。陽鷹距離地面還有幾十公尺，愛麗絲卻認為這是她最好的機會。她猛力一蹬，以巨大彈跳的步伐向前衝刺，用盡自己的法力，極力拋出長矛。那把銀色武器以神奇的速度離開她的手，以高聳快速的弧線**尖聲**竄過天空。

太高了，愛麗絲看出來，肚子感覺破了個洞似的。那把矛越過巨鳥上方，落在巨鳥後方，掉入森林裡。不過，那把矛還是勾起了陽鷹的注意力，那隻生物連忙轉身，兩束火光朝愛麗絲劈來，**還算成功**。

她用簇仔的線牢牢繞住自己，身體化為一大團毛茸茸的黑球，每個都有兩條腿和又長又薄的嘴喙。她花了片刻才適應了新的視角，用距離地面五公分的一百雙眼睛觀看。

愛麗絲的控制力跟她頭幾次試驗比起來，有了長足的進步，她輕而易舉就將簇仔像往外擴展的星塵那樣撒出去，奪走陽鷹原本的標靶。

陽鷹的烈火橫掃她原本佇立的地方，構成她身體的那些小生物，有好幾隻慘遭火焚，一陣劇烈的痛楚爆了開來，**我沒駐守原地是對的**。陽鷹動作**飛快**，單靠簇仔的堅韌得不到多少保護，她將無數的身體再次聚合起來，恢復人形，站在黛克西和艾薩克身旁。

「痛。」她把手貼在身側，變身受創的時候雖然不至於留下傷口，但是會耗損能量，也會引發痛楚。「剛剛那樣沒用。」她一如既往又光著腳，鞋子可能又化為烏有了。

「可是妳讓陽鷹傷不到其他人。」黛克西說，陽鷹又回頭滑翔到森林上方，開始振翅往上飛高。

「而且我想妳惹另一隻陽鷹生氣了，」艾薩克說，「牠來了！」

第二隻鳥往下飛降，不理會逃命的妖精、艾諾基，直接衝著愛麗絲而來。艾薩克舉起手，雪再次從地面噴湧出來，在他們三人四周形成半圓盾牌。熾熱的強光嘶嘶越過那面雪盾，穿過頭頂，射向大宅，一路傳出劈哩啪啦的爆響。雪往外噴出細煙和蒸汽，艾薩克發出呻吟，單膝跪地。

「我沒事！」他說，愛麗絲在他身邊彎身，「只是……力氣用光了。」他喘著想換氣。「抱歉。」

愛麗絲發現自己沮喪地緊握雙手，看著第二隻陽鷹準備再發動一波攻擊。「我們搆不到牠們！黛克西，妳有沒有會飛的東西？」

黛克西搖搖戴著頭盔的腦袋。「珍妮佛姊妹有一種猛禽，不過身形或許不夠大，傷不了這些生物。」

小珍的鷹隼！愛麗絲差點忘了。她很少看到這女孩出戰，可是他們和奧若波里恩交戰的時候，小珍曾經召喚一隻大鳥出來。陽鷹身形大得多，**可是說不定……**

「黛克西，妳能不能用月光物質做一張**網子**？」

黛克西雙手一拍。「愛麗絲姊妹，妳跟以往一樣高明！我可以，不過要花點時間。」

「那就做吧。我會找個辦法引開牠們的注意力。」

愛麗絲朝大宅快奔而去，小珍和麥克終於成功哄勸最後一批難民生物們跨出大門，正領著他們趕過草坪。火持續在大宅上延燒，有些砌石甚至已經燒裂。屋頂有一部分坍塌了，愛麗絲可以看到火舌從下方向上舔舐。

她擁有的一切都在裡面，她從過往人生帶來的一切，兔子跟幾件衣物和書本，那些紀念物對現在的她來說幾乎像是來自異地。還有打從來到這裡，別人給她或替她製作的所有東西——

夠了。《無盡牢獄》還有其他魔法書都在葛瑞恩的套房裡，受到強大魔法防護網的保護，真正重要的東西不會燒掉。愛麗絲勉強將目光從逐漸變大的火勢移開，一把抓住小珍。

「愛麗絲？」小珍回頭望向陽鷹，牠們正要繞回來再試一次，「艾薩克能不能攔住牠們——」

「他沒辦法，」愛麗絲扼要地說，「黛克西在忙著弄東西，可是她需要時間。如果妳化身成艾維亞，可以飛嗎？」

「當然，」小珍說著臉色便蒼白起來，「妳要我——」

「不是跟牠們交戰，」愛麗絲說，「牠們太大了。妳能夠扛多重？」

「不多，」小珍說，「飛行本身就滿難的了。」

她應該提得起網子才對。月亮物質比絲綢還輕。**可是網子還沒準備好……**

「妳扛得起**我**嗎？」愛麗絲劈頭就說。

小珍搖搖頭。「艾維亞是隻大鳥，不過妳還是太重了。」

愛麗絲在心裡把自己可以選擇的形體想過一回。史百克重達一千公斤；惡魔魚大雖大，但沒辦法呼吸空氣；一旦變成簇仔，又不能少於五十或六十隻，而龍依然不肯回應，而且——

樹精！她平日會用牠的力量來控制植物，可是那個生物本身，在沒有樹皮盔甲的狀況下，只是個小不隆咚的東西。愛麗絲將樹精的線緊緊繞在自己身上，然後開始變身，縮成了手腳細瘦的小小妖精，皮膚變成了新生植物的亮綠色。

「這個如何？」愛麗絲說。化為樹精之後，她的聲音高亢、像老鼠。

「也許可以。即使我扛得起妳，妳要我做什麼呢？」

「比較靠近的那一隻陽鷹！把我弄上牠的背部，」愛麗絲吱吱說，「然後去找黛克西，幫她對付另一隻陽鷹。動作快！」

兩隻陽鷹越飛越近，準備再次攻擊。小珍一副想爭辯的樣子，但是她們沒時間了。她深吸一口氣，閉上雙眼，身體像水一樣挪移流動。她的手臂變長，化為強大的翅膀，羽毛上顯現棕色和灰色的圖樣。她振翅一次，然後停棲在地面，猛禽的眼睛好奇地望著愛麗絲。

愛麗絲以樹精的視角，仰望著那隻鳥，頓時對被老鷹盯上的兔子頗能感同身受。小珍的嘴喙一動，愛麗絲就往前跨步，抓住一腿，鳥腹柔軟纖細的羽毛團團包圍住她。那雙巨翅劈過空氣，往空中飛去時，愛麗絲的胃部一抽。

頭一隻陽鷹的火熱目光往外噴射，掃過樹林，在草坪上燒出寬闊的一道。魔法生物趕在那道火線前方奔逃，從愛麗絲逐漸升高的視角看去，他們像是快步奔走的螞蟻。陽鷹將熱火從一點掃向下一點，那些螞蟻就在火光中一個接一個開始消失不見。愛麗絲的喉頭一緊。

「小珍！」

她不確定小珍能不能聽到她的細小聲音，但小珍看得到眼前的情形，於是加倍賣力，將自己拉高到陽鷹上方，跟牠一樣俯衝。不久就到了陽鷹正上方，愛麗絲可以看到陽鷹翅膀上的長羽毛，羽毛下方的巨大肌肉隨著每次振翅而挪移。

要說服自己放手，任自己**墜落**，比原本預期的還困難。她知道自己或許能用簇仔來自保，這點好雖好，不過「或許」並不是「絕對」，模糊遙遠的風景在愛麗絲心裡觸動了原始的恐懼，理性的爭辯也影響不了。愛麗絲憂慮地強迫自己張開迷你的雙手，在自己朝著陽鷹滾落時，放開樹精的線。

愛麗絲在眨眼間恢復了人形，但那一眨眼的時間簡直太長。她在身體定型前就撞上了陽鷹的背部，要不是因為抓取的反射動作，要不然老早失足墜落。陽鷹的巨羽摸起來暖烘烘，下方的肌膚熱騰騰。陽鷹煩躁地斜飛轉身，愛麗絲連忙揪住史百克的線好獲得力量，用手指和腳趾牢牢攀住鷹身。

至少我讓牠分神了。陽鷹現在正往上盤旋，圖書館和草坪成了一大片綠林裡的迷你空地。下方，愛麗絲可以看到第二隻陽鷹正追著一個棕白兩色的小點——是小珍。

她用簇仔的強韌皮膚裹住自己，開始往前爬行。她落在陽鷹尾巴附近，距離以穩定節奏揮動的大翅膀，還有一兩公尺。陽鷹的身體在羽毛的覆蓋底下，細瘦得出奇。陽鷹對她嘎嘎叫，她頭一次聽到牠發出聲音，然後猛地往上竄飛，迫使愛麗絲為了保住小命牢牢抓緊。陽鷹扭過頭來，想看看背後有什麼東西在煩牠。

又爬了幾秒鐘之後，她到了陽鷹的肩膀。愛麗絲用雙臂環抱住一邊翅膀，交握雙手，雙腳抵住那個生物的背部。牠發出尖鳴，她用腳跟牢牢抵住，使盡史百克無窮的力氣，將翅膀朝著反方向拉扯。

有個東西啪嚓一聲斷裂了。陽鷹從空中滾落，一路翻轉。森林和雲朵輪流交換位置，反覆再三，愛麗絲忍住作嘔的感覺。前後才幾分鐘，她第二次強迫自己放手，從陽鷹身上將自己推開，然後自由墜落。於此同時，她盡可能用簇仔的線牢牢捆住自己。

片刻之後，圖書館四周的森林下了場為時短暫、不尋常的簇仔雨。那些黑色小生物擁有網球般的硬度，撞上地面的時候會**彈彈跳跳**，有時撞上幾棵樹之後反彈回來，最後才停下來。愛麗絲花了幾口氣的時間整頓思緒，身體則遍佈了整座樹林。好幾個她可以看到陽鷹墜落的地方，摔落的過程中破壞了森林裡的一個區塊，更多地方起了火。那隻陽鷹顯然再也起不來了。

除掉一隻，愛麗絲暗想。小小的黑腿動作快得模糊成團，帶著她越過樹根和石頭，往大宅的方向趕去。

第四章 誘餌

愛麗絲抵達草坪，回復了人形。她花了片刻掌握方向，尖嘎聲從大宅的方向傳來，幾公尺之外草皮隨著吼聲爆開。愛麗絲憑著本能撲倒在地，翻滾到一壟攪起的土地後方，謹慎地抬起頭察看狀況。

第二隻陽鷹就在大宅旁邊的地面上，旁邊就是通往廚房的門。或是那扇門**原本所在的地方**——那面牆壁大半都毀了，到處散落著石塊和碎礫。巨鳥彆扭地移動著，愛麗絲仔細一看，才看出牠的左翅上纏著一縷縷銀色細線，將翅膀牢牢綁在身側。**黛克西和小珍困住牠了！**一邊翅膀受到牽制，陽鷹無法飛翔。

不過牠還活著，牠發亮的雙眼越過草坪，射出一陣陣短促的橙光，在地面上炸出冒煙的大坑，讓樹木著了火。愛麗絲看不到學徒，直到一雙鋼刃閃過空中，擊中陽鷹的喉嚨。這個行動似乎只是惹惱牠，並沒造成多大損傷，愛麗絲看到麥克小小的身影全速奔過草坪，趕在火柱發射以前，潛進一個洞裡。

小珍在頭頂上盤旋，依然是鷹隼的型態。愛麗絲用線裹住自己，以求力量和堅韌，然後衝出躲藏之處，趕往麥克躲避火擊的地方。陽鷹發出尖鳴，愛麗絲往左側伏下，躲開一陣熱火。她翻滾之後跳起來，滑下大坑內壁，引發小小的泥崩。

麥克緊貼在洞壁上，平日梳理整齊的頭髮橫七八豎，眼鏡微微歪斜，他的語氣像平日一樣鎮定，雖然看到愛麗絲顯然讓他鬆了口氣。

「妳辦到了。」

「算是吧，」愛麗絲說，「大家都還好嗎？」

麥克嚥嚥口水。「有些圖書館的生物在外面就被逮到了，我沒看到過程。」

愛麗絲想起像螞蟻一般的小點，消逝在橙光之中。她咬緊牙關。「艾薩克跟其他人呢？」

「黛克西把艾薩克帶進樹林了，」麥克說，「小珍還在上頭，我一直努力想阻止這個東西，可是我打擊的力道不夠。」

「你刺得中牠的眼睛嗎？」愛麗絲說。

麥克搖搖頭。「除非我靠近一點，」他一臉難為情，「我的射擊技術不到該有的水準。」

「那麼我來轉移牠的注意力，」愛麗絲說，「這樣你就可以溜到夠近的地方。」

「好吧，」麥克扶正眼鏡，手只是微微發抖，同時看起來既成熟又稚嫩，「我試試看。」

豁出去了。愛麗絲往土裡抓了抓，找到一顆大石頭。雖然比不上黛克西的長矛，但也可以發揮作用。**我不用傷害那個生物，只要惹牠心煩就好**。她從洞口往外窺看，然後把自己拉出去，光腳在溫暖的土壤裡打滑。陽鷹正仰頭看著小珍，讓愛麗絲有時間揮臂蓄力，用盡最大的力氣拋出石頭。

這一次，她成功擊中了陽鷹，石頭狠狠擊中了牠的頭顱彈了回來。陽鷹的腦袋猛地一轉，橙光投向愛麗絲，可是她已經動了起來。她以史百克的力氣奔跑——過去花了她很久時間才適應——跨出富有彈性的長長步伐，幾乎用跳的越過地面，落地的力道重得陷進草地，然後再蹬腳脫離。這麼一來，她的速度變得飛快，快過奔馳的馬匹，現在她循著曲線衝過草坪，火線緊追在她背後頻頻迸發。

她用眼角餘光看到麥克手腳並用往前爬。愛麗絲接著舉步一跳，往下潛，落在另一個坑洞裡，讓火焰掃過頭頂。她又撿了兩顆石頭，擊打陽鷹，然後再次拔腿奔跑，把牠的注意力引回她當初所來之處。她看到麥克在前方聚精會神，十二把閃亮的飛刀圍著他的腦袋，懸浮在半空。那隻鳥轉頭面對他時，飛刀嗡嗡嗡地往前發射，正中紅心，刺進那生物的眼裡，爆出了一陣亮光與火焰。

麥克發出勝利的呼喊。愛麗絲開始跟他一起歡呼，可是聲音消逝在她唇上。麥克半轉開身子尋找她，在他背後的陽鷹依然動著。牠巨大的腦袋往前伸，焦黑的眼窩冒出煙來，巨大彎曲的嘴喙大大張開。

史百克給了愛麗絲力量，但是即使那種力量也有限制。她移動的方向有誤，遠離麥克，而且因為她的動能很大，她定住一腳，試著停下，但那只是讓她往前滑行，扯出了一片草。麥克回頭望向陽鷹，在陽鷹撲來的當口，瞪大雙眼，愛麗絲扯開嗓門尖叫——

一道棕白兩色的線撞上麥克的身體側面，同時龐大的鷹喙啪地咬合。這股衝擊將男孩掠倒在地，四肢攤開趴在陽鷹前方。愛麗絲認出小珍，她依然化身為鳥，困在陽鷹的嘴喙裡。那隻怪物瘋狂甩動她，就像貓咪逮到老鼠那樣，然後猛地將腦袋往側面一扭，將她拋向那面半毀的屋牆。她髒亂濕漉的羽毛撞上石頭，無力地落到地上。

「小珍！」愛麗絲尖叫。

她直接衝向陽鷹。陽鷹看不見也無法用火柱攻擊，只能發狂似地亂咬，在距離她幾公尺的地方撲了個空。她跳起來，高高落在那個生物的胸膛上，雙手緊抓牠柔軟的腹部羽毛。牠在她下方扭動身子，可是她順利爬得更高，手臂環抱牠的喉嚨。陽鷹驚慌地往後仰身，愛麗絲快速一扭，折斷牠的脖子，彷彿是農場裡的雞。陽鷹往下癱倒的時候，她一把跳開，衝向小珍剛剛墜落的地方。

麥克已經在那裡了。小珍變回了人類的原形，側身倒在土地裡。身上沒流血，也不見明顯的傷口，可是她動也不動。愛麗絲跪在她身旁，舉起雙手，不確定該怎麼辦。

呼吸，她還在呼吸嗎？愛麗絲用力觀察，才能說服自己小珍的胸膛仍有輕微的起伏。關於讀者的力量，還有很多事情她不知道——小珍在另一種型態中受了傷，愛麗絲從經驗知道，那就表示你變回原形時會感到痛楚，可是如果你差點**死掉**，又會發生什麼事？

「我……」麥克的眼鏡不見了。沒了眼鏡，他看起來彷彿變了個人，眼神狂野慌亂。

「愛麗絲——」

「我們會把她帶到圖書館去，」愛麗絲說，「瑪各妲在那裡，終結也是，她們會知道該怎麼辦。」

穿過狹窄的銅門踏進圖書館時，愛麗絲回頭望向傑瑞恩的房子，房子還在燃燒，天花板坍塌得更厲害。火光穿過一樓窗戶散射出來。

圖書館內部似乎遼闊無邊，書架就像閱兵一樣，密集地排排站立。外表看似牢固與一成不變只是個幌子，愛麗絲很清楚。儘管書架上蓋滿了灰塵和蛛網，迷宮的主人卻能按照自己的意思，隨心所欲重排書架，單憑一個念頭，就可以讓一個地方連上另一個地方。主人就是終結，也就是傑瑞恩的迷陣怪，不過由於愛麗絲跟龍有所連結，所以依然享有部分同樣的力量。

今天，終結在門的四周撥出一個大空間，以便疏散迷茫的難民。那些成功躲進來避難的生物分成小群小群坐在一起，不過，有部分群眾擠在門邊不散，想要再出去。老艾諾基克里普塔斯、爍兒聯手擋住了他們的去路。爍兒就是當初陪愛麗絲前往魔鏡宮殿的火妖精，之後也參與了對抗奧若波里恩的戰鬥。他的模樣跟人類極為相似，這個身形苗條的男孩跟她年齡相仿，只穿著破爛的短褲，雙眼整個散放深紅色的亮光，長髮的顏色時時流動變幻，彷彿是一扇通往活火的窗戶。

「你們必須待在原地，」克里普塔斯對一個放聲哭嚎、皮膚像無雲天空的妖精說，「沒得商量。」

「可是瑟莉絲還在外頭！」妖精說，雙眼滴下泛綠的巨大淚珠，「她可能受了傷！」

「愛麗絲和其他人正在戰鬥，」爍兒說，他橫舉著黑色長矛，擋住了門口，「他們會盡力保護每個人，越多人留在這裡，他們就會越輕鬆。」

愛麗絲碰碰爍兒的肩膀，他的皮膚就跟太陽底下的岩石一樣溫暖，他回頭一瞥，雙眼圓睜。

「愛麗絲！妳——」

「你可以放他們出去，」愛麗絲說，「危機已經過去，暫時啦。」她拉高嗓門。「看看你們能不能找出躲在森林裡的人！把他們帶過來，這裡才安全。」

克里普塔斯和爍兒讓到一旁，一群緊張的生物湧過門口，呼喊著朋友或親人的名字。**他們有些人會找不到想找的對象**，愛麗絲反胃地想著。有些難民可能受了傷；有些難民可能整個消失在陽鷹的炙火中。

門口清空之後，愛麗絲回到前廳，麥克跟小珍等在那裡。兩人合力抬起小珍，將她扛到裡面去。

「我們需要瑪各妲。」愛麗絲對克里普塔斯說。

這個老人不發一語地指了指。愛麗絲和麥克把失去意識的小珍抬往他指出的方向，爍兒緊張地尾隨在後。

瑪各妲用大宅拿來的毯子，替索拉娜鋪了個臨時床鋪，手裡拿著一碗冒著熱氣的東西，陪坐在她身旁。艾瑪很有耐心地捧著水盆，在附近等候。骨巫婆一看到小珍，馬上彈起身子，枯骨斗篷活過來似地喀啦作響，將癱軟無力的女孩抬起來，輕柔地放在石頭上。

「她變了身，」愛麗絲說，「某種生物把她傷得很厲害，她變回人形的時候，雖然身上沒傷口，不過……」

瑪各姐吸了吸牙。「我對讀者和他們的魔法知道的不多，」她說，「不過我會盡力的。艾瑪，去拿新鮮的水過來。」

這個年輕女僕默默遵從。骨巫婆彎身忙碌時，麥克就坐在小珍身旁陪伴，愛麗絲的手搭上他的肩膀片刻，試著想點安慰的話，話卻卡在喉嚨裡。他用手背揉揉眼睛，然後抬頭望著她，表情嚴肅但沉著。

「我會陪著她，」他說，「妳去確定其他人是不是還好。」

愛麗絲不知道還能怎麼辦，於是點點頭，轉身離開。爍兒陪她一起走，她終於開了口：「沒想到你會過來。」

他們最後一次交談的當時，爍兒正要返回自己的世界，試著說服部落幫忙對抗老讀者，他尷尬地聳聳肩。

「我跟派洛斯爭執了半天，都快把我逼瘋了——我想來找妳，跟妳談談策略，可是一到這裡——」他揮揮一手。「就看到克里普塔斯好像需要幫忙維持秩序。」

「謝謝你。」愛麗絲說。

「發生什麼事了？」

愛麗絲壓低嗓門解釋，「老讀者頻頻派生物來攻擊我們，終結可以負責看守圖書館入口，所以老讀者派那些生物從真實世界飛過來，害我們措手不及。狀況……滿慘的，有些人沒逃過一劫。」

爍兒的頭髮會隨時反映他的情緒，這時髮色暗了下來，最後就跟燒盡的餘火一樣黯淡。

「我沒料到他們會用這種方式攻擊我們，」愛麗絲說了下去，「也許我們原本就應該把大家收留在圖書館裡，可是現在天天幾乎都有攻擊，而且——」

「我確定妳已經盡力了，」爍兒看著四周的生物，生物們正偷偷瞥著這兩個人，「妳一向都會盡全力，我比其他人更清楚這點。」

「可是還**不夠**，」愛麗絲把聲音壓低成竊竊私語，「這些人相信我保護得了他們，結果現在他們**死了**。就我看來，小珍隨時都可能會死，索拉娜受了傷，就因為她試著要警告我，還有……還有……」

「愛麗絲，」爍兒說，再次張望四周，「我明白，可是……」

可是別在這裡說——這才是他真正的意思，別在其他人面前談這件事，不然他們可能會看出我不知道自己在做什麼，然後害怕起來。她真想放聲尖叫，**不管我做什麼，永遠都不夠**。她嚥了嚥口水，眨掉眼淚，死命咬緊牙關，緊到痛了起來。

「愛麗絲姊妹！」是黛克西，一邊胳膊撐扶艾薩克走過來，**又多了個傷兵**。但至少他現在看來意識清楚。「很高興看到妳沒受傷，艾薩克兄弟正在復原當中，可是很遺憾我必須在那麼關鍵的時刻捨棄戰鬥。」

「圖書館生物們要回外頭，找找看有沒有人受傷，」艾薩克說，抬起腦袋，「我們必須把他們組織起來，確保——」他頓住，看著她。「愛麗絲？妳還好嗎？」

愛麗絲咬緊牙關，緊到開不了口，握成拳的雙手顫抖著。

「小珍姊妹受傷了，」黛克西說，「愛麗絲姊妹一定很難過。」

「抱歉，」艾薩克說，「我們必須想想下一步怎麼走。」

我們必須想想，意思就是愛麗絲必須想想。她強迫自己張開嘴，喘著換氣，**萬一愛麗絲不曉得呢？那又該怎麼辦？**

「把大家組織起來，找出受傷的人，」她靜靜地說，她覺得如果自己用更大的音量說話，可能就會忍不住尖叫，「找爍兒幫忙你。」

艾薩克點點頭。「妳覺得是不是最好——」

「自己想辦法！」愛麗絲喝叱，別過頭去，免得讓他看到她眼裡再次湧現淚水。

艾薩克正要開口多說點，但是愛麗絲已經大步走進附近的走道，她伸手去拉迷宮的織布，平空扯出一條通道，將**這裡**和**那裡**連接起來，再踩一步，她隱去了蹤跡。

第五章　終結的選擇

愛麗絲在圖書館裡隨機漫步一陣子，雙腳沾滿地板的灰塵。接著她盤腿坐下來，背靠其中一個書架，她合上眼睛等待。一如既往，不用多少時間。

「哈囉，愛麗絲。」終結的聲音低沉柔軟，接近呼嚕聲。

愛麗絲睜開眼睛。光線的角度變了，她對面有一片黝深的暗影。在那片黑暗中，兩隻黃色大眼閃閃發亮。黑如煤玉的尾巴往外探入光線中，柔和地來回擺動，揚起小波小波的細塵。

「妳聽說了。」愛麗絲說。

這不是疑問句。終結負責掌理迷宮，是個迷陣魔。那個涵蓋整座圖書館、扭曲折疊的空間，完全是她創造出來的，而發生在裡頭的一切全逃不出她的法眼。

「我聽說了，」終結說，「要是有人幫得上小珍，非瑪各姐莫屬了。她的療癒技巧嫻熟。」

「小珍不應該**需要**幫忙的，」愛麗絲說，「她一開始就不該受傷的，如果我事先想到老讀者會越過陸地進攻，我們就可以早點設置崗哨，預先接到警告。等那些東西抵達的時候，大家就沒有安全疑慮了。」她用力閉上雙眼。「小珍會受傷，其他人會死掉，

就是因為我沒有**想到**，因為我不知道自己在做什麼。」

「如果妳不在這裡，會有更多人死掉，」終結說，「也許圖書館裡的每個人都會死，包括我在內。」

「妳不明白。」眼淚刺痛愛麗絲的雙眼，她再也克制不了，「我救過他們一次，現在他們期待我**繼續**拯救他們。」

「妳跟他們說過妳會。」終結說。

「因為那時候我不知道還能怎麼辦！」愛麗絲說，「因為我以為我們有更多時間，以為我們能夠……能夠**做點**什麼。我們打敗了奧若波里恩，我以為那就表示，不管他們派出什麼東西，我們都可以打敗。」她顫抖著吸口氣。「可是我們**每一次**都必須擊垮牠們，老讀者根本不在乎我殺掉多少他們的生物。遲早，我們每個人最後都會落到小珍那樣的下場，即使我們一路不停打贏。如果我們輸了，就這麼一次，一切就完了，對每個人來說都是。」

愛麗絲收折雙腿，膝蓋靠在胸口。一陣沉默，接著是終結輕柔的腳步聲，愛麗絲詫異地抬起頭。終結通常寧可待在陰影裡，可是現在卻移到了愛麗絲身旁，她看起來像隻貓，可是不像家貓，而更像獵豹，大到她的腦袋和愛麗絲的腦袋同高。她的毛皮柔軟，黑如墨色，像絲絨那樣起伏，可是狀似平滑完美的毛皮，現在卻讓愛麗絲看出了瑕疵。終結的身子側面有長長的抓痕，結了痂尚未痊癒的傷口。

「妳受傷了。」愛麗絲說。

「沒什麼，」終結說，「只是制止我的兄弟姊妹進犯所留下的紀念物。」

指的是其他的迷陣怪。每個讀者都有一隻迷陣怪做為僕人，負責守護他們的碉堡、管控他們的圖書館。終結曾經告訴她，魔法入口書會滲漏，讓另一邊的東西緩緩流入現實世界。在同一的地方放太多本這樣的書，注定會招來災難。只有迷陣怪創造的迷宮，才能讓讀者控制住他們的圖書館。

「抱歉，」愛麗絲說，「我知道妳也很辛苦。」

終結在她身邊坐下，將自己蜷成一顆球，跟家貓相似極了，逗得愛麗絲漾起笑容。她猶豫不決地將一手搭在終結的肩膀上，感覺絲質般毛皮底下的緊繃肌肉。片刻之後，愛麗絲倚在這隻大貓上，吸進大貓身上的麝香味，感受龐然貓身的暖意。

「我戰鬥是因為我別無選擇。」終結說。低沉的嗓音從她們緊貼彼此的地方傳來，在愛麗絲的頭顱裡迴盪，震得她牙齒嗡嗡響。「我的兄弟姊妹會戰鬥到可以驅逐我，或是將我束縛在牢獄裡為止。這是他們讀者的最低限度要求，可是妳沒必要扛起這樣的重擔。」終結將腦袋靠在腳掌上。「妳原本就知道這很危險。」

「困擾我的不是危險，」愛麗絲說，「至少不是**我**會碰上的危險。我一直知道**自己**可能會受傷，可是他們其他人一直找我要答案，我就是不知道，我已經做了自己所能想到的一切，卻還是辜負了他們，我承諾要確保他們的安全，卻辦不到。」

「妳大可以一走了之。」終結說。

「妳明明知道我不能，老讀者會跟蹤我，而且我不能拋下大家。」愛麗絲深吸一口氣。「一定有什麼是我們能做的，可以一口氣打敗老讀者的方法。」

一陣靜默。愛麗絲靠在終結身上，感覺到當她說出「一口氣」時，迷陣怪的身子緊繃起來，就那麼一瞬間，她明白了意思。

「**的確**有方法，是吧？」愛麗絲說，「妳還沒告訴我。」

「是……有可能。」終結轟隆隆地說。

「那妳之前為什麼都沒提？」

「我之前不確定妳是否辦得到，到現在還是不確定。如果妳失敗了，只有死路一條，其他人或許也是，沒有中間地帶。」

愛麗絲打了哆嗦。

終結上一次這樣說話，愛麗絲最後到了魔鏡宮殿，險些被拉進魔鏡裡，**可是我那時確實找到自己在找的東西……**「為什麼？我必須做什麼？」

「我跟妳說過，迷陣怪服侍讀者的原因。」終結說。

「妳說過，很久以前有個生物威脅要毀掉所有的迷陣怪，」愛麗絲說，試著回想當初那場對話，「讀者們束縛了牠，同意用囚禁牠來交換迷陣怪們的服務。」

「是的。讀者們需要我們替他們保護的圖書館，可是我們更需要他們。我的兄弟姊妹太害怕，不敢冒險反抗讀者，不敢跟他們攤牌，釋放那個囚犯，代表一切都會完結。」

「我們找得到這個囚犯嗎？」愛麗絲說，「想辦法殺了牠？這樣就能夠放你們全部自由。你們就再也不需要讀者了。」

「我想，沒人有能力毀掉那個囚犯，」終結說，「不過可以更改用來束縛牠的束縛大協議。如果有另一個讀者法力大到足以控制束縛大協議，那麼迷陣怪就可以反擊讀者。」這隻大貓遲疑半晌。「是有這個可能。」

「我，妳是指我。」愛麗絲語氣斷然地說。

終結的嗓音柔和。「沒有別人了。」

終結以前就談過這件事。**她說她需要一個讀者，但是是一個不同種類的讀者**，就是可以跟她平起平坐，而不是尊為主人的那種讀者。

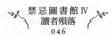

「什麼讓妳覺得我夠強？」愛麗絲說，「我才剛開始學編寫咒語。」

「跟技巧無關，」終結說，「必要的更動做起來很簡單，但是束縛大協議需要用上大量的法力。那種耗損可能會直接害死妳。」

愛麗絲想起她的簡單防護網曾經失靈，將她的精力抽乾，速度快到危險的地步，彷彿有人將她身上的鮮血吸走，用冰來替換。她不由自主發抖。

「即使妳活下來，」終結無情地說下去，「能量噴湧也會損害到妳，讓妳變成弱智或者更糟。」

一陣長長的靜默。愛麗絲想起艾瑪，一個曾經前途看好的學徒，傑瑞恩在她不肯順服時，抹除了她的心思。她也想到小珍和索拉娜，因她而受傷，躺在圖書館的石地上。她想到那些正在外頭搜尋的生物，他們可能永遠也找不回朋友。

「如果沒成功，」愛麗絲說，「如果我……死了，妳會怎麼樣？」

「老讀者們會在束縛大協議解體以前修好它，如果那是妳的意思，」終結說，「至於我個人會有什麼下場，就看他們是不是心存慈悲了。」她的嘴唇往後拉開，露出象牙色的長牙，「我的看法並不樂觀。」

誰曉得他們會對這裡的其他人怎麼樣，不過……

「那也不會比我們現在的狀況更糟，」愛麗絲說，勉強用輕快的語調說，「我是說如果我們輸了的話，我們到最後還是會輸掉，他們傷得了我們，可是我們傷不到他們。」她在心眼裡可以看到螞蟻般的小點，在一陣火焰中消失的情景。**他們仰賴我，我不會再辜負他們。**

「愛麗絲。」終結嗓音裡流露的情感，勝過愛麗絲之前所聽過的。「不要輕率作出這個決定，要抵達束縛大協議那裡一路險象環生，妳可是要自己一肩扛起——」

「不是不可能，對吧？」愛麗絲說，「妳跟我說過是有機會的。」

「是有沒錯。」終結低吼。

「那麼我們就冒險看看，」愛麗絲眨掉最後的淚水，「有機會總比沒機會好，跟我說說那個計畫。」

那天餘下的時間模模糊糊過去了。愛麗絲回到群聚的生物身邊，盡自己所能提供援手，他們許多都受了傷，屋外的搜索隊找到受困或傷勢嚴重的生物，每個小時都送進更多傷患。不只一次，愛麗絲巴不得自己束縛過擁有療癒法力的生物；既然沒有療癒力，她轉而幫忙纏繃帶、運用史百克的力氣拿取與搬運東西，使盡全力讓那些容易激動的難民保持平靜。

當艾薩克和黛克西問她是否安好，她不予理會。**明天再說，我明天會把一切都告訴他們。**

到了傍晚，愛麗絲帶領一小隊膽量較大的生物，代表大家回到屋裡去看有什麼可以搶救。火點大多都已燒盡，水妖精幫忙澆熄那些還在燃燒的火苗，損害不如愛麗絲原本擔憂的嚴重。外牆只有一小區真正崩塌，雖說屋頂基本上都不見了，三樓的大部分都暴露在天光之下。傑瑞恩的套房位於一樓，在防護網的保護之下，套房和私藏的魔法書都完好無損，愛麗絲的搜索隊在各個臥房搜刮完好的毯子，到廚房裝滿一籃又一籃的食物，然後回到圖書館。

爍兒點了個小小篝火做為自己的晚餐，他小心控制火勢，免得危及書架。他可以徒手捏塑火焰，把火焰拉開或當成濕黏土一樣塑形。偶爾他會把一塊拉鬆，像糖果一樣拋進嘴裡，愛麗絲好奇火焰嚐起來的滋味。

最後，學徒們終於安頓下來，準備就寢，那些跟人類近似到需要休息的生物也是。發條蜘蛛魯歐和幾位不需要睡眠的生物，自願負責守衛。愛麗絲猜想，有終結守衛應該就足夠，可是她沒多說，只是把自己的毯子鋪在灰塵滿佈的圖書館地面，然後筋疲力盡地癱倒下來。艾薩克在她身邊鋪開毯子，片刻之後，她感覺他的手指遲疑不決地扣上她的手指，愛麗絲緊緊一掐，沒放開手，直到墜入夢鄉。

她以為自己會作惡夢，就是充滿烈火和痛楚的夢魘，不然就是魔鏡宮殿的那隻眼睛，大多夜裡那個影像都纏擾著她。反之，她發現自己在撫慰人心的溫暖黑暗中飄浮，有個熟悉的聲音在她腦海裡迴盪。

愛麗絲。

就像那個眼睛的聲音，或是折磨的聲音，但是並不是，是另一個迷陣怪，是龍。從牠在伊掃的碉堡耗盡法力拯救她以來，她就不曾聽到牠的聲音。從那之後，不管她多麼使勁拉牠的線，通往牠囚禁書的線就是不肯回應。

我在，愛麗絲用念頭回應，**這是夢嗎？**

算是。

你復原了嗎？她急切地想，**我們需要你幫忙——**

我還是太虛弱，小妹。像這樣跟妳對話，就是我目前的極限，現在是這樣，未來有

段時間也是如此，我非沉眠不可。

噢。愛麗絲在空無中飄蕩，思索著。她抆起手臂，或感覺自己抆起了手臂，雖說她看不到自己是否有身體。那為什麼現在要找我說話？

有時候，我可以……聽見妳的夢境，它們會給我線索，讓我得知清醒世界當前的狀況。龍那種奇異的嗓音似乎疲憊不堪。我聽到妳跟終結談話，她要妳到束縛大協議那裡，不是嗎？

她不希望我去，愛麗絲心想，我請她告訴我一個可以反擊老讀者的方法。

她就是那樣讓妳照著她的意志走，先想辦法取得妳的信任，最後讓妳誤以為她的構想是妳自己的。龍頓了頓。她很危險，小妹。

你以前就跟我說過，愛麗絲感覺怒氣湧上心頭。至少她有所行動，即使可能會做錯。

一陣久久的沉默。

抱歉，愛麗絲心想，我知道你不是自願選擇困在書裡的。

就某個角度來說，我算是自願的，而且有的時候……龍嘆了口氣。

你的意思是，我不應該去找束縛大協議嗎？我必須採取行動，要不然這裡的每個人都會死！

我跟妳說過，我會讓妳決定自己要走的道路，我不能——

那根本是胡扯一通，愛麗絲火爆地想，你帶著某種神秘難解的警告蹦進我的腦袋，可是那對我又有什麼好處？如果我可以做點什麼來阻止朋友受傷，我就不會放任不管，他們全都信任我，我不能讓他們失望。

又是一陣沉默。這次延續了好久好久，最後愛麗絲確定龍已經離開了。接著龍用她幾乎聽不見的聲音安靜地說，**當心了，小妹**。

第六章 戰事會議

愛麗絲整晚握著艾薩克的手，醒來時，肩膀發出咔啦響，一團溫暖的毛茸東西壓在她胸口上。她眨眨眼坐起身，害得原本趴在她鎖骨上的灰燼滾到她的懷裡。他用控訴的表情仰望她，這隻小灰貓四腳朝天，尾巴不滿地甩動著。

「這就是給我的感謝？」他說，「在妳過了辛苦的一天之後，我特別花工夫安慰妳，結果妳一醒來卻把我翻得四腳朝天？」

「坐在我的胸口上瞪著我，並沒有安慰效果，是讓人心裡發毛，」愛麗絲咧嘴笑著說，「而且我沒注意到你自動又翻過身子了。」

灰燼的前掌揉捏著空氣。「唔，既然我都來了，稍微幫我搓搓肚皮也不錯。」

愛麗絲搖搖頭，搔了搔他肚子的細柔毛皮。「有些貓咪擁有某種叫**尊嚴**的東西。你可能會想調查一下。」

「貓咪一向都很有尊嚴，不管他擺出什麼姿勢，」灰燼說，「半貓的生物更是如此。」

灰燼是愛麗絲在圖書館裡最老的朋友，當初偷偷帶她潛入館內的就是他，所以就某種意義上來說，可以說這全是他的錯，雖然她懷疑不管怎樣，傑瑞恩和終結都會想辦法把她弄進圖書館，他是終結的兒子，號稱自己是半貓、半迷陣怪，不過他除了擅長在母親的迷宮裡找路，還有對水幾乎超自然的厭惡，並未展現過任何特殊的法力。

搔了一陣子之後，灰燼用四副爪子抓住愛麗絲裸露的手臂，那就是他表示夠了的方式。愛麗絲及時猛地把手抽開，免得被抓傷，然後灰燼翻過身去，打了哈欠，伸完懶腰之後才從她懷裡悄悄溜下來。

「艾薩克跟其他人呢？」愛麗絲問。她四周那些臨時的地鋪上都空無人影。

「他們有些到廚房去拿早餐，」灰燼說，「妳昨天那麼辛苦，他們覺得應該讓妳多睡點。」

事實上，早餐聽起來很吸引人，她的心念探向空間織布，她的迷陣怪法力賦予她這樣的能力；她去感覺微小的顫動，可以藉此得知迷宮哪裡有其他人類。快速一扭就開了路，她和灰燼繞過轉角，就找到其他學徒，一張桌布鋪在灰塵遍佈的地面上，他們圍坐在四周，上頭放滿了一籃籃的酥皮糕點、一盤盤香腸、一盆盆炒蛋和油煎馬鈴薯。負責經營傑瑞恩廚房的隱形精靈喜歡走氣派油膩的早餐風格。

除了艾薩克、黛克西、麥克，索拉娜也在，臉色依然蒼白但坐直身子，吃著火腿切片。爍兒也在場，從小碗裡拿了幾把木屑點燃當早餐時，神情有些彆扭。愛麗絲走進來的時候，他們五個全都抬起頭，索拉娜連忙站起來。

「愛麗絲！」艾薩克說，起身的速度有點慢，明顯的痛楚讓愛麗絲皺了下臉，「妳感覺怎樣？」

「好了些，」愛麗絲說，「請坐，索拉娜，妳還好嗎？」
索拉娜點點頭。「只是累壞了，抱歉昨天沒幫上忙。」
「妳跑來警告我們，已經做得夠多了，」愛麗絲轉身面對麥克，「小珍的狀況怎樣？」
「好一點了。」男孩說，他找回了眼鏡，邊講話邊緊張地調整著。「瑪各姮說，她認為小珍沒有生命危險，可是她不知道小珍要花多少時間才能復原。」
愛麗絲如釋重負嘆了口氣，當然，表現得太過高興是不公平的，因為有些圖書館生物**已經**死了，**不過，至少有些好消息**。她咧嘴對麥克一笑，然後在黛克西身邊坐下，拿了塊糕點跟一杯牛奶。
「我四處向我們的客人打聽，有沒有認識可以幫忙整修房子的人，」艾薩克說，他謹慎地觀望愛麗絲的表情，她想起自己前一天爆發脾氣，「有土妖精可以處理石料，屋頂的話我不確定，可是我想也許妳的樹精可以幫忙——」
愛麗絲舉起一手，他停了下來。看到他臉上的憂慮神情，愛麗絲畏縮一下。
「抱歉我之前對你發飆，」她說，「我知道你一直在幫忙。」她環顧餐桌四周的人。「你們都很幫忙。」
「我們會撐過去的。」艾薩克說。
「艾薩克兄弟說得對，」黛克西說，「小珍姊妹會復原，我們會不屈不撓。」
「可是我們沒辦法，」愛麗絲說，「我的意思是，我們撐不過去的，你昨天說得沒錯，艾薩克說，他們會一直來一直來，而每一次，我們都可能有更多人受傷或更慘。最後，就不剩可以反擊的人力了。」

大家陷入震驚的沉默，麥克清清喉嚨。

「可是有什麼替代方案呢？」他說，「妳總不會考慮要投降吧。」

「他們永遠不會接受的。」索拉娜低語。「我聽過我主人談到妳，還有他的計畫，戰死，」她用力嚥嚥口水，「會比被活逮的下場好很多、很多。」

「我不會放棄的，更不會投降。」愛麗絲把雙手搭在桌上，指節抵著木頭，「我跟終結有個計畫，我們會放迷陣怪自由，讓他們再也不用服侍讀者。」

又一陣沉默。大家似乎都非常驚愕。

「妳確定這樣做好嗎？愛麗絲姊妹，」黛克西說，「迷陣怪是以詭計多端出名的。」

「他們也以殘忍出名，」索拉娜說，「折磨當初差點把我們都殺了。」

「要是沒有終結，我們永遠不可能走到這個階段，」愛麗絲說，「我信任她，如果想要存活下來，我們不得不冒險。至少，如果迷陣怪們起身反叛他們的主人，老讀者會疲於奔命，把焦點從我們身上移開。」

「更不要提，他們就不能這麼輕易地攻擊我們，」艾薩克說，「可是妳真的能夠釋放他們嗎？他們不是因為契約，受到讀者們的束縛嗎？」

愛麗絲簡短地解釋大迷陣以及那裡的束縛大協議，還有迷陣怪們因為害怕拘禁在那裡的東西而謹守規矩。

「需要結合所有讀者的力量才驅動得了那份束縛，可是妳卻打算**自己一肩扛起**？」黛克西說，「愛麗絲姊妹——」

「妳會死的，」索拉娜說，「負擔太大了。」

「終結不覺得，」愛麗絲沒提的是，連終結都不確定，「更困難的部分是要抵達束縛的地方，針對束縛作改動。」

「在哪裡？」麥克說。

「在南大西洋的一座島嶼上，」愛麗絲說，終結詳盡地解釋過那趟旅程的艱辛，「有條捷徑可以帶我們接近，但不是直接的入口。而且那座島嶼四周圍繞著大迷陣，是所有的迷陣怪當初幫忙建造的。」她舉起一手並握成拳頭。「也許我可以幫忙帶領大家穿過迷陣，可是終結說，那裡不像一般迷陣一樣容易控制，而且那裡還有守護者——」

「我可以想像，」黛克西說，「會有守護者、陷阱、防護網，用來保護讀者們最關鍵的寶藏。」她漾起笑容。「我們什麼時候出發？」

愛麗絲呼了一口氣，每一次她提高風險，他們都還是全力支持她，即使那表示他們必須冒著生命危險。她環顧餐桌，可以看出這次沒有不同，麥克點著頭，艾薩克一臉若有所思，索拉娜露出肅穆堅毅的神情。

爍兒說：「我承認我不是很懂束縛和迷陣怪這些事，可是如果有機會反擊老讀者，那麼我不想錯過。」

「等聽到計畫，你可能會改變主意，」愛麗絲說，「因為旅程上要搭船。」

爍兒的頭髮竄過一陣綠，他打了哆嗦。「我上次存活下來了，不是嗎？」

「我們會跟妳一起行動，」艾薩克說，「可是這裡的人怎麼辦？」

困難的部分來了。她深吸一口氣。「必須有人護衛他們，終結可以幫忙，可是……」她迎上他的目光，強逼自己不准退縮。「艾薩克，我要你留下來。」

她可以看到他眼裡迸出痛苦。她心好痛，但還是匆匆說了下去。「僅次於我，戰鬥力最強的就是你，」愛麗絲環顧餐桌四周尋求確認，沒人願意駁斥，「可能不用幾天，要是有東西攻擊圖書館，最有機會對付得了的，就屬你了。」

「我懂，」艾薩克說，「妳說得沒錯，我只是……」他搖搖頭。「只是想幫忙。」

「你**這樣就是**在幫忙，」愛麗絲說，「拜託，艾薩克，我沒辦法同時出現在兩個地方。」

「可是如果妳在路上遇到什麼事，」艾薩克說，「我又不在身邊——」

「她不會發生什麼事的，艾薩克兄弟，」黛克西猛地用手臂攬住他拱起的肩膀，「我們會確保她的安全。」

索拉娜熱切地點點頭。麥克說：「那麼，我就把小珍留給你照顧了。」

「我會保護她的安全，」艾薩克說，「我會維護每個人的安全。」他抬起頭來，輪流看著每張臉龐，視線最後停在愛麗絲的臉上。「只是……快點回來，好嗎？」

他們花了幾個鐘頭，旋風似地快速準備，從廚房拿食物填滿好幾個大籃子，再加上儲藏室裡的幾袋蘋果和紅蘿蔔。愛麗絲請每個學徒不要向圖書館生物們透露這項任務，等他們離開了再說，好把恐慌減到最低程度。艾薩克要她放心，說終結、瑪各姐和克里普塔斯都會出力幫忙，說他維持得了秩序。

艾薩克。說到底，愛麗絲心裡有一部分還是想找他同行。部分原因是希望身邊有他可靠的力量，可以帶來安慰，但主要是因為她在他眼裡看到淡漠脆弱的神情。**我傷到他了**，他掩飾得很好，但她還是能在他臉上看出來。

沒有別的出路。身為領袖要以每個人的最大利益為重，作出合乎實際的選擇，**如果我為了照顧艾薩克的感受而找他一起上路，害得圖書館這裡的人都被殺死，那我又會有什麼感受？**她咬緊牙關，等我回來再跟他把事情講清楚就好。

如果我回得來。她腦海後方有個細小的聲音說，**這可能是他最後一次得到妳的消息**。

如果是這樣，愛麗絲憤慨地暗想，**那麼到時我就死了，再也無法顧慮他的感受**。她拚命要把整個問題推出腦海，將心思聚焦在手頭的事務上，**差點**就成功了。

終結把他們全部帶到圖書館後側，就在一批排成八角形的高聳書架外頭。愛麗絲可以聽見書架內側傳來波浪帶有節奏的拍岸聲，她可以聞到海水的強烈鹹味，偶爾傳來海鷗的嘎嘎叫。

黛克西好奇地抬頭仰望空蕩蕩的書架，麥克則對研究自己的鞋子更有興趣的樣子。索拉娜的目光只放在愛麗絲身上，爍兒的頭髮則黯淡成最灰暗的紅，每聽到一陣波濤的聲響，他就畏縮一下。

我的團隊。讀者打造了防禦系統來守護他們最貴重的寶藏，要襲擊這個系統，這個團隊的威力看起來不怎麼樣，但愛麗絲胸口湧上一陣光榮的暖意。她最希望陪在身邊的夥伴，莫過於這些人了。

也許**只除了**——

「好了，」她說，壓下自己的思緒，「我們開始吧，無所事事沒好處。」

第七章 賽恩

黛克西、索拉娜、麥克、爍兒和愛麗絲擠進書架間的空隙，各個扛了笨重的一籃食物。一如既往，有種自己越縮越縮小的特殊感覺；每往前踩一步就跟著變小，直到最後，狀似平凡的書架變得像山脈一樣高聳。愛麗絲往前推進了八角形之內的空間，那個空間現在看起來有好幾百公尺寬。

或許還要更寬。他們踏上一片沙灘，就在高聳的岩石峭壁底部。前方，溫和的波浪上下起伏，海洋往外延伸至海平線，只有形狀隱約像是一組書架的縷縷雲朵，暗示著這個封閉空間的另一個盡頭。

腳下的海沙白得燦爛又刺目，摸起來溫暖宜人。稍遠一點有個大石塊，愛麗絲預期那塊石頭上放著創造了這個空間的書本。大石塊底部聚集了一小群人，愛麗絲猜想是水妖精。他們的模樣很像爍兒——又矮又瘦、雌雄莫辨——可是髮色多樣，從深藍色到海綠色應有盡有；髮絲在腦袋周圍飄蕩，彷彿他們置身於水底下。

「抱我起來，可以嗎？」有個熟悉的聲音說，「海沙快把我的腳掌折磨死了。」

愛麗絲發現灰燼繞著她的腳踝。她往下彎身，把他抬到自己的肩膀上，他以歷經長久練習的輕鬆自如，停棲在那裡，腳爪戳進她的皮革套衫。

「來替我們送行啊？」愛麗絲說。

「是母親要我過來的。」灰燼哼了哼，愛麗絲對著他的傲慢語氣微笑，這隻貓就是不肯讓人知道他有多在意人類。

其他人到現在也跟在她後頭穿過來了，正在欣賞眼前的景致。

「好美喔。」索拉娜說。

「讓我想起家鄉，」黛克西說，平日快活的語氣一時哽咽，「最得寵者和我以前常常到海邊，去——」她講到一半就打住，搖了搖頭。

「艾納森主人曾經帶我和小珍出海過一次，」麥克說，「可是那片海不像這樣，那裡只有寒冷和暴風雨。」他嘆口氣。「小珍那時想抓魚，結果跌下船。」

「別讓他們等太久。」愛麗絲說，指著那些妖精。整群人起步前行時，她放慢腳步，最後跟爍兒並行，爍兒正瞪大雙眼眺望那片海水。

「你還好嗎？」她說。

「什麼？」爍兒眨眨眼，回頭看她，「沒事，我不會有事的。我跟妳說過，水其實**傷**不了我，即使我摔進水……」他越說越小聲，一副快吐的樣子。

「你不用勉強自己跟著來，」愛麗絲說，「我確定艾薩克有你幫忙也很好。」

「她說得對，」灰燼主動說，「我跟你保證，跟愛麗絲到處遊蕩，注定會害自己渾身濕答答。」他舔舔一隻前掌。「**我**絕不會自願陪她一起出門。」

「不，」爍兒繃起臉來，「如果這是我們真正能夠傷到老讀者的機會，我才不要因為會稍微碰到水，就待在後方。」他回頭望向大海。「我只是需要……習慣水這種東西。」

水妖精的領袖是個年紀稍長的男人，髮色接近深海似的烏黑。他在他們走近的時候，舉起一手。他身邊坐著一隻生物，模樣像小狗，或者是狐狸，耳朵尖尖、口鼻窄小，還有一條毛茸茸的長尾巴。牠的毛皮是明亮的藍綠色，讓愛麗絲聯想到寶石。

「歡迎，」水妖精說，接著大大一鞠躬，他背後的其他妖精也起而效尤，「很榮幸能提供奧援。」

「感謝你們的幫忙，」愛麗絲說，「你們要提供某種運輸工具？」

「這位是賽恩，」水妖精說著便彈了彈手指，那隻像狐狸的動物站起來，一臉警覺，「妳和妳同伴不管要到哪裡去，他都會帶你們去。」

「是嗎？」愛麗絲說，有點懷疑。賽恩跨步走近，爽朗地吠了吠。

「他看起來有點小，」灰燼從愛麗絲的肩上往下跳到海沙上，朝賽恩的方向嗅了嗅，「而且腦袋不是很靈光。」

「灰燼！」愛麗絲說，「客氣點。」

賽恩轉身朝著貓的方向，遲疑地嗅了嗅，然後汪汪吠。他張開嘴巴，一小柱淨水噴了出來，彷彿他是噴泉似的。水淋得灰燼滿身是，灰燼往旁邊一跳，發出怒嘶，身上每寸毛皮都豎了起來。

「那表示他喜歡你，」水妖精泰然自若地說，「他想玩。」

「玩？**玩？！**我秀給你看什麼叫做玩！」灰燼氣急敗壞地說，舉起一掌。賽恩歡天喜地汪汪叫，又噴出一道細水，貓連忙躲開。貓繞著圈圈，想在愛麗絲的腿後找掩護，尾巴炸毛。

「坐下，賽恩。」水妖精說，賽恩坐下來。妖精繼續說：「我向妳保證，到了海裡，他會長大到超過你們所需。」

「你說了算，」愛麗絲說，在她的上一趟旅程，艾卓德都能把一顆冰球變成一艘船了，一隻狐狸有什麼不行？**我只納悶還會不會有任何事情讓我覺得意外？**

「我們會好好照顧他的。」

「謝謝，」水妖精說，「我們無力做更多，想來就難受。」

他再次鞠躬，那一小群妖精走了開，返回大海。

「愛麗絲，」終結的聲音從大石的陰影中傳來，雙眼在暗影裡放光，大得有如黃月亮，「準備好了嗎？」

「我想是吧，」愛麗絲邊說邊回頭看著其他學徒和爍兒，「反正我們已經盡力了。」

「看看他尾巴抽動的樣子！」灰燼說，「我說啊，這就叫自以為是，妳能怪我嗎？」她往下看。「灰燼！別再追著船不放！」

終結轟隆隆說：「灰燼。」

「好啦，**好啦**，」灰燼嘀咕，「我就放過這艘笨船一馬。」

「你要跟愛麗絲一起去，」終結說，「她可能需要你的幫忙。」

「我——**什麼？**」灰燼的尾巴又炸毛了，「我——什麼——**為什麼？**」

「我不覺得——」愛麗絲才開口，終結就打斷了她。

「你可是『灰燼飄過世界之死城』，」終結說，「就像你很喜歡提醒我們的，你只有一半是貓，另一半是我的血脈，也就是迷陣怪，在大迷宮裡，你可能派得上用場。」

「可是他們要**搭船**過去。」灰燼說。

「即使如此也一樣。」

「船會在**海上**行駛，」他哀求，「有海浪，還會有**暴風雨**。」

「灰燼。」終結的聲音降低成咆哮，這隻小貓害怕至極，往下平貼在海灘上。灰燼一副狼狽的樣子，愛麗絲往下伸手將他撈起來，他在她懷裡緊緊縮成一顆球。

「我們帶了防水油布，」她告訴灰燼，「為了爍兒帶的，你可以跟他共用，好嗎？」

她抬頭望向爍兒，爍兒支支吾吾。

「當然，」他說，「我很高興分享……不管你是什麼動物。」

「是貓。」愛麗絲說。

「是半貓。」灰燼說，聲音悶著，因為他對著愛麗絲的腋窩說話，「可惜。」

「大迷陣裡，」終結平靜地說，彷彿這整場互動都進行得很平順，「四處都橫亙著某種叫『帷幕』的障礙物，就是迷宮窄小到成了單一通道的地方。創造這些帷幕的讀者，在每個帷幕設立了試煉和守護者，你們必須找到方法穿過去。」她搖搖巨大的腦袋。

「很遺憾除此之外我沒有更多資訊，老讀者盡力守住那些防禦關卡的機密，不讓迷陣怪知道。」

「我們會穿過去的。」愛麗絲說，表現出的信心大過實際。她再次回頭望去，黛克西點點頭，替她打氣。

「妳記得抵達束縛大協議的時候，妳非做不可的事吧。」

愛麗絲點點頭。她只是必須對那個咒語做點小變動，把它的能量來源轉到自己身上，只要稍微編寫一下咒語就行。

「那就去吧，」終結說，「希望我沒錯信妳。」

「謝謝妳的幫忙，」愛麗絲說，「如果可以的話，請照顧這裡的每一個人。」

艾薩克。

終結點點頭。象牙白的長牙一閃，繼而消失了蹤影。沙灘上只剩學徒們、爍兒、狼狽不堪的灰燼，和賽恩，牠正興奮地追著自己的尾巴跑。

愛麗絲放下灰燼和她負責的籃子，雙手並用爬上大石。那裡有本書，是一本銅製書皮的厚重書冊，用花體字寫著《蔚藍大海》這個標題。其他人一個接一個把籃子往上遞給愛麗絲。灰燼自己跳上去，但黛克西必須把賽恩抱進愛麗絲的懷裡，貓咪譏笑那隻狐狸似的生物，那個生物睜大雙眼歡喜地回望著他。

其他學徒們爬上大石，到了愛麗絲身邊。麥克是倒數第二個上來的，他比大多學徒都矮小，黛克西負責拉他一把。索拉娜是最矮小的一個，可是黛克西還來不及再次彎身，索拉娜就身手矯健地攀上了岩石，彷彿岩石是個綁有繩結的繩索。麥克調整一下眼鏡，神情略微慌張。

「我們一起穿過這裡吧。」愛麗絲說。每人拿起一只籃子，灰燼回到愛麗絲肩膀的位置上，黛克西一手搭在賽恩身上。愛麗絲探出手，翻開那本書的封面，然後讀道：

「另一片海灘在他們眼前展開，就跟方才離開的那片海灘一樣白得刺目……」

第八章　蔚藍大海

另一片海灘在他們眼前展開，就跟方才離開的那片海灘一樣白得刺目。他們站在一座小不隆咚的島嶼上，愛麗絲只消幾分鐘就能跑步橫越整座島，島中央長了一小群散亂的棕櫚樹，樹幹周圍包覆著大量的棕色枯葉，好似鬍子。棕櫚樹後方是平滑如鏡的海洋，連綿不斷延伸到海平線，太陽高掛天際，她的身子逐漸暖熱起來。

灰燼環顧四周，看著那些棕櫚樹、完美的海洋和一塵不染的海灘。「呃，」他說，「我在地獄。」

愛麗絲輕柔地一推，灰燼跳下來，小心翼翼走過沙地。其他人放下籃子，四下張望。

「我承認，」黛克西說，「我之前的研修內容不包括使用地圖和羅盤的訓練，妳受過的訓練肯定讓妳有更周全的準備吧？愛麗絲姊妹？」

「其實沒有，」愛麗絲承認，「可是終結說這艘船會知道怎麼走。」她垂眼望向賽恩。「去吧，做點什麼。」

賽恩汪汪吠，滿懷期待地坐下來。

「別只是呆坐在那裡，」索拉娜說，怒瞪著賽恩，「快點發揮你的用途。」

賽恩又汪了一聲，追著尾巴快速繞轉，然後再次坐下。

「一定是故障了，」灰燼說，「真悲哀，我們不得不回家了，咱們別無選擇。」

「也許牠在等什麼東西？」黛克西說。

麥克清清喉嚨。「妳沒養過狗吧，愛麗絲？」

愛麗絲搖搖頭。「我父親不喜歡狗。」

「牠們跟貓不一樣，」男孩說，「妳要對牠們下指令。」

「因為牠們都缺乏尊嚴。」灰燼壓低嗓門說。

「可以讓我試試看嗎？」麥克說。

愛麗絲站到一邊。「請便。」

麥克往下看著賽恩，調整一下眼鏡。

「賽恩，」他用堅定的語氣說，「船！」

賽恩汪汪叫，迅速打轉，濺起沙子衝向海水。他投身進入一道柔和的浪濤，又多兜了幾次圈圈，然後面向他們汪汪叫。

「這樣會有什麼效果嗎——」灰燼才開口。

傳來一陣呼砰的噪音，賽恩的毛皮朝四面八方膨脹，濺起一陣鹽水，潑向學徒們，惹得灰燼暴怒尖叫。空氣裡滿是藍色細毛，像雪花般紛紛落在一切的上方。等這陣毛雨落定，愛麗絲可以看到那隻狐狸似的小生物真的搖身變成了一艘船，船身的色彩就是他毛色的那種藍。

她原本以為是要划槳的船，就像他們當初前往魔鏡宮殿所搭乘的那種。賽恩比那艘船大多了，而且造型不同，更像她父親友人們停靠在碼頭那裡的遊艇。賽恩變成的船近似三角形，尖起的船頭往後彎捲，船尾呈方形，雖然放眼不見桅杆或船帆。賽恩的尾巴依然又長又蓬鬆，興奮地來回甩動。水下某處傳來一聲冒著水泡的吠叫聲。

黛克西走向賽恩，摸了摸他。她的手指微微陷進去，彷彿表面是一層結實的海綿。

「竟然……是毛做成的？」她說，再次戳了戳，然後歡喜地哈哈笑，「一艘毛船！」

「那種東西哪可能在海上航行啊。」灰燼說。

「有些品種的小狗毛質是油性的，幾乎可以防水，」麥克說，「就像鴨子的羽毛。」

「除非**你**可以變成一艘船，」愛麗絲對灰燼說，「要不然我們沒多少選擇，上來吧。」

他們把一籃籃的補給品搬上船，然後爬上去，爍兒先預跑，然後一躍而上，免得弄濕雙腳。愛麗絲不得不承認，登上爬上賽恩感覺有點怪——這是**賽恩的背部吧？**——腳下的「甲板」有點柔軟富彈性。可是至少還滿寬敞的，即使他們的物品都堆在中央。

她走到船首，往下一看。一雙眼睛各佔船頭的一側，正仰望著她，賽恩又發出一聲被水悶住的吠叫，愛麗絲親熱地輕拍他的側欄，**應該對小狗說什麼才好**？

「乖船，」她說，「乖船船，好了，**出航吧！**」

毫無動靜，賽恩的眼睛充滿期待地仰望她。

「呣，」愛麗絲說，「往前！快走！向前走！」

依然沒有動靜，她嘆口氣轉過身。

「麥克，」她說，「幫點忙吧？」

結果正確的指令是了無新意的「走」，愛麗絲覺得自己早該猜到的。賽恩的尾巴加速打轉，將海水攪成了白沫，他緩緩加快速度。不久，他們就以穩當的速度往前航行，那座小島漸漸退至後方遠處。有如水妖精保證的，賽恩似乎知道該往哪裡走，省得愛麗絲必須摸清怎麼掌控他的方向。如果他們還在地球上，她會覺得他們正往西前進，朝著逐漸西沉的太陽而去，可是到現在她已經知道最好不要對其他世界妄下猜測。

蔚藍大海透著深沉純粹的藍，如此平靜無波，感覺像是一汪巨大的水塘而不是海洋。

他們遠離海灘的時候，爍兒縮身窩在船尾，黑曜石長矛橫放在膝蓋上，盡可能不去看四周的海水。灰燼在他身邊蜷起身子。那隻貓宣稱，火妖精「是這裡唯一保有理智的人」，一旦發現爍兒的肌膚散放暖意，灰燼就像黏膠一樣緊跟他不放。黛克西坐在附近，腦袋往後仰，盯著無邊無際的高遠天際。麥克在船首往前傾身，一手扶住眼鏡，一面對賽恩喃喃低語，偶爾得到汪汪叫的回應。愛麗絲看著他片刻，然後泛起笑容，走去靠在索拉娜身邊的側欄上。

索拉娜經過打理之後，差不多恢復了愛麗絲初識她的模樣，像耙子一樣蒼白細瘦，穿著粗皮衣。她的淺棕色頭髮別往右邊，但左邊鬆垂如布簾，遮住她部分的臉龐。

不過，她跟以前**不大**一樣了，愛麗絲最初認識的那個索拉娜，一見到其他學徒就會膽怯起來。現在的她依然沉靜，但舉止神態略有不同。

「我一直沒機會好好謝謝妳，」愛麗絲說，「我是說正式謝謝妳，要不是妳來警告我們，大宅可能整個燒毀，而且大家都會困在裡面。」

「我確定妳會想出辦法的。」索拉娜用她特有的輕柔嗓音說。

「那可不容易。」

女孩縮了縮腦袋。「我主人派出……東西來追我。」她的手伸向腿部纏了繃帶的地方。「有一些路程我必須穿過現實世界，搭……**計程車**。」講這個詞的時候，她小心咬字發音，彷彿很陌生。愛麗絲回想，跟艾薩克和她自己不同，大多數學徒沒什麼接觸現代世界的經驗。

「我告訴過妳，妳比自己想的還要勇敢。」愛麗絲說。

索拉娜垂下目光，但臉頰變得通紅。「那沒什麼，我只是……」她遲疑了。

「只是什麼？」

「我只是試著想像妳會怎麼做。」索拉娜的雙手一緊。「抱歉，我只是需要……喝點東西。」

她走了開。愛麗絲看著她離開，有點困惑，接著看到黛克西走過來。

「妳聽到了嗎？」愛麗絲小聲說。黛克西點了點頭，愛麗絲說了下去：「妳覺得她在生我的氣嗎？」

黛克西笑了出來。「恰恰相反，我相信索拉娜姊妹很迷妳。」

「什麼意思？」

「妳在伊掃碉堡所做的事，在她心裡留下深刻的印象，我想，妳是她的英雄，愛麗絲姊妹。」

「英雄？」愛麗絲低頭看著自己的雙腳，在賽恩像海綿的甲板上留下淺淺的印子。

「妳不相信？」黛克西說。

「老實說，我只是不覺得自己像什麼英雄，」愛麗絲說，「或什麼領袖，我一直盡力幫忙，可是結果都跟原本設想的不一樣。」

「有時候還滿成功的啊，」黛克西說，「要不是有妳，我們其他人老早死在折磨的手中了，我要代表這些人說話。」

愛麗絲斜瞥著她。黛克西露出她慣有的陽光笑容，彷彿討論自己九死一生的經驗是稀鬆平常的事。「妳是永不放棄的人，愛麗絲。那才是重點啊。」

她眼裡的信心並未讓愛麗絲的心情好轉。

結果發現，賽恩透過他甲板／身體中央的小噴泉，也能供應新鮮的飲水。愛麗絲喝了好幾杯的量，吃了遲來的午餐——火雞三明治配蘋果，吃完之後覺得舒坦一些。如果索拉娜不堅持像僕人那樣一直幫忙端吃的來，愛麗絲會更好過一些，可是愛麗絲不忍拒絕她。

飯後，她在爍兒和灰燼身邊坐下，在蔚藍之海世界的豔陽底下，灰燼正無比享受地伸展著身子。爍兒正搓著灰燼的肚皮貢獻一己之力。

「灰燼剛剛向我解釋，這種活動對他的族人有多麼重要。」爍兒說。

「沒錯，」灰燼說，「如果我們貓族一天沒有躺在陽光下，好好搓搓肚皮至少一次，就會凋萎到消失不見。」從遠處就聽得見他的呼嚕聲。

愛麗絲對上爍兒的目光，火妖精眨了眨眼。她忍不住微笑。

「很高興爍兒願意提供你每日的配給。」她說。

「他也跟我說了點他們族人的歷史，」爍兒說了下去，「顯然有種叫金字塔的東西，當初就是建造來榮耀一隻有名的貓？」

「沒錯，」灰燼睡眼惺忪地咕噥，「還有紐約海港那座大雕像（勝利女神像），就是為了貓咪而建的，大家都知道貓咪喜歡爬高……」

他越說越小聲，雙眼閉合，但呼嚕聲並未停歇，爍兒抬頭望著愛麗絲。

「金字塔到底是什麼東西？」

「算是……人造的山脈吧，我猜？」愛麗絲說，「我只看過圖片。」

「是人類在不靠魔法的情況下建成的？」

「我想是吧，」愛麗絲說，「大多人類連魔法都不**相信**，我自己以前就不信。」

「可是到處都有魔法啊，」爍兒說，「那就像不相信有空氣一樣。」

「在人類世界裡狀況不同，」愛麗絲想起爍兒繼承了過往年代的記憶，在讀者出現以前，當時來自入口之外的生物都還能自由在真實世界裡活動，「讀者把所有的魔法封鎖起來，已經有好幾世紀了。」

「可憐的人類。」爍兒說。

愛麗絲覺得她應該挺身為自己的物種說點話。「沒有魔法不見得只有壞處。他們──我們──成就了不少事情，即使不靠魔法，我們可以飛行，而且有火車、汽車和蒸汽輪船，另外還有電話呢。」

「什麼是電話？」

「電話就像……一個盒子，可以讓你跟遠地的人講話。」

他狐疑地瞟了瞟她，可是還來不及說什麼，船頭就傳來一聲吠叫。麥克大喊：「有入口，吼！」

「什麼？」愛麗絲回喊。

「有入口──」

「這部分我懂，」她邊說邊走向船首，「為什麼加了聲『吼』？」

「看到東西的時候，不都要這樣說嗎？」麥克說，「就像『有陸地，吼！』對吧？我跟小珍讀過一本關於海盜的書。」

海盜在愛麗絲受過的教育裡沒佔多少分量，所以她覺得自己應該坦承以告，她用手替眼睛遮陽。「哪裡？」

麥克指了指。她隨著他的指頭，看到了空中有個扭曲現象，是一面閃閃發光的簾幕，那裡的光線彎折，邊緣泛著肥皂泡的色彩。是野地入口。她以前看到過，就在艾卓德的家鄉。如果終結的指示正確，這個入口會帶他們接近大迷陣的邊緣。

「你可以帶我們過去嗎？」愛麗絲說。

麥克點點頭，靠在圍欄上彎身。「賽恩豎起耳朵了，看到了嗎？」兩個大大的藍耳朵確實從船體向外突起，各據船首的一側。「如果搓搓一邊耳朵，他就會轉往那個方向。可是應該不需要，因為他知道自己該往哪裡去。」麥克的聲音竄高，變得尖亢，人們都會不由自主用這種語氣對嬰兒或小狗說話。「不是嗎？小子？是啊，你就是！」

入口確實變得越來越大，很難掌握它實際的規模，可是愛麗絲覺得，他們頂多只要花幾分鐘就能通過，她轉身面對船上的其他人。

「我們就快抵達離開蔚藍之海的入口了！」她說，「我不確定另一邊的狀況如何，所以大家最好抓住什麼東西，免得變得很顛簸。」愛麗絲自己不曾駕船航海，但讀過這類的故事。

她在麥克身邊就定位，看著那道簾幕越來越近。它動了動，在空中泛起漣漪，所以很難確定他們到底在哪個瞬間會穿過，一陣冷風襲來，彷彿打開了冰櫃的門，接著——一面巨牆般的海水正朝他們當頭劈來——

第九章 迷宮邊緣

愛麗絲的頭一個念頭是，他們穿過入口時，迎頭闖進了某場災難，像是海嘯。也許是某種水中生物的偷襲，由老讀者派來阻止他們的，或者是——

賽恩的船首衝進大浪，一陣海沫和水花橫掃甲板，有人放聲尖叫。愛麗絲一時目盲，冰冷味鹹的海水朝她襲來，在她耳裡嗡嗡響，竄上她的鼻子。她使盡全力抓住海綿似的圍欄，以便保持平衡。

他們通過之後，她睜開刺痛的雙眼，吃力地想看穿突然降臨的幽暗。頭頂上的天空昏暗，烏雲遍佈，她看不出是白天或是黑夜。唯一的光線來自陣陣的閃電，幾乎持續不停地從雲朵劈向海面，繼而往外射向海平線。在閃電斷續的亮光中，她可以看到另一波海浪已經在他們眼前升起，後方還有一波海浪正在蓄積，之後還有另一波，波峰和波谷形成一片無止無盡的鋸齒表面，被尖嘯的海風吹得劇烈翻騰。

賽恩熱情吠叫，尾巴攪動著海水。他們開始移動，爬著浪濤的表面，這一次成功越過波頂，只從船側濺了點海水進來，接著他們又往下行，進入波浪與波浪之間的深溝。

「大家——」愛麗絲咳了一下子，最後又能呼吸了——「大家都還好嗎？」

有人說「咿比！」這只可能是黛克西，麥克依然在圍欄邊，就在她身旁，一手抓住眼鏡，另一手攀住船身，愛麗絲勉強往後走。她看到索拉娜緊抓著裝食物的幾個籐籃——其他的籐籃都不見了，被頭一波海浪沖到船外去了。在她背後，爍兒蜷成了球，臉貼著膝蓋，緊緊抵著圍欄的角落，頭髮幾乎全黑。愛麗絲一時找不到灰燼，不過接著便瞥見他沿著爍兒的手臂，瘋狂甩動尾巴；原來火妖精蜷起身子圍著貓咪。

「我們到哪裡了？」黛克西大喊，緊攀著另一側圍欄。她想尋找黛克西是個錯誤，因為每次船身跌宕起伏，水平就跟著挪移，令愛麗絲暈眩不適，胃部一陣翻攪想吐，她連忙將視線降至甲板上。

「在南大西洋的某個地方，如果終結沒弄錯的話！」愛麗絲回喊。

「我們目前走的方向還是對的嗎？」

愛麗絲也在擔心這件事，賽恩的尾巴極力旋轉，可是無法分辨他們到底被無盡的浪濤和狂風往後推，或是往旁邊推。

「我們必須等風浪平息！」愛麗絲高喊，「它們總有過去的時候！」

「不，不會過去的！」索拉娜打岔，「如果這是讀者們為了防衛大迷陣而設在這裡的東西！」

很遺憾，這番話說得很有道理。持續不歇的風雨可以阻擋好奇的人類，讓他們無法接近這個區域，就不會察覺這裡事有蹊蹺。**不過，如果我們有那麼接近的話，那麼也許……**

愛麗絲合上雙眼，心念探向迷宮織布。如她預料的，他們還不在迷宮裡，他們下方的空間是平扁的，不受迷陣怪的魔法扭曲，可是有種**回音**，一種將她拉往某個方向的感受。她的眼睛猛地睜開，發現自己的視線越過船舷圍欄，向外眺望。

「我們並沒有更靠近！」她對黛克西大喊，用手指著她覺得是迷陣邊緣的地方。「它把我們漸漸推開了！」

麥克往下伸手，碰碰狐狸船的耳朵。賽恩急亂的吠聲差點淹沒在風雨裡，他試著轉向，可是下一波大浪衝過圍欄，就像另一堵扎實的高牆，淹過了整片甲板。愛麗絲冒了出來，咳著嗽，海水的鹹味在竄上她鼻子的地方灼燒著。

新計畫。她感覺心裡湧上怒意，**一堆讀者才不會輸給一個小暴風雨**。

「黛克西！」她高喊，「我需要繩子，好用又厚實的東西。」

黛克西馬上心領神會。賽恩登上另一波巨浪時，銀色的月亮物質從黛克西的雙手湧了出來，形成一圈圈繩索。愛麗絲等到他們越過波頂，船往下滑向波谷時，才沿著圍欄小步走向黛克西，愛麗絲邊走邊脫掉靴子，卡在圍欄底下。

「妳必須想辦法把一端固定在賽恩身上。」她對黛克西說，黛克西猛地點頭。平日那頭蓬鬆毛燥的頭髮濕透了，長長的鬈髮亂糟糟地垂在脖子四周。

愛麗絲抓起繩子的另一端，用嘴咬住。月光物質的觸感很奇怪，就像液體金屬，有種刺鼻的銅味。她先確定剩下的月光物質繩索在背後持續鬆開，然後拔腿奔向圍欄，賽恩正開始費力地爬向下一道巨浪的波峰。

沒時間思考了。愛麗絲一跳翻過圍欄，越過船側。

還沒撞上海水之前，她就扯住內心的線，緊緊用那些線裹住自己。一陣駭人的冰冷，然後她就開始變身。她的身體模糊起來，變成長條形狀，是孔武有力的惡魔魚——跟愛麗絲實際的身體差不多大的水棲猛獸，月亮物質的繩子現在牢牢啣在幾百根銳利如針的細小牙齒之間。

她花了片刻才摸清楚方向。賽恩在頭頂上，是水面上一個龐大的黑暗形影，前一刻的冰冷現在感覺相當舒服，鹹水陣陣湧過她的鰓，那種節奏就像呼吸一樣自然。她一甩強勁有力的尾巴前進，將自己朝更深的地方推去，以鰭控制方向。

在水面下，一切平靜得出奇。在上方如此狂暴轟擊的風雨，幾乎穿透不到海面下的幾公尺處，威脅淹沒賽恩的洶湧海濤成了柔和的波湧。愛麗絲再次用心念探向迷陣，想先掌握方向，然後轉向正確的方位，開始往前游動。

起初的幾秒時間感覺相當輕鬆。接著那條繩子扯緊了，賽恩的重量全在繩子的另一端。黛克西顯然把繩子纏得很牢固。愛麗絲覺得牙齒彷彿都要從自己嘴中被扯離——這種拖拉方式並非最適當的，但在沒有雙手的情況下，她最多只能做到這樣——她的尾巴拍著海水，卻不見多少成效。

在確保惡魔魚線穩穩纏住身子的當兒，還要動用第二條線的法力，並非易事。她不曾練習在另一種型態裡，召喚自己的法力；有點像是同時要綁兩條鞋帶，一手負責一條的感覺。如果她現在放開惡魔魚的線，還來不及回到海面上，可能就溺死了，於是她拚了死命撐住。

史百克的力量竄過她全身，恐龍無比的力氣增強了惡魔魚原本的力量。愛麗絲的魚心因為得意而飛揚。等她尾巴再次拍水的時候，海水彷彿輕如空氣。牙齒上的壓力逐步增加，但她不予理會，依然用盡全身力氣，要帶著賽恩抵抗驚濤駭浪的擊打。

有效耶！迷陣的邊緣越來越近。愛麗絲完全不覺得累，幾乎像機械似的，尾巴有如蒸汽引擎那樣運作。**再往前一點，再多游遠一點！**

邊界就在他們前方。可是他們一逼近，邊界就撤退，跟他們拉開距離。愛麗絲沮喪地朝它探出心念，想透過單純的意志力，將迷陣的邊緣**拖**近。一般來說，迷宮的織布就像無盡細薄的絲綢，可以朝任何方向扭動與折疊。**這座**迷宮感覺起來卻厚重剛硬，彷彿用汽車輪胎做成，在她的心念抓力下只是微微退讓。這艘船推擠著迷宮邊界，邊界往內退縮，不肯提供入口。

你……不能……把我擋在外頭。愛麗絲的思緒感覺很遲緩，能量正迅速耗盡。**打……開啊！**

她抓住邊界的織布，使盡全力一拉，一時之間，她感覺到某種存在體，有人碰觸著同一片織布，那種震動相當熟悉，一抹影像閃過她的腦海——巨大的獨眼，細如貓眼——

邊界讓步了。賽恩往前衝刺，靠著自己和愛麗絲尾巴的驅動，在頓時平靜下來的海水裡，嘩啦啦濺起水花。

就像某人用力推門，卻發現門突然打開，愛麗絲的心念一時失去平衡，她對織布和魔法線的抓力鬆脫開來，她感覺自己的身體扭動變化：她的魚鰭變回雙手，無用地拍打海水，而不是驅策她自信滿滿地穿越海水。她的衣服回來了，吸飽水分，將她往下拉扯。
用來換氣的魚鰓消失了，愛麗絲突然意識到自己就快溺水了。

第十章　沙灘上的小圓石

她並未完全失去意識，但也相差無幾。水抵住她的鼻子和嘴巴，對呼吸的需求在肺部引發一種撕裂般的痛楚。全身上下每一寸力氣都用來收緊下巴，違反身體想呼吸的慌亂直覺。她的雙手無力地扒抓，雙腿不停踢蹬，但也不足以將她帶到海面上。愛麗絲的視線邊緣開始發黑，感覺自己越來越虛弱。

就在她以為自己再也承受不住的時候，一雙細瘦的手臂包繞住她，那雙手卡進她的腋窩，將她拉到水面上。她氣喘吁吁，抽搐地吸口氣，吸進嘴裡的除了甜美新鮮的空氣，還有滿口的水花。

「愛麗絲？」是索拉娜的聲音，就在她耳邊。「我要妳抓住這條繩子，抓牢就好。」

黛克西的月光物質繩子就在她眼前。愛麗絲用雙手扣牢，發現自己被往上拉，越過了圍欄。更多手抓著她，將她平放在甲板上；她吃力呼吸著，海水從她浸濕的衣服滲漏出來。

「退後，」黛克西說，「讓她呼吸。」她的臉龐進入視野。「愛麗絲姊妹，聽得到我說話嗎？」

我們成功了。愛麗絲試著要說話，咳了咳，然後再試一次。「大家……都還好嗎？」

黛克西點點頭。爍兒和灰燼渾身濕答答，很不高興，可是他們會捱過去的，我們其他人都沒事。她搖搖頭。「我們的補給恐怕大多都掉下船了。」

「出了什麼事？」視野之外傳來麥克的聲音，「前一秒鐘我們還在爬海浪，然後轉眼……就變成這樣。」

「我們成功闖進大迷陣了。」愛麗絲說，她緩緩坐起身，看看「這樣」是什麼情形。賽恩緩緩滑過清澈平靜的海水。他們四周都是小堆礁岩，沒突出海面多少，有些岩堆大到可以支撐草地或小樹，幾十隻黑白雙色的海鷗用小圓眼看著這艘船，偶爾發出嘎嘎叫。海面下，愛麗絲可以看到其他石柱、飄蕩的海草簾幕、幾隻快速游竄的魚兒。

賽恩太大，不少礁岩縫隙都擠不過去，只好走比較寬闊的路線。在這裡航行肯定不容易，她認為這是自然的，因為這裡畢竟是**迷宮**。

索拉娜把自己拉回船上，坐在圍欄上，海水從她身上如瀑布般洩下。愛麗絲轉向她，漾起顫抖的笑容。

「謝謝，」愛麗絲說，「我不知道妳這麼會游泳。」

「我主人堅持要我學會這項技能，」索拉娜說，「他會在大半夜把我們拋進護城河。」她搖搖頭，彷彿想驅走不好的回憶，「**拉動**船的可是妳啊！」

「別提醒我了，」愛麗絲動了動下巴，惡魔魚的痛楚依然隱約停留在她齒間，「這種事我可不急著再重溫。」

索拉娜將眼前的垂髮拂開，再次露出那種熱切的奇特表情，惹得愛麗絲渾身不自在；愛麗絲明白，她只是鞏固了自己在那個女孩眼中的英雄地位，她嘆口氣，倒回甲板上。

「食物**全部**都被沖下船了嗎？」她說，「我餓到可以吃掉幾隻那些海鷗。」

結果他們還沒淪落到必須吃海鷗的地步。一袋蘋果卡在圍欄上，而且索拉娜也守住了裝滿肉乾的籃子，這個籃子泡水的程度並不嚴重。賽恩開心地汪汪吠，提供了新鮮的清水。

爍兒依然窩在防水油布底下，堅持自己沒事，卻遲遲不肯出來。不過，灰燼已經現身，看起來可憐兮兮，愛麗絲不得不壓下一聲竊笑。他抬起頭，彷彿想看她敢不敢亂下評語，然後激烈地搖了搖身子。

「我不在乎她**是**我母親，也不在乎她**是**迷陣怪，」他說，「這件事我絕對要找她算帳，竟然派我來經歷這種……這種**災難**。」

「我們都活著，」愛麗絲邊說邊嚼微濕的肉乾，「這就滿了不起的了。」

「活著有不同的方式，」灰燼說，「你們這些赤裸裸的猿人永遠可以脫掉你們的蠢衣服，我又該怎麼辦？」他舔舔毛皮，一陣哆嗦，「滿口鹹味。」

「如果你想洗洗，有不少清水可以用。」愛麗絲說。

「單是今天，我已經被洗**夠多**次了！」

貓咪怨聲連連地安頓下來，將自己徹底舔了一回，對那種滋味嘀嘀咕咕。愛麗絲撕了點肉乾給他，他一聲謝也沒說，就囫圇吞了下去。

等大家穩定下來，太陽幾乎已經下山，學徒們都同意，頂著夜色探索大迷宮是不智的做法。愛麗絲不覺得已經過完一整天，但在其他世界裡穿梭時，時間總是很難掌握。而且她累到足以睡上一個星期。他們在維持端莊的限度下，盡可能脫掉身上的衣物，披在賽恩的圍欄上等著晾乾。幸運的是，迷宮內部比外頭溫暖許多，即使在日落之後，賽恩停靠在較大島嶼的背風處，愛麗絲將黛克西的繩索捆在一顆礁石上。

隨著天際暗下，星辰現身，首先是一個接一個，接著是成千上萬。愛麗絲想起爍兒家鄉的天空，旋轉的速度快到令她暈眩。在地球上，星星看似靜止，但她隱約有種同樣的感覺，就是她可以往上掉進無邊無際的黑暗。銀河是一條朦朧的光帶，從海平線延伸到海平線。

「愛麗絲？」麥克說。他躺得離她最近。

「嗯？」愛麗絲說。

「我只是……我不知道有沒有謝過妳，在小珍受傷的時候幫忙她，我看到發生什麼事，可是妳毫不猶豫就**起身**行動。」

「我只是做了必要的事。」愛麗絲說。

「剛剛也是，我知道我們陷入困境，可是妳——妳就這樣一股腦兒**投身進去**。」他嘆口氣。「我真希望自己懂得怎麼像妳那樣劍及履及，我總是一開始就先想可能會出什麼差錯。」

「有時候我想我應該再小心點，」愛麗絲說，**就像我打開無盡牢獄，結果釋放了奧**

若波里恩那次，「可是時間不夠的時候，就必須跟著感覺走。我知道你辦得到，你很快就弄懂怎麼跟賽恩互動，而且我們頭一次見面的時候，你就說服小珍不要跟我戰。」

「你並不懦弱，這點我可以證明，」愛麗絲說，「身為讀者的我們擁有不少力量，有時候做對的事，就是用這個力量來捍衛人們。」愛麗絲回想她當初穿過艾卓德碉堡時，很想一把將那些冰巨人狠狠砸扁的事。「有時候則表示選擇不開戰，即使我們可能很想。」

「有……道理，」麥克說，「謝謝，愛麗絲。」

他不再開口說話，愛麗絲閉上眼睛。**我什麼時候成了提供睿智建言的人了？說到這個，我又從哪裡得到過睿智的建言了？**有些事情看起來就是……滿明顯的。**也許那就是智慧，也許智慧就是看出明顯的事物**。她吐了長長一口氣，墜入了體力透支之後的深眠。

黎明喚醒了她，她發現爍兒縮身伏在一只金屬碗上方，從微弱的火焰捏起小火塊，從手指上舔起來。

「好過一點了嗎？」愛麗絲說。

「好一點了。」爍兒的語氣肅穆，伴隨著體內某處的篝火劈啪低響，他的髮絲依然大多暗黑，不過已經恢復了些許暖意。「那種經驗我可不急著再重複一次。」

「我希望我們不用，」愛麗絲說，「在這裡面，狀況看起來確實比較宜人了。」

他仰頭看著她，然後別開視線。「聽說妳救了我們，又一次。」

她聳聳肩。「因為只有我能變成魚啊。」

「我……」爍兒低頭看著他那碗火焰，然後搖搖頭。「算了。」

灰燼還在睡，在爍兒身邊緊緊蜷成一球，可是其他學徒都陸續起床了。愛麗絲的內衣褲還有點潮濕，可是晾在圍欄上的衣物大多都乾了，雖然髒兮兮的，因為鹽分而僵硬。她將衣物套回身上，因為肌肉痠疼而皺了皺臉。

「一覺過後神清氣爽，」黛克西邊說邊啃蘋果，「可是我覺得我們最好趕快辦正事，愛麗絲姊妹。」

愛麗絲點點頭。「看不出要花多久時間才穿得過。」如果要超過一兩天，他們真的就得吃海鷗了。「黛克西，解開繩子吧。麥克，你負責指引賽恩，我會想辦法指出對的方向給你。索拉娜、爍兒，你們負責守望，如果看到有東西朝我們逼近，或是注意到任何怪現象，就大聲呼叫。我們要尋找『帷幕』，誰曉得另外還有什麼。」

「哎，哎，長官！」麥克咧嘴笑著說，愛麗絲推想這又是海盜用語了。

麥克撫搓賽恩的耳朵，賽恩從島嶼後方滑了出來，進入更寬闊的水道，遠離兩側的礁岩。愛麗絲閉上雙眼，讓迷宮的織布緩緩滑過她的心念抓力，有如終結預測的，她對這片織布無法施予太多力量，但至少能感應它的結構，並且輕輕往前摸索，以便判定行進的路線。

麥克遵循愛麗絲模糊的指示，指引賽恩方向，繞過一座座島嶼，在礁岩堆和海草床之間穿梭。海鷗觀望他們，當他們靠太近，便嘎嘎叫著成群飛起。灰燼醒來了，重新回到愛麗絲肩上的老位子，瞇細眼睛，興致高昂地盯著那些鳥。
「要是我就不會嘗試，」愛麗絲說，「牠們比你大。」
「牠們只有翅膀，」他不以為然地說，「相信我，大鳥天生就是貓咪的獵物。」
「也許要等牠們烤過跟切過。」愛麗絲說。灰燼嗤之以鼻。
「那是什麼？」爍兒叫著，越過圍欄指著某處。
他們全都轉身去看。一座平坦的大島撐起了三堆岩石，每一堆都高及愛麗絲的腰際。看起來像是人搭出來的錐形石堆，或是坍塌石牆的碎石，可是它們確確實實在移動。有顆岩石會從頂端滑下來，接著另一顆石頭會落到第一顆石頭的頂端，以此類推，就像持續不停的石崩。有一顆特別圓的石頭永遠停留在每一石堆的中央，石面上有兩個玻璃般的突起，看起來就像眼睛，令人不安。那雙眼睛隨著這艘船骨碌轉，直到船繞過另一座島嶼，離開視線範圍。
「是活的嗎？」索拉娜說。
爍兒點點頭。「在我族人的舊世界裡，有很多岩石生物。甚至是石妖精，雖然我們很久沒跟他們接觸了。」
「又有一個。」索拉娜說。想當然耳，有個石堆用玻璃眼睛從亂糟糟的樹木陰影裡觀望。既然知道要留意石堆，愛麗絲發現放眼到處都是，那些石堆要不是在自己的島嶼上搖搖晃晃地漫步，不然就是在原地轉身盯著這艘船駛過。
「看起來不會大到有威脅性，」她過了一會兒說，「可是如果他們不來惹我，我寧可不去惹他們。」

「好計畫。」黛克西說。

一個小時左右之後，那條航路來到終點。他們四面八方都受高聳崎嶇的岩地所包圍。眼前是一座比其他島嶼都大得多的島，龐然的峭壁從平地拔起，峭壁底部的海灘佈滿圓石。

「現在如何？」麥克說，要賽恩暫停。

愛麗絲戳戳大迷陣的織布。走這條路絕對正確，她感覺得到，不管穿越這座迷宮的哪條途徑，最後都會來到這裡。

「我想我們下船用走的好了，」愛麗絲說，「這一定是第一道帷幕，它擋住了往前的路。」

「所以是某種試煉嘍？」索拉娜說。

「或者更像出入口，有守衛的那種？」爍兒說。

「我們等會兒就知道，」愛麗絲說，「麥克，帶大家上岸吧。」

第十一章 第一道帷幕

賽恩聽命靠岸，讓大家在不弄濕身體的狀況下船，接著整艘船往內塌陷，縮回成一隻興奮的狐狸生物。半袋蘋果和倖存的幾籃補給品留在他們腳邊。

這裡的海沙比蔚藍大海的沙灘粗糙得多。灰燼繼續搭著愛麗絲的肩膀前進，疑神疑鬼瞅著柔和的海浪。爍兒面帶笑容將那袋蘋果扛在肩上，掩不住回到陸地的如釋重負。賽恩圍著麥克熱切地繞著圈圈，一面汪汪吠。

「噓，」麥克告誡他，「可能已經有人在等我們了。」

「如果這裡有守護者，也沒辦法攻得他們措手不及了。」愛麗絲說。

「至少前進的道路很明顯。」黛克西說。

這倒是真的。這片海灘是從峭壁底部刻出來的半圓，岩石裡有個縫隙，寬度只夠一個人從沙灘進入島嶼內部。

「我先走，」索拉娜說，接著緊張地瞥了瞥愛麗絲尋求贊同，「如果那裡有任何東西，我就可以再縮回岩石之間。」

「好主意。」愛麗絲說。索拉娜束縛的生物裡，有其中一個可以讓她短暫化為無形，穿過固體東西。

索拉娜一笑，就像被拍腦袋的狗兒，然後移步踏進縫隙。幾分鐘過後，她再次出現，揮手要其他人進去。

走到縫隙盡頭的時候，愛麗絲踏了出去，進入一個寬闊的圓形空間，大小有如棒球場，峭壁圍繞在四周，但可以看到對面岩牆上有另一道縫隙。夾在中間的是平坦帶沙的地面，飽經風霜的石柱以固定的間隔林立其中，索拉娜背靠其中一個石柱等候，慌亂地揮著手。

圓形空間中央矗立著較大的石堆。起初，愛麗絲以為那只是個石堆，但是中央那顆又大又圓的石頭轉動著，碾磨並噴出沙塵，最後露出了兩顆像眼睛的玻璃球狀物，那個石塊組成的東西打直身子，石塊互相刮磨碾壓，這座石堆比他們在海面上瞥見的那些小石堆大得多，隨便就有愛麗絲的四倍身高，而且每顆大石都比她的個子大。

石堆邊緣的一塊大石開始旋轉，起初慢條斯理，接著加快速度，最後動作快得模糊成團。那個生物任由那塊大石落下以前的片刻，愛麗絲才搞清楚當前的情勢。

「快找掩護！」她大喊。學徒們手忙腳亂衝向石柱。

那塊旋轉的大石撞上地面，往前噴射，彷彿從大砲發射出來，它以震耳欲聾的嘎啦響撞上峭壁，高高彈入空中。即使還沒落地，第二塊大石就朝他們射來。這一塊砸進他們躲藏在後的那根石柱，愛麗絲感覺石柱在搖，粉塵紛紛落在他們四周。

「這個撐不了多久的！」麥克說，仰頭望著石柱。

「如果我們分散開來，」黛克西說，「也許可以繞過這個石堆——」

「那樣的話，大家只能等著被壓扁，」愛麗絲說，「讓我來處理。」

「等等，愛麗絲姊妹！」

愛麗絲從石柱後面迅速旋身出來，感覺灰燼從她肩膀一躍而下。她從其他人身邊跑開，那個岩石生物跟著她轉動，另一塊大石越轉越快。它剛剛拋出去的那些石塊又返回轟隆隆、嘎吱響的石堆，也就是那個生物的身軀，**所以它的彈藥怎麼都消耗不完，來試試這個吧**。

為了獲得力量，她用恐龍的線裹住自己，加上簇仔的線增加堅韌，接著在兩根柱子之間的開放空間滑著停下，面對那個生物。那雙亮閃閃的眼睛盯住她，然後她放任那塊岩石飛出來。

愛麗絲舉起手臂，穩穩站定。如果她**阻擋**得了那塊大石，那麼它就不會回到生物身邊，她想像自己攔住大石，就像橄欖球員。當大石朝她衝來，後面拖著一團飛砂走石，她才意識到自己這個計畫的漏洞。

重點不在於力量，而在於質量。比起愛麗絲，這塊大石的質量大得多，即使擁有史百克的威力，如果使不出來，也沒幫助——一旦大石將她從站立的地方撞飛，她根本無法施力去推大石。

受到撞擊之前的那瞬間，這些念頭竄過了她的腦海，愛麗絲只剩閉上雙眼的時間。

這次，她暗想，**一定會很痛**。

她想得沒錯，但所幸沒痛多久。

愛麗絲睜開雙眼，晴朗的藍天映入眼簾，天上散佈著幾縷雲絲。片刻之後，黛克西的臉進入視線，她蓬鬆的深色馬尾遮去了部分陽光。

「愛麗絲姊妹？」她說，「感覺如何？」

「像是有很重的東西掉在我身上。」愛麗絲勉強說。

「喝這個，」黛克西舉起水壺，往愛麗絲的嘴倒水，「我想妳的骨頭都沒斷。妳的簇仔真不可思議，索拉娜姊妹替妳抹了她的療癒藥膏。」

索拉娜的束縛生物裡，有一種會製造濃稠的乳霜，能夠迅速療癒傷口，愛麗絲想起來了。他們在伊掃的碉堡那裡用過。

「謝謝，」愛麗絲啞著嗓子說，「大家都還好嗎？」

黛克西點點頭。「索拉娜姊妹轉移那個生物的注意力，我們其他人趁機把妳帶走並且撤退，我們回到沙灘上了。」

愛麗絲可以聽到賽恩在附近某處汪汪吠。她發出呻吟，用手肘撐起自己，費了不少力氣才坐起身子。索拉娜、麥克和爍兒都坐在附近看著她。灰燼輕腳走過來，蹭蹭她的肩膀，她漫不經心地摸摸他。她的衣服幾經刮摩撕扯，但黛克西說得沒錯，經過大石的猛力撞擊，她失去意識，但簇仔們保護了她。

「妳確定妳還好嗎？」索拉娜焦急地說，「剛剛衝擊力道好大。」

「我想還好，」愛麗絲說，「只是有點頭昏腦脹。」

「大石把妳提起來，狠狠撞向峭壁，」麥克邊說邊調整眼鏡，「我還以為妳會整個被壓扁。」

「愛麗絲姊妹，」黛克西說，「妳知道我非常尊敬妳，可是有件事我非說不可。」

「呣？」愛麗絲有點鈍鈍地看著她，「怎麼了？」

「我就直話直說了，妳這次的行為是很愚蠢的，」黛克西皺眉，「未來請多顧慮自己的安危。」

「我來這裡的目的不是考慮自己的安危，」愛麗絲說，「記得吧？」

「黛克西說得對，冒險有不同方式。」麥克說。

「沒必要一直煩她，」索拉娜說，「只因為有點……不智。」

「不只如此，」黛克西態度堅持地說，「愛麗絲姊妹，拜託，我們是來**幫忙**妳，而不是來阻攔妳的，妳不可能每個問題都要靠自己解決。」

「我……」愛麗絲打住，低頭看著雙手，「我只是想趕在有人受傷以前快快解決掉。」

「我們當初同意踏上這趟旅程，」爍兒柔聲說，「就表示我們都**同意面對**風險，妳不用保護我們。」

「那是你的看法，」灰燼嘀咕，「**我**當初可是什麼也沒同意。」

「爍兒說得沒錯，」索拉娜說，不理會貓，「妳不用什麼都一肩扛起。」

「可是我應該扮演領袖的角色，不是嗎？」愛麗絲說，「那就表示要保護每個人的安全。」

「那表示要盡量作出最好的決策，」黛克西說，「這是兩碼子事。」

愛麗絲緩緩點頭。「我……我以為我最適合來應付它，因為我想我是我們當中最強的一個。」

「硬碰硬不見得都是好做法，」黛克西說，「想想伊掃碉堡裡的鋼鐵巨人。」

愛麗絲想起鋼鐵巨手往下朝索拉娜頭頂壓來，堅硬到足以壓裂大理石。這個女孩及時化為無形。她嚥嚥口水，再次點頭。

「好了，」她說，「所以我們要怎麼穿過去？」

十五分鐘過後，她的腦袋怦怦抽痛。她大口灌下水壺的水。

「要衝過去太遠了，」她說，「即使索拉娜可以轉移那東西的注意力，我們也沒辦法知道是不是能**維持**下去。」

「可是我們沒有東西傷得了它，」麥克說，「堅實的石塊就沒辦法。」

「艾薩克兄弟以前就能把鋼鐵巨人的腿熔掉。」黛克西說。她瞥了瞥爍兒，爍兒憂愁地搖搖頭。

「我沒辦法弄出那麼熱的火焰，」火妖精說，「熔化岩石甚至比熔化金屬更有挑戰性。」

愛麗絲在心裡清點一遍大家的法力，史百克的力量不足以弄碎岩石，索拉娜的力量大多是防禦性的，爍兒的火焰不夠熾熱，麥克的銀刀無法切割扎實的石塊，黛克西的卡里亞堤長劍也沒辦法。**這樣還能怎麼辦？**

「黛克西，」她說，感覺有個構想逐漸浮現腦海，「妳的月亮物質如何？」

「妳的意思是要塑成長矛嗎？」黛克西皺眉，「我想拋擲的力道沒辦法大到可以打碎岩石。」

「不是長矛，而是細線。」她的心思快速馳騁。「不過……必須是很細的線，妳有沒有看過起司切割器？」

他們當然都沒看過了。愛麗絲解釋起司必須切片的事，暫時離了題，接著為了向爍兒解釋起司這個概念，又離題更久一些。

「基本上就是一條鐵絲，固定在兩個手把上，」愛麗絲說，「把它推進起司裡，就能輕輕鬆鬆割過去，因為很細的關係。」

麥克點點頭。「它把你推進的力量集中在小得多的區域，道理就跟刀刃一樣。紙張會割人也是同樣道理。唯一的問題就是那條鐵絲夠不夠強韌。」

「沒錯！」愛麗絲說，「可是黛克西的月亮物質幾乎牢不可破，而且妳可以把它弄得很細，不是嗎？」

「我從來沒試過，可是我想可以，」黛克西說，「可是我們要怎麼靠近到能用鐵絲割那些石頭？」

愛麗絲感覺自己的笑容回來了，「計畫是這樣的……」

第十二章　起司切割器

由索拉娜打先鋒，那些線一捆捆掛在她肩上，其他人則從岩石裡的窄縫中觀望。那個岩石生物一旦看到她，就讓一個大石快轉，她衝到最近的石柱，當碎石連番飛襲的時候，趕緊縮起身子。她把黛克西織的線解開，將一端放在地面上。然後深吸一口氣——等她化為無形時就不能呼吸——然後拔腿狂奔。

又一塊大石噴射出來，瞄得相當精準。它毫不停歇地穿過索拉娜，撞上峭壁表面，高高彈入空中。那個岩石生物似乎吃驚地愣住半晌，索拉娜趁它停頓的時候，繞過第二根石柱，在背後的地上留下一道月光物質的銀線。她深呼吸吐出一口氣，喘著換氣，在另一塊大石擊中石柱時，伏低身子。等肺部再次吸飽了氣，索拉娜就拔腿衝回剛剛起步的地方，行進的時候險些被一塊大石擊中。

現在網子已經就定位，不過還躺在地面上。愛麗絲向爍兒和黛克西打手勢，另一塊大石擊中牆壁以後，他們一起拔腿疾奔，黛克西奔向索拉娜等候的石柱，爍兒則到細線的遠端。愛麗絲屏住氣息，但是他們時間抓得不錯，在另一塊大石抵達以前就到了各自的掩護點。

黛克西將月光物質的細線末端熔為一體，然後和爍兒開始爬上石柱，背後拖著成捆的線。距離地面三四公尺的時候，就讓那捆細線展開，細線構成的網子就掛在了兩個石柱之間，細得跟蜘蛛網一樣，在微風中飄蕩如薄紗，看起來很脆弱。

黛克西望向爍兒，揮揮手，火妖精停止攀爬。黛克西再次摸摸那些線，那些線隨之緊縮起來，將整個網子扯緊，爍兒從他在石柱上的蹲處跳下來，黛克西不久也如法炮製。

陷阱設好了，愛麗絲從岩石中的縫隙走出來，眼睛一直盯著那個岩石生物，其他人原本自願擔起這份工作——基本上就是當誘餌——可是她堅持要負責。她不確定這個計畫會不會成功，如果失敗的話，她希望由自己來承擔後果。**畢竟，我被這東西砸過一次，而我還活著**。要是其他人可就難說了。

當然了，這並不表示她很**期待**這件事，她將簇仔的線盡可能緊緊捆住自己，並未變身，只是讓肌膚堅韌起來，然後在峭壁附近站定，網子就在她自己和那個岩石生物之間。它立刻看到她，空茫的白眼睛朝她的方向轉來。有塊大石開始轉動，速度越來越快。愛麗絲強迫自己深吸口氣，站穩雙腳，然後等待。

大石擊中地面，繼而往前噴射，將自己的轉動化為前進的動力。大石以一系列的彈跳，緊貼地面朝她襲來。才一眨眼的時間，它就穿過那兩根固定網子的石柱，然後——

當碎石落在四周的時候，愛麗絲發出興奮的呼喊，**成功了！**

大石在半空中就**解體**了。它在毫無減速的狀況下穿過網子，而它的動力集中在黛克西用牢不可破的月光物質製成、細如頭髮的線縷上。就像世上最鋒利的刀刃一樣，線縷彷彿把扎實的岩塊當成濃密的霧靄，一把切穿。猛力拋出的單一石塊轉眼化為一堆鬆散的碎礫，就像餅乾切割器底下的麵糰，被剁成了古怪的形狀。碎石朝著四面八方瘋狂彈跳，這些散射出來的小石粒咚咚打在愛麗絲四周的地面上，從她背後的峭壁猛彈回來。

石塵瀰漫在空氣中。塵埃散掉之後，愛麗絲看到第二塊大石朝她而來。下場就跟第一塊大石一樣，撞上幾乎隱形的線縷後，在半空中就整個解體。有幾塊碎片打中愛麗絲，從她簇仔般的堅韌皮膚彈回來，沒傷到她。第三塊大石射出並擊中網子時，她開始放聲大笑，她不知道是不是可以嘲弄一堆岩石，不過她可不希望它停下動作。

它順著她的意，一塊接一塊，大石從逐漸縮水的石堆拋出。碎礫在愛麗絲四周越堆越高，她爬了上去，免得雙腳被蓋住。黛克西伏身躲在另一個固定線縷的石柱後方，爽朗地對她揮揮手，愛麗絲也揮手致意，咧嘴笑得跟傻子似的，即使這時又有一塊大石爆開。

最後一塊大石裂開並撞上地面時，那個岩石生物的腦袋只是坐著看她，顯然除了怒瞪之外無力再做任何事情。

黛克西從石柱後方探出腦袋，謹慎地朝著岩石生物的方向揮揮手。它轉而望向她，但沒有其他動作，黛克西用一指碰碰那張網子，銀色的月光物質旋即消解無蹤。

「成功了！」麥克從岩縫裡走出來，灰燼坐在他肩膀上，賽恩在他腳邊歡喜地蹦蹦跳跳。他們小心越過滿地碎石，和其他人會合，他們已經在淨空的中央空間附近集合。

「成功了。」愛麗絲附和。她瞥了瞥只能乾瞪眼、沉默無語的岩石生物。

「我們走吧，那個東西讓我心裡發毛。」

大家點頭表示同意。他們列隊路過那個岩石腦袋，它轉著看著他們離去，他們進來的對面還有一道裂隙，可以帶他們穿過另一側的峭壁。他們排成一列擠進去，轉眼到了另一片圓石海灘，眼前的景色由小島和遙遠盤旋的海鷗構成，跟他們拋在後頭的相差不大。

「我想，希望可以不用再搭船，是一種妄想吧。」灰燼嘆氣。

「好了，賽恩，」麥克說，「走！船！」

賽恩汪汪吠，開心地跳進水裡，迅速擴張成毛茸茸的船隻造型，灰燼嫌惡地瞅著他。

「我對犬類的評價，在這趟旅程中**並未**提升。」

「他可能更接近狼而不是狗，」麥克說，「可是**我**喜歡他，哎唷！」他補充，灰燼用腳掌給他的頭側一記，然後往下跳。

「灰燼的事我很抱歉，」愛麗絲對麥克說，「他是貓，而且——」她頓住，判定那句話就是完整的形容。「他是貓。」

「他都忘了我看過他求小珍替他搓肚皮的情形，」麥克說，「我知道他其實心很軟。」

他朝賽恩晃過去，黛克西走過來猛拍愛麗絲肩膀。

「如果我之前說話太衝，很抱歉。」她說。

「不用抱歉，」愛麗絲說，「我應該謝謝妳才對，妳說得沒錯，我太愚蠢了，如果再發生那種事，請提醒我。」

「我很樂意提供這樣的服務，」黛克西說，「有時候我們都需要提醒，問題有很多解決方式。」

「還好我不是孤單一人，」愛麗絲說，「我無法獨力完成這個任務。」

「妳也不用獨力完成，」黛克西說著便咧嘴一笑，「不過我一定要說，大迷陣比我預期的更友善呢。」

「這叫**更友善**？我們差點溺死，而且我還被大石壓慘了！」愛麗絲頓住，提醒自己，眼前這個女生可是曾經被鱷魚咬斷一條胳膊，而且還處之泰然。「只希望能夠維持下去。」

第十三章　一場盛宴

幾個小時之後，愛麗絲開始後悔自己之前說過那番話。

他們才離開第一帷幕之島，攻擊幾乎立即展開。海水裡似乎佈滿蹦蹦跳跳的小魚，牠們張大的嘴裡滿是針般的牙齒。黛克西和麥克揮著長劍和飛刀在半空攔截牠們，愛麗絲則將穿越防線的小魚打到一邊，爍兒則用長矛刺擊牠們。

他們穿過那群魚，從另一邊出來，不久，渾身毛的巨型蜘蛛就乘著帶黏性的白泡泡浮台，朝他們的方向划來。這一次，愛麗絲帶頭跳進水裡，變身成惡魔魚，將那些生物一個個撕成碎片，其他學徒則在圍欄邊奮戰，好似老式水手要擊退登船進犯的人。

最近一次的攻擊者是隻巨蟹，牠的腳從海水裡探出來，彎折越過賽恩的船側，以巨大的蟹螯追捕乘客。愛麗絲以史百克無比的力氣，握著月亮物質製成的長劍作戰，她和黛克西將那個多足的生物劈成碎片。愛麗絲不禁想起他們一起穿越伊掃迷宮的那次，來勢洶洶的生物不停出擊，那些生物笨到無法理解自己的力量遠遠不及對方。

她最後一劈，截斷了最後一隻蟹螯，它砰咚落在甲板上。她的肌肉因為使勁而熱燙。即使擁有史百克的力氣，她的耐力終歸有限，她知道自己快到極限了。不過，大海一時似乎不見敵人的蹤跡。

「大家都還好嗎？」愛麗絲說。

黛克西點了點頭，還包覆在一身銀色卡里亞堤盔甲裡。麥克和索拉娜在船首背貼背站著，正大動作甩掉身上的螃蟹黏液。爍兒蹲伏在船中央，雙手握著長矛。

「灰燼呢？」愛麗絲說。

貓咪從倒蓋的籃子底下探出腦袋。「牠們都走了嗎？」

「我想我們把牠們拋在後頭了，」麥克說，戀戀地輕拍賽恩的圍欄。「乖船。」賽恩發出接近噗咿咿的聲音。

「可以找個停靠的地方嗎？」愛麗絲說，「我想我們都需要休息一下。」

麥克點點頭，開始輕撫賽恩的耳朵。黛克西讓卡里亞堤盔甲褪去，伸伸懶腰，露出燦爛笑容。

「好處是，」她說，「我們的糧食問題跟著解決了！」

「解決了？」愛麗絲皺著眉說，「怎麼說？」

愛麗絲不得不承認，**聞起來**真的好香。麥克保持懷疑態度。

「螃蟹基本上是水中蜘蛛，不是嗎？」他說，「你們要吃的是**蜘蛛**耶。」

「我吃過蜘蛛，」索拉娜說，「咬起來脆脆的，沒蟋蟀好吃。」

聽到這番話，愛麗絲的肚子翻攪了一下。索拉娜在別的世界成長，她的主人讓人類活在原始狀態。索拉娜不常談到那些事，其他人也無意多問。

「我要試試看，」愛麗絲邊說邊往前傾，「還會有多糟呢？」

他們在賽恩的甲板上弄了個火坑，用月亮物質捏成的薄板來保護船身，船上堆著剩下的籃子和在附近島嶼上找到的乾草。爍兒點燃了火焰，現在正燒得滿旺的，黛克西收攏了幾根掉進船裡的巨蟹腳，切成更小段，然後架在火堆上方。她宣佈烤熟的時候，大夥兒就把烤焦的蟹殼撬開，露出泛著粉紅多汁的蟹肉。

「最得寵者和我經常吃蟹肉，」黛克西說，用手指撕開冒著熱氣的肉，朝嘴裡拋進小塊，「海裡的食物她都喜歡吃，不過螃蟹是她的最愛。」

索拉娜不用人勸進，逕自動起手來。現在愛麗絲也拉了一絲蟹肉，吹到降溫，然後試探地咬一口。她睜大雙眼。

「好吃！」

「撒點調味料會更棒，」黛克西說，「還有奶油，當然。不過有得吃已經比沒有好了。」

麥克看著其他人吃得這麼津津有味，最後終於嘆口氣，讓了步，嘴裡依然嘀咕著關於蜘蛛的事。一等吃飽，愛麗絲便替灰燼撕了幾條蟹肉，灰燼並沒有反對的意思。

「你還好嗎？」貓咪在吃蟹肉的時候，她對貓咪說，「我們剛剛忙得焦頭爛額，我沒辦法照顧你。」

灰燼嚥下蟹肉，舔舔嘴唇。「我是半貓，」他說，「我照顧得了自己。」

「你當然可以。」她搔搔他耳後，他用腦袋推了推她的手。「很遺憾你母親強迫你跟我們來。」

「我想，反正我自己也會想來啦，」灰燼咕噥，「總得要有人確定妳不會惹上麻煩，我只是希望……」

「希望什麼？」

「沒什麼，」他快快吞下另一條蟹肉，「只是希望這件事**結束**，大家平平安安回到家，我有不好的預感，愛麗絲。」

「不是只有你這麼覺得。」

灰燼壓低嗓門。「龍有沒有再跟妳多說什麼？」

「他從警告我別信任終結以來，就沒再說話了。」

「我確定母親知道自己在做什麼，」灰燼說，語氣毫無把握，「當然了，要是她能再跟**我**多說一些，也滿好的。」

「你有沒有感覺到，有誰在操縱這個迷宮對付我們？」

「我想沒有，」貓咪邊說邊打哈欠，「就我看來，這迷宮不用人操控，本身就已經夠難纏的了。」他繞了一次圈子，然後蜷起身子貼著愛麗絲，「火男孩想跟妳談談。」

愛麗絲一抬頭就看到爍兒走過來。他們用來烤螃蟹的火有一小塊正在他的掌心上舞動，他的手指正把它當黏土似地捏塑著，他咬掉一塊，嚥了下去，將剩下的揉成一球。

「你狀況如何？」她說，他在她身旁坐下。

「還好吧，」爍兒說，「只是……」他嘆氣。

「只是什麼？」愛麗絲催促他說下去。

「我忍不住想，要是我當初留在後方，對你們可能比較好，我不夠強壯。」他鬱悶地盯著小火，「我早該放聰明點，可是我的憤怒令我盲目，讓我看不見顯而易見的事。我不是讀者，跟不上你們的腳步。」

愛麗絲長長吐了口氣。她很想直接告訴爍兒他錯了，可是他值得更好的對待，她自己也不是沒這樣想過——倒不是覺得他是個負擔，而是覺得，他的同行是否只有等著受傷的份，**但事情沒那麼簡單**。

「很高興你來了，」愛麗絲說，「我想，那種『讀者才重要，其他人只是盤上的棋子』的態度正是我們在**反抗**的，我們都見識過這種想法所造成的結果。」

「妳這種想法很高貴，」爍兒露出虛弱的笑容，「但並不會改變這個事實：讀者比其他人都強大，你們有能耐做到的事，我想了都害怕。」

「可是其他人有兩次都必須出手救我，」愛麗絲說，「沒人強大到可以獨力做每件事，連老讀者也不行，他們有的是僕人，但我寧可有朋友。」

爍兒點點頭，雖然表情並不完全信服。愛麗絲默默端坐片刻，然後動作輕柔地挪開灰燼，站起身來。

「該繼續上路了。」她說，心念順著大迷陣的織布往外摸索。她越來越懂得怎麼詮釋它的獨特結構，她覺得自己感應到另一道障礙在他們前方延展。「我想另一道帷幕就在附近。」

第十四章 黑樂格爾欽

賽恩停靠在另一片沙灘上，等大家魚貫下船後，縮回了原本的狐狸外型，繞著圓圈奔跑，興奮地汪汪吠。這座島嶼比上一道帷幕更小，但是高聳的峭壁擋住了視野，看不到後方有什麼。一條寬闊的沙徑通往內部，四處長著一簇簇的野草。

「你們覺得，會不會有另一個守護者？」黛克西說，「或是某種試煉？」

「試煉聽起來比較不危險。」爍兒說。

「除非那表示這座島上佈滿陷阱，」麥克說，「就是大坑洞、旋轉飛刀、會塌陷的岩石等等的。」

「大家注意看有沒有旋轉飛刀，」愛麗絲說，「或是其他東西。」

灰燼手腳並用爬上愛麗絲的肩膀，尾巴抵著她的背揮擺。起步往前走的時候，她漫不經心地搔著他耳後，她的心念抓力懸浮在她的魔法線上。黛克西走在她身旁，後面跟著麥克和索拉娜，賽恩快跑尾隨，由爍兒殿後。

那條沙徑繞過一堵石牆，通往一個圓形大空間，那片佈滿沙子的場地有一半由峭壁環抱。石壁上嵌了一道門，是一扇大鐵門，有愛麗絲身高的兩倍，鉸鍊粗重，鑰匙孔很大。鐵門上鏽斑點點，彷彿已經有幾十年沒人碰過。

「門？」麥克說，「那就是帷幕？」

「也許我們必須撬開門鎖。」愛麗絲說。

「我可以穿過去，」索拉娜主動提議，「看看另一邊是什麼。」

「欸，是可以啦，」有個聲音說，「可是妳看到的，可能跟打開門以後看到的不一樣，懂了吧？這可是迷宮呀，東西會變換不停，而且它不喜歡那些想抄捷徑愛作弊的人。」

門的前方竄起一陣灰塵，塵埃落定之後，露出一個高度跟愛麗絲差不多的矮壯男人。他穿著老式的衣服，上頭織著銀線和金線，移動的時候會發出閃光，那種效果又因為他戒指和兩邊手環而加強。細長的棕色直髮紮成了奇特的多股髮辮，髮間編進了好幾個金環和金帶。連他的雙眼都閃著金色，不是貓咪那種黃色，而是貴重金屬那種奶油似的平滑光澤。

「至於撬開門鎖呢，」他用奇特的口音說下去——聽起來混合了愛爾蘭話和德語——「是沒必要的，如果你們贏得過我，我自然會替你們開門，童叟無欺。」

「你打算跟我們戰鬥？」愛麗絲說，緊繃起來。

「好戰型的，是吧？」他咧嘴笑，以經典的拳擊手姿勢舉起雙拳，「不，那樣有點不文明，這比較像是——一場競賽。鬥智，懂吧？」

麥克往前一站，調整眼鏡。「哪種競賽？我們有得選嗎？」

「打從這項任務降臨到我身上以來，凡是來到這裡的人，都要接受我的挑戰，老實說，來的人並不多，可是這個競賽是一種傳統，而你不能對傳統胡來。這項傳統是這樣的，簡單明瞭：如果你們碰得到我，不管是用雙手、雙腳或拋出來的任何東西，那你們就算贏了。然後，我會打開大門，真心不騙。如果過了一個小時，你們還是碰不到我，那麼這座迷宮的中心會繼續關閉下去。」

他揮揮手，一個長長的沙漏平空出現在頭上的岩架上，細沙已經從頂端的球狀體紛紛落下。

「只是要碰到你？」索拉娜看著愛麗絲，眨眨眼，然後說下去，「感覺不像是公平的競賽，不可能有那麼——」

她話沒說完就往前衝刺，手伸在前方，輕拍矮小男人的額頭。

「——難！」她發出勝利的呼喊。但她的手卻穿過她的獵物，彷彿他並不在場。片刻之後，他閃了閃，消失無蹤，他們四周閃過動靜。總共有十二個他，細節全都一模一樣，小至閃亮的金靴也是，臉上掛著相同的笑容。

「這個姑娘有這種精神就對了！」最靠近的那個喜孜孜地說，「可是要抓到老黑樂格爾欽，需要的可不只是動作飛快的雙手！」

「不公平！」愛麗絲喊道，「如果你不是實體，我們怎麼碰得到你？」

「噢，這當中有一個是有血有肉的，」其中一個複製品說，然後另一個補充，「可是裡面也摻了點魔法！好了，哪個是哪個，難就難在這裡，不是嗎？」

十二個黑樂格爾欽同聲一笑，笑聲刺耳高亢。接著開始又跑又跳又轉，彷彿發了瘋似的。

「抓住他！」愛麗絲大喊。

爆發一陣混亂，每個學徒都追著最近的一個複製品跑，在沙地裡打滑踉蹌。爍兒撲向其中一個，差了十幾公分，黛克西想要突襲某一個的時候，自己卻絆了一跤。她以為自己抓到了黑樂格爾欽的靴子，但他只是面帶嘲諷笑容俯視她，繼而化為霧氣。索拉娜繞著圈子打轉，兩個複製品圍著她快跑不停。賽恩顯然以為整件事有趣極了，瘋狂地跟著麥克跑，熱烈地汪汪吠。連灰燼也從愛麗絲的肩膀跳下來，正在跟蹤其中一個複製品，灰燼搖著後半身，準備撲襲。不過他還來不及彈起身，獵物就直接穿過他。貓咪躍入空中時，發出驚愕的嘶鳴。

愛麗絲好不容易將其中一個困在峭壁表面上，在他試圖閃躲時，呼應他的假動作。從他小心謹慎的動作來看，她很確定他就是本尊，可是當她終於一舉撲向他時，手臂卻穿過了他的身體，彷彿是煙霧組成的。

「啊，不過還是算不錯的嘗試！」另一個複製品說，經過她背後，「妳有沒有考慮過當個球賽選手啊？我想妳有天分喔！」

看看這樣他還能不當一回事嗎？愛麗絲帶著野蠻的笑容暗想。她用簇仔的線緊緊繞住自己，身體化為一堆彈彈跳跳的黑簇仔。牠們在沙地上站正之後，每七八隻為一組，衝向其中一個複製品。那個團隊分散開來，團團包圍黑樂格爾欽。黛克西發出歡喜的呼喊，學徒們移動腳步，圍成了完整的圓圈。

「哎唷，」黑樂格爾欽嚷嚷，「這招不賴喔！」

其中一個複製品越過一排簇仔，快步溜開。另一個試著如法炮製，但動作不夠快，沒躲過麥克伸長的手。那個影像模糊起來，然後消失不見。

愛麗絲的腦袋因為同時移動那麼多簇仔，已經痛得很厲害，可是這有效果。在其他學徒、簇仔們以及高聳峭壁的圍繞下，黑樂格爾欽已經沒空間可以活動。

「當然了，將自己化成幾百個分身，有人可能會覺得不公平，」黑樂格爾欽說，「但我這個人向來心胸寬大，那麼，如果你們不介意的話，我也效法一下吧？」

其中一個複製品跳上峭壁岩面，單手攀住岩石，掛在那裡。他四周的空氣閃了閃，突然間黑樂格爾欽的複製品源源不絕傾洩下來，一次有幾十個，閃亮的金線和編織的頭髮，瘋狂地層層交疊。他們閃躲學徒們，同步發出詭異的笑聲。愛麗絲用簇仔們撲向他們，可是她碰到的影像都消失了，留下了更多個分身。麥克將銀刀拋進那群黑樂格爾欽當中，黑樂格爾欽卻像肥皂泡那樣啵地被戳破，可是他們只是用手指著他，笑得更用力。

幾分鐘過後，愛麗絲恢復了人形，她和其他人都窩在島嶼中央，受到活潑地跳來跳去、幸災樂禍哈哈笑的整群黑樂格爾欽包圍。只有賽恩還毫不退卻，依然從一個複製品衝向另一個複製品，又吠又跳。所有的學徒都喘著要換氣，汗流滿面。愛麗絲同時想將注意力聚焦在太多東西上，腦袋痛得彷彿有人用釘子扎進她雙眼後方。

「這樣……是沒……用的。」她喘著氣說。

「他是不是作弊？」索拉娜陰沉地說，「要是沒有真正的一個呢？」

「我確定有，」麥克說，「我想我看見他幾次。可是他一直變出新分身，我跟不上。」

「玩這個遊戲總比拚上性命戰鬥好，」黛克西說，「可是時間不利於我們，沙漏的沙已經落下一半，如果這個難以捉摸的朋友說的話可信，那麼等沙都漏完，我們這趟長征就失敗了。」

「給我幾十隻貓，我就能把他揪出來，」灰燼說，「問題在於，你們沒一個會用正確的方式撲襲。」賽恩對灰燼吠了吠，灰燼猛地回嘴：「你不算！」

「如果這邊有棵樹，我就能抓到他，」愛麗絲說，遺憾的是，她沒時間準備魔法橡實，「艾薩克可以讓他睡著，可是——」

「有了。」爍兒說。

學徒全都看著他。到目前為止他都不發一語，意志堅決地追著黑樂格爾欽跑，但沒比其他人成功。

「只要有建議我都願意嘗試。」愛麗絲說。

「黛克西用月亮物質做出網子，」爍兒遲疑地說，「到現在已經有兩次了。」

「我想那種東西在這裡派不上用場。」黛克西說。

「我知道，可是這給了我靈感，真正的黑樂格爾欽跟複製品一定有什麼差別。」

「複製品不是實體。」麥克說。

「沒錯，」爍兒壯膽微笑，「那麼這樣如何……」

再二十分鐘就一個小時了，愛麗絲和其他人分散開來。他們原本聚集在長了粗糙枯草的一塊沙地上。現在每個人手上都有一把枯草，爍兒一個接一個碰了碰每把枯草尖端，這些即興的燭芯點燃了之後，學徒們呈扇形分散開來，拿著燭芯碰了碰遍佈在島嶼上的一叢叢半死的乾草，不久便燃起了幾個小火堆。

好幾群黑樂格爾欽停止旋轉，好奇地觀望。

「唔，這可新鮮了，」其中一個說，「可是如果想用火逼我現身，你們恐怕會大失所望！」

「我的鞋子含有黃金！」另一個複製品說，為了展示而跳進其中一個火堆，火焰動也不動，「所以即使在火爐裡，我的腳趾也不怕燙。」

「別理他，」愛麗絲對爍兒低語，大多乾草都已經點燃，正燃燒著，「照計畫走就是了。」

爍兒點點頭。他走到最近的那株火苗那裡，抓了好幾把。那團火在他手中幾乎變成固體，他將那團火擠成一條細線，擱在地面上。火線在毫無火源的狀況下，在原地燃燒；爍兒像繩子一樣抽出了更多火線。然後走到下一簇燃燒的枯草那裡，留下一道扎實的火線。一旦走到那裡，他又抓起一把火，重複之前的做法，將燃燒的枯草連向下一團火焰。

「我不是想嚇唬你們，可是你們的時間快用完了，」黑樂格爾欽透過靠近愛麗絲的一個複製品說，「妳確定要站在那裡袖手旁觀？」

愛麗絲誇張地做出無動於衷的樣子，對他聳了聳肩，可是她的確看了看沙漏。頂多只剩十或十五分鐘了。**快啊，爍兒！**

爍兒已經盡量以最快的速度行動，設下一道道的火線。這座島開始變成像火焰織成的網子，煙霧從爍兒規律得不自然的構造物裡，成片往上竄升。不過，這些火線也算不上是什麼障礙物。即使在沒有簇仔的保護下，愛麗絲依然可以輕鬆地從一邊跳往另一邊。

「我會繼續努力，」爍兒說，「愛麗絲，去吧！」

她點點頭，心念再次探向簇仔的線。她的身體又一次化為一堆簇仔，牠們朝著四面八方散開。這些小生物很堅韌，可以安全衝過火焰，頂多稍微有點不適。愛麗絲將牠們平均分散在島嶼上，爍兒的每區火線範圍之內各分配幾隻。黑樂格爾欽的複製品悄悄跟牠們拉開距離。

麥克站穩腳步，十二把銀刀在腦袋四周盤旋。爍兒依然忙著鋪設新火線，在原本設置好的上面交錯擺放，將整片空間分割得越來越小。

來了。愛麗絲可以感覺腦袋再次痛起來，可是她讓所有的簇仔突然動起來，每一隻都撲向最近的那個黑樂格爾欽。有些簇仔逮到了複製品，簇仔的嘴喙一碰到他們，他們就無聲無息消失不見。其他的黑樂格爾欽開始行動，在島上狂奔亂竄。

看好了，愛麗絲在心裡敦促朋友們，她的簇仔來回奔跑，只要碰上複製品就窮追不捨，可是小心不跨過任何一道火線，**仔細看了……**

「麥克兄弟，那邊！」黛克西邊嚷邊指。

最近的簇仔轉頭去看。其中一道火線晃了一下，上頭的冉冉煙霧受到擾動。四周的黑樂格爾欽繼續舞動嬉鬧，但是通過火焰時理應有風會晃動火焰，或是穿過火焰時，煙霧應該會起漣漪。

麥克的小刀閃飛出去。刀子每碰到一個複製品，複製品就消失不見，連續三個都這樣，另一個則縮身躲過劈來的刀刃。那個黑樂格爾欽閃了閃分裂成五個，全都朝著不同方向奔跑，可是他們跨越火線的時候，只有一個背後留下了一道煙霧。

「那一個！」索拉娜說，「射他，麥克！」

更多小刀咻咻飛過島嶼。黑樂格爾欽低頭轉身，刀刃錯過他幾公分。雖然他動作敏捷，卻沒注意到愛麗絲派了幾隻簇仔進入他會經過的路線上，直到幾乎太遲。他趕緊打住腳步，濺起一團沙塵，迅速往後退，麥克朝他再射三把刀，讓他無處閃躲。

黑樂格爾欽舉起手，動作快如毒蛇，在距離臉龐幾公分的地方，用兩指扣住了一把刀。那些複製品同時全部打住動作，轉身去看他。

「唔，」黑樂格爾欽說著便將刀子拋向天空，刀子轉個不停，最後消失在拋物線頂端，「我想我會說這招很公平。」

驟然之間，所有的複製品爆出歡呼，然後緩緩淡去蹤影，不過聲音留了下來，整座島嶼充塞著群眾歡欣鼓舞的聲音。愛麗絲整頓心神，變回了女孩的模樣，太陽穴的刺痛讓她皺了皺臉。

「競賽就是競賽，」黑樂格爾欽說了下去，「沒人也沒妖精可以說我作弊，你們用正大光明的方式逮到我。」他咧嘴笑著揮揮一手，巨大的黑門猛地打開，鉸鍊不發聲息。

「你們儘管上路吧。」

黛克西發出喜悅的歡呼，麥克綻開笑靨，連索拉娜都一掃平日的肅穆神情。爍兒走到愛麗絲身邊，頭髮亮著燦爛的黃，愛麗絲一時衝動，一股腦兒擁住了他，賽恩在背景裡發出勝利的吠聲。

「我想請你們別繼續往前，但我想你們不會聽勸？」黑樂格爾欽說，「你們這幾個看起來人滿好的，想到你們之後會有的遭遇，就覺得遺憾啊。」

「什麼意思？我們會有什麼遭遇？」愛麗絲說。

「礙於約定，我無法透露這座迷宮的秘辛，可是那些發派任務給我的，不是什麼好人，你們還是回頭比較好，這是我的警告。」

「我們都知道老讀者壞透了。」索拉娜說。

「我們會小心的。」麥克補充。

「可是我們必須到中心去，」愛麗絲說，「謝謝你的警告，也謝謝你用公平的方式競賽。」

黑樂格爾欽露出燦爛笑容，眨了眨眼，他彎下身子，一手舉在身前，誇張地一鞠躬，繼而消失蹤影，複製品留下的歡呼聲也慢慢消逝不見。

「這個計畫太棒了，」黛克西對爍兒說，「我承認我本來一頭霧水。」

「非常高明，」麥克說，將眼鏡往上推，「幹得好。」

「沒錯，」愛麗絲說，「幹得好，要是沒有你，我們是辦不到的。」她迎上爍兒無瞳孔的目光，挑起一邊眉毛。他漾起笑容，稍微聳聳肩，但頭髮的亮麗色彩還是透露了他的得意之情。

「嘿！離我遠點，你這個小野獸！」灰燼爬上愛麗絲的背，爪子扒進她的襯衫裡，回到在她肩上的老位置。賽恩繞著她的腿快跑，活力十足地噴出一道水柱。「老天救救我，讓我脫離這個熱情多過腦袋的傢伙。」

「有點熱情又沒錯，」愛麗絲說，「我們贏了，不是嗎？」

「是啊，」灰燼舔舔腳掌，「我的貢獻也不小啊，不過天快黑了。」

「他說得對，」黛克西邊說邊看著太陽，「我們應該在這裡過夜嗎？」

愛麗絲皺眉，用心念摸索迷宮的織布。「我想中央很近了，我們應該試試看，在天黑以前抵達。我們越早抵達，就能越早回去。」

「我支持妳，」灰燼說，「在這種地方待越少時間越好。」

「只要我們這次不用再一路跟每隻螃蟹或海蛞蝓戰鬥就好。」麥克說。

第十五章 選擇

他們離開黑樂格爾欽，順著一條穿越岩石的短隧道，抵達另一片海灘，灰燼坐在愛麗絲肩上，賽恩緊跟在他們後頭。四周寂靜得詭異，這裡既沒有嘎嘎叫的海鷗，連拍岸的浪濤聲似乎都有所收斂，幾乎潛藏在意識底下。這片寂靜放大了學徒們發出的任何聲響，因此他們踢到的每顆圓石聽起來都像一個石塊喀啦啦滾過博物館的地板，他們不發一語地等候，賽恩進入水裡，再次膨脹成船，大家爬了上去。

水清澈得驚人，愛麗絲注意到她的視線可以直通水底，即使逐漸遠離沙灘，海水越來越深。沒有任何動靜，既沒有快速閃游的魚類，也沒有搖擺不定的海草，看起來就像水族館還沒加進任何魚兒的模樣，整個乾淨無菌。賽恩的尾巴穩定地咻咻搖擺聲，之前幾乎聽不見，現在卻盈滿了整個世界。

「妳說過並不遠吧，愛麗絲姊妹？」黛克西悄聲說。

「是不遠。」愛麗絲已經感覺到另一重帷幕了。

「那就好。」黛克西環顧四周，擁住自己，「我不喜歡這個地方。」

其他人似乎所見略同，索拉娜一直提著袋子，裡面裝了剩下的蘋果，她悶不吭聲發蘋果給大家，還有愛麗絲當初存下來的冷蟹肉，灰燼大口吞下一點蟹肉，然後緊貼在愛麗絲身邊，向外眺望海水，尾巴尖端來回掃動。

又過了一個小時，太陽越來越接近海平面，天光漸漸泛起橙色和紅色，陡急的峭壁從他們前方的水面升起，峭壁底部只有一塊窄小的平台可供賽恩停靠，岩石上鑿有階梯，角度向上斜傾。

大夥兒下了船，連賽恩似乎都受到那種奇特的安靜影響，縮回了狐狸的形態，尾隨在麥克後面，一聲也沒吠。愛麗絲帶頭登上階梯，西下的夕陽只探出峭壁側面一些，將他們的長長陰影投在石壁上。他們攀爬的時候，頂端有東西逐漸映入眼簾，是一根發亮的黑色方尖碑，閃耀著反射的光線，他們走得夠近的時候，愛麗絲看出上頭刻了一些字眼。

接受審判。

「審判？」麥克說，「什麼審判？」

「讓我先走吧，」愛麗絲說，用簇仔的線裹住自己，她將灰燼從肩膀上抱下來，輕柔地放在階梯上。黛克西跟愛麗絲四目交接，愛麗絲淺淺一笑。「如果需要的話，我會求救的，別擔心，大家要作好面對任何狀況的心理準備。」

其他人點點頭，愛麗絲往前跨步，爬完剩下的階梯，站在那根石柱前方，那根石柱比她高，所以她得往後仰，才能看到頂端。

「如何？」她說，「我來了。」她往側面傾身——他們就快爬到峭壁頂端，所以如果必要的話，要繞過這根黑石柱應該不難——

「要接受審判的就是妳？」一個低沉陰森的聲音傳了出來，「妳要代表所有人發言嗎？」

愛麗絲回頭望去，黛克西負責帶領大家，正點著頭鼓勵她。

「很好。」

她周圍的世界閃了閃，然後消失不見。

經過片刻的天旋地轉，愛麗絲發現自己站在一個寬闊無際、空蕩蕩的房間。腳下的地板是黑大理石，光亮的表面底下，摻雜著一道道鮮血般的亮緋紅。

有個形體懸浮在她正前方，是破爛黑布構成的輪廓。看起來像是撐在人類形體上的兜帽斗篷，可是放眼不見人影，只見斗篷的襤褸末端流動不停，彷彿受到無形的風吹扯。有什麼不大對勁，以人類來說，這人影肩膀太寬闊，空空的袖子太長，外型幾乎像人猿。在這件蒙頭斗篷的深處，亮著兩點紅光，那樣的光點暗示著眼窩與枯骨臉孔，跟人類頭顱**不大相像**。

愛麗絲嚥了嚥口水，提醒自己曾經面對過更怪異的生物。她挺直身子，直視那雙發亮的眼睛。

「這是哪裡？」她說，「你又是誰？其他人到哪裡去了？」

「**問這麼多問題**，」聲音從兜帽裡面傳出來，低沉渾厚，語氣平板無聊，「**我受到古老契約的束縛，必須測試妳的決心，測試妳犧牲的意願，我把妳帶來這裡，到這個臨**

時的空間，就是為了這個目的。如果妳想要，可以叫我收割者。」一邊空袖子比了比。

「**至於妳的同伴們，他們就在妳後頭。**」

愛麗絲連忙轉身。一排八面水晶懸在半空，水晶尖端距離地面零點三公尺。最靠近那個水晶裡的是黛克西，雙臂高舉，無力地掛著，彷彿從手腕那裡被吊起，她的腦袋垂向一邊，睜開的眼睛泛灰、沒有視覺。她動也不動。她旁邊的另一根水晶裡是索拉娜，同樣文風不動。再來是麥克，他的眼鏡滑下鼻梁，懸在耳朵上。然後是爍兒，他原本燃燒的頭髮像煤炭一樣死寂泛灰。盡頭那個迷你水晶則容納了灰燼，他緊緊蜷成一顆球。

「放他們走，」愛麗絲猛地轉回來，心中湧現怒氣和恐懼，她用心念抓取自己的線，「**現在**就放他們走。」

「**把妳那煩人的魔法擱一邊去，**」收割者說，「**派不上用場的。**」

「我剛說——」

「**我聽到了。**」

愛麗絲才跨幾步就走到了他面前，史百克的力氣已經灌滿了她的四肢，她去抓收割者斗篷的邊緣，準備要拉扯撕裂。但在毫無預警的狀況下，對方平空消失，彷彿從不存在似的，她一轉身卻發現他懸浮在那排水晶旁邊。

「**妳徹徹底底誤會了，**」收割者說，「**這裡不是個真實的地方，它之所以存在，純粹是我用念力推動的結果。在這裡，我擁有絕對的力量，如果我要妳受傷，妳就會感到痛楚。**」

愛麗絲彎折身子，彷彿四肢裡面有什麼往外攤展，彷彿有帶刺鐵絲網從她的骨骼往外推，硬生生將肌膚撕扯開來，她想要放聲尖叫，下巴卻牢牢卡住。

收割者飄了過來。「**如果我要妳死，妳就會死。**」

痛苦消失了。愛麗絲想要換氣，卻遲遲吸不到氣，彷彿喉嚨被鑄融閉合了，她雙手舉至脖子，手指緊繃如爪，可是那裡卻什麼都沒有，沒有套索可以拉開。她試著走向收割者，想要擊打他，可是才踩出一步就跪倒在地，視線漸漸變成灰色。

「**我想妳已經明白我的意思。**」

她的喉頭鬆開，抽搐著換氣。她滿眼淚水，久久一段時間除了呼吸，無力做其他事情。

「可以繼續了嗎？」收割者說，聲音就跟火車列車長宣佈停靠站一樣平板。

「我的朋友們，」愛麗絲用氣音說，「你對他們怎麼了？」

「**我讓……他們停止了，暫時的。**」

「把他們帶回來。」

「**妳沒有資格對我下令，**」收割者說，「**不過，要是妳通過試煉，我會的。**」

「什麼試煉？」愛麗絲抬起頭，然後顫巍巍地站起來，「我必須做什麼？」

「**妳必須放棄妳最寶貴的，**」收割者在半空轉身，面對那一排水晶，「**只要從他們當中挑一個，妳跟其他人就可以繼續前往迷宮的中心。**」

「我選到的那個就——」

「就會消失，永永遠遠。」

愛麗絲文風不動站著，心怦怦猛跳，胸口依然發痛，收割者沿著那排水晶飄蕩。

「這個試煉沒這麼困難，既沒有妖怪要戰鬥，也沒有謎題要破解，更沒有什麼詭計，只是要作個選擇。」他在原地打轉，紅眼在兜帽下發光。**「準備好了嗎？」**

「我拒絕。」

「那妳就會一敗塗地，永遠到不了迷宮的中心。」

「我們會找別的方法過去！」

「沒有別的路可走，」收割者腦袋一偏，兜帽跟著移動，**「妳應該心存感激，你們來這裡以前都很清楚，有些人可能無法活著回去，要把誰死誰活交給戰鬥成敗的運氣來左右，倒不如由妳自己說了算。當然了，他們永遠不會知情。」**

「你憑什麼認為你懂我們的事情？」

「蠢蛋，我可以看進妳的心靈，就跟妳讀懂你們那些囚禁書一樣簡單，選吧。」

「不要。」

「也許就選那隻貓吧，」收割者在灰燼的水晶牢獄後方飄蕩，**「他是個次等生物，而且有迷陣怪的血緣，天性扭曲狡詐。」**

可怕的是，愛麗絲正有這些想法，是她腦海後方的惡毒聲音，她不大能夠叫它靜下，她大聲說話好壓過去。

「**灰燼是我交情最久的朋友，**」愛麗絲說，站在那排水晶對面面對他，「**而且他幫忙我的次數多到我都記不得了。**」

「他嘲笑妳，吹毛求疵又愛抱怨。」

「**他留下來警告我們奧若波里恩的事，他本來可以先逃的。**」

收割者聳聳巨大的肩膀，然後往前飄蕩。「**那就選火妖精好了。他不是人類，甚至不屬於妳的世界，妳何必在乎他的命運？**」

「我到爍兒的世界時，爍兒有充分的理由憎恨我，」愛麗絲說，「可是即使如此，他還是幫忙我，因為談定了協議，當他發現我到那裡的真正理由時，他勉強放下自己的仇恨，他為了他的族人盡了所有的努力。」

收割者煩躁地深深嘆口氣，呼出的那股潮濕氣息，彷彿來自剛剛掘開的墳地。他停在麥克後方。「**選這小子如何？才認識不久。**」

「學徒們來追殺我的時候，他願意講道理。」愛麗絲搖搖頭。「而且小珍在等他。」

「**選這小妞吧，**」黑色形影移向索拉娜，「**只要妳開口，她會很樂意為妳犧牲自己，我可以在她的腦海裡看到這點。當然了，如果她願意……**」

這點當然所言不假。如果索拉娜現在能夠開口，她也會表示同意，愛麗絲很清楚。可是即使如此，這麼做也是不對的。

「她只是……很困惑。她一輩子都生活在某種扭曲邪惡的情境裡，還在練習擺脫那種習性，不過已經逐漸有了進展，我在伊掃的碉堡裡親眼看到，」愛麗絲嘛嘛口水，「就因為她誤以為我有多了不起，也不能說讓她死就沒關係。」

「**那麼就挑這個，**」收割者說，抵達了整排水晶的盡頭，黛克西了無生氣，安靜地懸在自己的水晶裡，跟平日那種朝氣蓬勃的樣子迥然不同。「**她不只年紀最長，也最有責任感，再適合不過。妳很清楚，她會願意為其他任何一人獻出自己的生命。**」

「我知道她會願意，」愛麗絲靜靜說，「她就是那樣的人。可是那不表示，她就應該這麼做，黛克西她……」她腦海後方浮現一種狡猾的聲音，黛克西會堅持這麼做，不是嗎？如果那表示能夠拯救其他人，她會漾起笑容，然後說……愛麗絲再次搖搖頭，一時語塞。「我拒絕。」

「**妳非選不可。**」

「我就是要拒絕！」愛麗絲大喊，「要跟你講多少次才夠？」

「**那麼妳要捨棄這趟長征？就因為該要有所犧牲的時候，妳卻拒絕，將妳朋友們和所有仰賴妳的人送上絕路？**」

「我也不會讓那種事情發生。」

愛麗絲再次用史百克的線裹住自己，然後像長柄大鎚一樣揮拳猛打黛克西的水晶，在重擊的點上，細小裂痕以網狀開始往外蔓延。她再次搥擊，指節上竄過陣陣痛楚。

「我會把大家帶離這裡。」砰轟。「然後我再來對付你。」砰轟。裂痕只是微微擴散。「然後我們全部——」砰轟，「都會——」砰轟，「活著回家。」

「**愚蠢，說得好像妳有選擇的餘地。**」

「永遠都有選擇的餘地！」愛麗絲大喊。

「**是嗎？**」

突然間，愛麗絲覺得雙腳似乎黏在地板上。她往下一看，驚恐地看到自己的靴子變成了黑大理石。就在她盯著看的時候，那片黑逐漸往上蔓延，路過她的腳踝，行經她的大腿，將她的肌膚變成冰冷死寂的石頭。

她轉頭面對黛克西，繼續奮鬥，卯盡全力，用雙拳猛搥對方的水晶。痛楚隨著每次衝擊，竄過她的手臂，她覺得手裡有什麼破開，痛得椎心刺骨。

「**有時候就是沒有其他出路，**」收割者說，「**有時候敵人就是太過強大。**」

「想都別想。」愛麗絲再次重搥水晶，其中一條裂縫幾乎超過五公分了，她試著把指甲推進裂縫裡，到現在大理石已經蔓延到她的大腿。

「**有時候，**」收割者說，「**妳就是非得屈服不可，放棄吧，別再戰鬥了。**」

「我不要，」愛麗絲收回抽痛的拳頭，「我不能。」

「**那麼妳就會死，希望會隨著妳消逝。**」

「我也不能讓那種事發生。」

她再次揮動右手臂，準備送上最後一擊，這一記發狂的搥擊落下時，發出喀嚓一聲，她確定裂的是自己的骨頭。那道裂縫往外延伸，又多了兩點多公分，不過僅此而已。

令人麻木的大理石蔓延過她的胯部，凝結她的臀部，衝上她的軀幹，那股冷流入侵她的肺部，她覺得自己狂跳的心臟，慢慢化為死寂的石頭，漸漸靜定下來。

她恐慌不已——淡淡的懷疑就像穿過水晶的裂縫一樣，急急竄過她的腦海。**如果我死在這裡，他們其他人就永遠走不出大迷陣了，如果我問他們，他們難道不會同意，更好的做法是——**

如果我不得不選他們其中一個，那麼也許——

不行！她的腦海從那種可能性縮回來，**不、不、不！絕對不行！**

「**選吧。**」

「我不要！」

愛麗絲將手往後揮，準備再出擊。手臂晃了晃，才衝到半路，就凝結成黑大理石，變化衝上她的脖子，凝住她的喉嚨，甚至連痛楚都消失了，取代的是鈍鈍的、麻木的空洞。

「**選吧。**」

她不再能夠說話，但是嘴唇做出不的嘴型。

黑暗從愛麗絲的視覺角落往內快速蔓延，她的雙眼凝結成茫然空洞的雕像眼睛，隨著光線漸漸逝去，她聽到收割者遙遠的聲音，第一次，他的語調不只是微微的漠不關心，或許比較像是心煩，但其中摻雜了尊重。

「**我想，**」他說，「**算妳過關。**」

一切陷入黑暗。

「愛麗絲姊妹？」黛克西說，「怎麼了？」

愛麗絲環顧四周，瞪大雙眼。她站在樓梯頂端，就在收割者帶走她之前的地方，但是那個黑色石塊已經消失不見，通往懸崖頂端的路徑就在她前方延伸。她轉過身去，發現黛克西和其他人都已經從水晶裡脫身，全都怔怔看著。

「方尖碑就這樣……平空消失了，」麥克說，「妳看到什麼了嗎？」

剛剛全是……一場夢嗎？

並不是，收割者的聲音從她腦海後方傳來，**我受召前來審判，我已經貫徹了自己的意志。**

如果我當初選了呢？

那麼妳就必須面對後果。

「愛麗絲姊妹？」黛克西走了過來，「妳心情不好嗎？」

愛麗絲一把摟住黛克西，將臉抵在她的肩膀上，啜泣起來。

第十六章 迷宮中心

「妳真的不想談一談？」黛克西過了一陣子之後說。

他們已經爬到了峭壁頂端，在和緩的沙地斜坡上席地而坐。愛麗絲坐在黛克西身旁，彎腰駝背，雙臂環抱膝蓋。其他人畢恭畢敬保持距離，除了灰燼以外，他緊緊依偎著她，她的指頭探進他的毛皮間，緊緊抓著，不過他並未像平常那樣怨聲載道。

「不想。」她閉上雙眼，看到收割者紅色目光回瞪著她。她的每一次心跳都提醒她，當初心跳停止時，她有過什麼感受，「我……說不出口。」

妳並未屈服，她告訴自己，妳並沒有，可是有一刻她覺得自己就快屈服。她納悶，就那麼一下，收割者是否說得對；犧牲是否值得；為達目的，是否**就能**不擇手段。**我過於倔強而不肯停止奮戰，是否只是純粹運氣好？**她的手並未受傷，但記憶中的痛楚令手刺痛。

「妳需要多久，我們就在這裡休息多久。」黛克西說，手臂環抱著愛麗絲的肩膀。

「不行，」愛麗絲抬起頭來，西沉的太陽已經碰到海平面，發出血紅色的光芒，「我不確定一個月夠不夠，可是我們就快到了。旅程就快結束了。」

「愛麗絲姊妹……」

愛麗絲輕柔地挪開灰燼，他睡眼惺忪地細聲抱怨一下，然後站起身來。

「我們進行來這裡的任務吧。」她說。

島嶼中央是一片崎嶇的高原平地，就在幾個懸崖頂端，這些高聳的懸崖傲視四周的海洋，可以俯瞰他們之前穿越的礁石散佈的海域。愛麗絲和其他人順著步道準備登頂時，陽光從天空消逝，頭幾顆星子在東方的海平面上露了臉。

那片高地的頂端立著一圈飽受風霜侵蝕、年久磨圓的大石。愛麗絲以為會在每塊大石上看到一本入口書，就像她以前用來抵達伊掃碉堡的「前門」大洞窟，但是這裡只有幾行尖突的字體直接劈在石塊上，她可以感覺到蘊藏在文字裡的魔法，但魔法被鎖上了。

再過去，有個石頭矗立在那個圈子的中央，是愛麗絲身高的兩倍，一側嵌進了大略算平坦的岩壁。古老的鑿刻痕跡依然可見，既粗糙又不規則。更多書寫在上頭來回交錯，那些陌生字母以愛麗絲看不懂的方式排列著。儘管如此，整個東西飽含**意義**搏動不已，內在的魔法牽引著讀者的心。她可以看穿表面，望見底下蛛網般彼此連結的東西。

「這就是了，」她說，「束縛大協議。」

她可以在腦海裡畫出這份協議的輪廓，魔力透過竄向四面八方的線，一股股傳送出去，朝著難以度量的距離延伸出去，連向老讀者們，讓這個協議得以持續運作，另一組線**向下**蔓延，進入這座島嶼，然後往外擴展，交織成一副緊密的網，中央有個形象模糊的東西，是那個**囚犯**。

愛麗絲不曾見過這麼複雜或是織得這麼緊密的防護網。**這是所有老讀者攜手合作、一起打造出來的東西**。終結說過，老讀者們像那樣團結一心，是第一次也是最後一次。

不管這個囚犯是什麼東西，都非常龐大，不管是身形或法力都是，這份束縛讓它暫時靜止不動。不過即使如此，它睡得很淺，心念不停推擠著監牢的牆壁，愛麗絲讓自己的心念沿著這份束縛的邊緣滑行，感覺老讀者們用一波波規律的法力，反覆將囚犯推回去，就像心臟的穩定跳動，她猶豫不決地探出心念，碰了碰邊緣。

有個影像在她的心頭浮現，一只巨大的眼睛，銀色的，細如瞇起的貓眼，有個聲音。

愛麗絲。

是你？愛麗絲眨眨眼，**可是……**

「愛麗絲！」麥克說。

她睜開眼睛。

站在她對面的是個膚色黝黑的高大男人，極鬈的灰髮剪得極短，有個鷹鉤鼻。愛麗絲想起自己曾經在魔鏡宮殿裡的幻象裡看過他，跟傑瑞恩對弈，**他是他們的一員，是老讀者**。他身旁有個四條腿生物，高度幾乎到他的肩膀，愛麗絲差點認不出來是一隻山羊，可是跟她在農場上看過的那種瘦巴巴生物截然不同。牠肌肉強健、一身墨黑，彎曲的長角末端長著猙獰的尖刺，水平的瞳孔在亮著黃光的雙眼裡有如洞穴，**是迷陣怪**。

另一塊大石前方閃現一道光芒。光芒退去之後，有個模樣傲慢的高䠷女人站在那裡，一身飄逸的白色長袍，有隻跟夜色一樣黑、大小如鷹的鳥兒，蹲踞在她肩膀上，黛克西倒抽一口氣。

「是最得寵者……」她低語，揪住愛麗絲的手臂。

伴隨著更多閃光，老讀者們一個接一個現身了。大多是男性，多數的外表都跟實際年紀一樣老。不過，有一個以年輕男人的模樣顯現，有如神祇一頭金髮、面貌俊美；另一個則是八歲小孩，一雙大眼、雌雄莫辨，有個老讀者胖得不得了，身形龐大得簡直不像人類，臉龐幾乎迷失在層層疊疊的皮肉裡。愛麗絲看到，索拉娜一見到他就畏縮起來，視線垂向地面，雙手顫抖。

老讀者們齊聚一堂，我們連一個都打不贏，我們毫無機會。

而且每個老讀者都隨身帶著一隻迷陣怪，各式各樣的巨型動物，全都黑得跟縞瑪瑙似的，有大小跟狗一樣的蜘蛛和老鼠、顏色像黑檀木的蛇、體型巨大的黑毛熊，有瘦得幾乎像骷髏的老男人，身上有條蜈蚣像披風似地盤繞著。

「怎麼來的？」愛麗絲說，「他們——」

「他們有個後門。」是終結的聲音，嘶嘶作響的低沉嗓音在愛麗絲背後響起，愛麗絲轉身便發現那隻巨貓悄悄往前走，星光像漣漪一樣漾過皮毛。「要打開這個束縛，必須得到所有老讀者的同意，而他們幾個世紀以來不曾有過任何共識。」

「一千年了，」黛克西的主人閒聊似地說，「這可是個歷史性的事件啊。」

「妳是怎麼過來的？」愛麗絲對終結小聲說。

「這是個迷宮，」終結說，「灰燼在這裡，可以當作定錨，這麼一來我就能穿過來，我感覺到兄弟姊妹陸續抵達……」

灰燼爬上愛麗絲的背，蹲踞在她肩上，爪子比平日抓得更緊，她站定不動，試著思考，從老讀者身上流出來的法力明晰可觸，讓空氣有種熾熱油膩的感覺，他們當中不管是哪一個，學徒都不是對手。

「愛麗絲．克雷頓。」她看過跟傑瑞恩在一起的那個老男人開口了，嗓音低沉渾厚。「妳到底明不明白自己打算要做的事？想改動束縛大協議？冒著毀掉**一切**的風險？」

「我明白，」愛麗絲說，「你們囚禁了迷陣怪，就像你們囚禁了每個可以到手的生物，我要終結這種事情。」

「蠢姑娘，」索拉娜的主人說，「妳根本不懂這樣會有什麼後果。」

「妳不曉得大協議以前的世界是什麼樣子，」另外一個說，「魔法肆虐不受管控，人類只能任由異世界的生物宰割。」

「不要跟我說這是在保護人類，」愛麗絲說，「你們根本不在乎現實世界的人。重點是權力，向來都是如此，你們連一丁點的權力都很怕失去。」她深吸一口氣。「可是那種權力讓你們走到什麼地步了？鎖在自己的碉堡裡，不敢踏出一步，免得受到某個同仁的攻擊？」

「我活了三千年，」那個像孩子的讀者說，聲音高亢，「這可不是靠著粗心大意才辦到的。」

「也不是靠著**好心腸**，」另一個讀者嗓音低沉地說，「妳年紀還小，等妳累積了足夠經驗，這些感受都會過去，活個幾百年之後，妳就會明白。」

「只不過妳沒這個機會就是了。」索拉娜的主人尖酸地說。

「夠了，」頭一個開口的男人說，「妳要告訴我們，傑瑞恩發生什麼事，還有奧若波里恩怎麼了。」

「傑瑞恩被困在他傷不了人的地方，」愛麗絲說，下巴桀驁地昂起，「而且我親手毀了奧若波里恩。」

「謊話連篇。」有個讀者不屑地說。

「我來收拾她，」另一個說，「我們很快就能得到答案。」

「來啊。」愛麗絲緊緊揪住心裡的線，法力透過那些線陣陣傳遞過來，「快來啊！」

她視野裡有東西在動。她只是微微轉身，不願將視線從老讀者們身上移開，她看到黛克西上前走到她身旁，銀色的卡里亞堤盔甲閃了閃之後出現。她的雙手各持一把銀色長劍。另一邊，麥克也邁步上前，懸浮的刀子在他腦袋四周顯現。

「我們必死無疑，你們都知道吧。」愛麗絲低聲說。

「我們知道，」索拉娜在她背後說，「我守著妳後面。」

爍兒加了進來，一手伸向黛克西。她變出一把用月光物質做成的長矛，代替他遺失的那把，他若有所思地舉起來。

「所以，」他說，聲音像營火一樣劈啪響，「我們要先對付哪一個？」

「真可惜，」黛克西的主人說，「她原本真是個前途無量的學徒啊。」

「迷魂怪帶壞他們，」另一個讀者說，「牠們淨是些奸詐的生物。」

「**牠們確實是**。」終結說著便上前一步。

她發出低吼，聲音越來越大，最後似乎塞滿了整個世界，就像摩托車引擎那樣低沉急迫地振動著。不久，其他迷陣怪也加了進來，蛇發出越來越響的嘶聲、烏鴉低沉恫嚇地嘎嘎叫、老鷹張口尖鳴、蜈蚣發出不祥的喀答響。迷陣怪們一同轉而面對自己的主人，舉起利爪、露出尖牙、揚起刺角。好幾個讀者後退一步，召喚自己的防禦法力，愛麗絲感覺空氣裡密佈著法力。

「這是怎麼回事？」那個孩子般的讀者說，「你們都**瘋了**嗎？」

「你們真心以為反抗得了我們？」索拉娜的主人說，一道道能量弧線像小小閃電一樣，已經順著她的胳膊劈啪傳遞。

「在外頭的世界裡，」終結說，「我們是沒辦法，但這裡是個迷宮，而且是個大迷宮，**我們可是迷陣怪啊**。」她的嗓門隨著每個字逐漸拔高，最後大到讓愛麗絲耳朵都發疼。「**我們在這裡是有力量的**。」

「除非我們釋放大協議，」當初頭一個發話的讀者說。他的山羊站在他面前，垂下腦袋，凸顯牠的長角，但男人看著終結，「如果放那個囚犯自由，你們知道會有什麼後果吧，那就是你們想要的嗎？」

「情況已經有所改變，」終結說，嘴唇往後拉開，露出象牙色的長牙，「我們再也不需要你們了。」

終結的腳掌湧出一波黑潮，猶如自有生命的墨水。這波黑潮分成幾道水流，在眨眼之間就探向每個讀者。終結正要**撕裂**這座迷宮，不是將**這裡**和**那裡**連接起來，而是闢出一條通往**無有之地**的路徑，是空間之外的一個虛空地帶。那裡的黑暗甚至不是烏黑的，純粹就是空無一物，一種缺席，是世界上的一個洞。

法力紛紛從讀者們身上閃現，召喚束縛生物，啟動防護網。閃電、火、冰、純粹的法力放射出來，但一切皆已太遲。那個虛空已經撲向他們，就在他們腳邊，他們以駭人的速度被拉進去，往下吸捲，彷彿從腳下被一把扯離，尖叫和咒罵硬生生地被截斷。

接著老讀者們全都**不見人影**，彷彿不曾存在過，這一切發生得如此之快，愛麗絲不知道該怎麼反應。

「什麼……」黛克西抖著聲音，「妳對他們做了什麼事？」

「借用愛麗絲優雅的說法，」終結說，「我把他們送到某個他們傷不了人的地方，就是空間和時間之外的虛空。」

「他們出得來嗎？」愛麗絲說。

「除非我們把路打開，」終結語氣沾沾自喜，「在那裡，他們的法力完全派不上用場，那裡沒有**時間**，所以什麼都不可能發生，是個無懈可擊的囚牢。」

「那麼……我們算是贏了嘍？」麥克說，一如往常直搗事物的核心。

「還沒，」終結說，「愛麗絲必須在束縛大協議解體以前，接手控制。」

所有的迷陣怪轉身看她，一圈眼睛發亮的烏黑動物。愛麗絲讓自己的線從心念抓力滑開，然後看著終結。「現在嗎？」

「麻煩了。」終結說。

「這是……」她深吸一口氣，「這就是妳一直以來的計畫嗎？」

終結點點頭。「抱歉我沒辦法先跟妳說，連出聲提起都可能會毀掉一切。我會解釋的，不過，麻煩妳了——大束縛的事，如果它瓦解了，這一切都等於白費工夫。」

「如果我夠強的話。」愛麗絲說。

「妳夠強的，」終結說，「我對妳有信心。」

「妳辦得到的，愛麗絲姊妹，」黛克西說，「卜卦的結果一直站在妳這邊。」

「她當然辦得到了。」索拉娜說。

「快把這件事結束吧。」爍兒說。

只有麥克一臉沒把握，視線從愛麗絲移向終結，然後再挪回來。他的嘴唇動著，彷彿試著要想通什麼。

「灰燼，」終結說，「過來這邊，讓愛麗絲忙。」

「祝好運。」灰燼小聲說，從愛麗絲的肩膀跳下來，輕腳走到母親身邊站好。

愛麗絲深吸一口氣，走向矗立的岩石，意識到迷陣怪們發亮的眼睛，熱切地盯著她的背。不知怎地，他們的目光很有侵略性，她必須提醒自己，這也是自然的。**畢竟他們的未來全都仰仗這一役；他們信任我**。怪的是，這個念頭幫她穩住了心神。無論好壞，人們一直將信心託付在她身上，而她唯一能做的，就是盡量不要讓他們失望。

她碰到那塊岩石的時候，可以感覺大協議輕顫著，連往老讀者的那些線已經截斷，失去了從不間斷的法力輸送，整個結構正慢慢崩解當中。下方遠處的囚犯在睡夢中打顫，挪了挪身子。

愛麗絲慢慢進行，小心不要破壞任何東西，將那些飄蕩的斷線聚攏起來。終結跟她解釋過該怎麼做，但其實易如反掌，她靠自己就能摸索出怎麼做。束縛大協議本身如此複雜，她不可能複製出來，可是要更換法力來源一點都不難，她將那些線編織在一起，變成一條粗重的繩子，然後拉向自己。

接著，她以一個俐落的動作，合上連結的部分，將那些線納入自我的深處。她的下一次心跳，就已經感覺法力從自己身上流淌出來，有如一股溫暖的波浪。一次又一次，能量的規律搏動順著線傳送，保持束縛大協議的完整。在現實世界，她雙膝跪地，一手依然摸著矗立的岩石，她感覺那個囚犯又安靜下來，再次陷入沉睡。隨著束縛穩定下來，她的精力損耗跟著減少，不過她還是覺得虛弱發熱。儘管如此，當她睜開眼睛，心頭仍然湧上一股勝利的感受。

我辦到了。束縛完整安穩，獄囚困在原地。**而且我還活著**。終結說過，對她力量的耗損可能足以奪走她的命，不過在第一次的震盪之後，她幾乎感覺不到。**我打敗他們了！我們打敗他們了！**

她有點搖晃地站起來，咧嘴笑著，轉過身去。「成功了，完成了。」

黛克西歡呼一聲。「完成了！」

「確實**完成**了，」終結轉而面對她的手足們，「我就跟你們說過她夠強大。」

迷陣怪們同時開口說話，動物的聲音擾攘嘈雜，麥克朝愛麗絲跨步，一面調整眼鏡。

「接下來呢？」他說。

「接下來我們有個新世界要建立，」愛麗絲說，「讀者不能為了獲取力量而奴役其他人，我希望終結可以直接帶我們回家，這樣我們回程就不用一路乘船，然後我要準備好好睡上一個星期。」

「我要賽恩在階梯旁邊等，」麥克說，「我得去找他過來。」他壓低嗓門。「可是我的意思是，**他們**接下來要怎樣？妳信任他們嗎？」

「我們放他們自由，有功於他們。」愛麗絲說著，環顧四周，有幾個迷陣怪——山羊、鷹、蜈蚣——湊得更近了。

「沒錯，」蜈蚣說，用逐漸變大的喀答聲說，「兩千年來頭一次，我們恢復了自由之身。」

「我們可以照自己的意思生活。」鷹說。

「我們可以擴張自己的迷宮，」山羊說，「直到覆蓋全世界。」

「每個生物都在我們的掌握之中，」蜈蚣喀答喀答說，「由我們統治。」

「不，」愛麗絲說，「你們沒弄懂，我們要**攜手**合作才對，推翻讀者們的目的不是為了讓你們頂替他們的位置。」

鷹偏著腦袋，彷彿聽不懂。

他們以奴隸的身分過了兩千年，愛麗絲暗想，**我要有耐心**。「終結可以解釋，讀者和魔法生物會以搭檔的身分生活下去。」

「妳這樣跟她說？」山羊說，越過愛麗絲的肩頭望去。

「沒錯，」終結轟隆隆地說，「我必須替我的手足致歉，愛麗絲，他們有點……不文明。」

「我們必須教導他們，」愛麗絲說，「這點我知道。」

「妳有這樣的信心很感人，」終結淡淡地說，「不過我想，要他們學習並不容易。」

「我想我們辦得到，」愛麗絲露出笑容，但終結默默盯著她，捲起嘴唇露出利牙，尾巴抽搐，那抹笑容隨之退去，「不是嗎？」

「妳的表現好到超過我的期望，」終結說，「我再怎麼謝妳都不夠，不過我不得不承認，我覺得自己也有點**不文明**。」

「妳——」愛麗絲環顧四周，「妳該不會同意他們的看法吧。」

「我發現我同意，這就是我們迷陣怪的**天命**，我們會照自己的意思重新塑造這個世界，如果那些可惡的讀者當初沒介入，我們老早就達成目標了。」

愛麗絲感覺腳下的地面彷彿坍塌了。**龍跟我說過**，要我別信任她，可是當初在她最無助的時候，只有終結伸出援手，她想起終結在圖書館安慰她，終結身上溫暖的麝香味，還有毛皮的柔軟。**終結不是當真的，不會在我們同甘共苦這麼久之後這樣**。

「那麼搭檔的事呢？讀者和魔法生物同心協力？」

「這點恐怕是我撒了謊，」終結轟隆隆說，「我們迷陣怪都是些奸詐的生物。」

「可是——」愛麗絲胸口一陣痛，彷彿那些字結結實實打在她身上，她瞥了瞥那塊矗立的岩石。「我不會讓你們為所欲為的，妳知道我不會，現在束縛大協議由我控制，而且——」

「啊，這下子我們說到了問題的核心，」終結的嘴唇往後面捲得更遠，「我和我的手足想要**除掉**讀者，永永遠遠，那就表示，再會了，愛麗絲，再一次感謝妳把自己的角色扮演得這麼完美。」

時間彷彿放慢速度。愛麗絲撲向那塊岩石，試著去摸它。可是從終結身上湧出的暗黑，速度快過愛麗絲的動作，甚至快過思緒，越過迷陣怪的肩膀，愛麗絲可以看到爍兒和其他學徒的腳邊都出現了類似的一團暗黑。

「愛麗絲！」灰燼尖叫，高亢絕望的哀號。

接著世界變成模糊一片，愛麗絲被往下吸，墜入無止無盡的黑暗。

第十七章　虛空

她的四周空無一物。

只是連**空無一物**都不算。因為空無一物暗示著「空」，而「空」暗示著有可能填滿的空間。眼前這個連空無一物都搆不上，沒有空間、沒有空無、沒有可能性，整個宇宙濃縮成針尖般的大小，而愛麗絲把它整個填滿了，她是存在於此的唯一東西，或者說唯一能存在於此的東西。

她不確定自己還有沒有身體。她動彈不得、看不見也聽不見，什麼都感覺不到，她僅僅擁有自己的思緒，像蛇吞噬自己的尾巴那樣繞啊繞個不停，速度越來越快。

「我們可以擴張自己的迷宮……」

「迷陣怪說謊跟呼吸一樣自然……」

「這點恐怕是我說了謊……」

「她很危險，小妹……」

「妳不能信任終結，他們沒一個信得過……」

她感覺自己就快發瘋，她這個微小靜止的自我在這個逐漸擴大的漩渦中心思考著，**這種感覺真可怕。**

她父親的臉龐，失望地皺著眉，**這也許是我咎由自取**。

「愛麗絲。」

她花了片刻才意識到，那個聲音並非來自她自己的內心，這才想起，在她的自我之外還可能有別的東西。

「誰……」她無法說話，只能用想的，可是這也夠了，有個影像浮現在她心頭。是個眼睛，銀色且巨大。

「我在哪裡？」愛麗絲說。

「**無有之地，**」嗓音低沉，但愛麗絲覺得是女性，「**妳在空間之外的虛空裡。**」

「妳在哪裡？」

「被鎖起來，就在你們稱為束縛大協議的防護網裡。」

「妳就是那個囚犯。」

「**是的。**」

「那妳怎麼有辦法跟我說話？」

「**我在睡覺，那就表示我可以作夢，在夢裡面，我有時可以掙脫束縛，短時間之內。**」

「終結說過關於時間的事，適合囚禁老讀者的完美牢獄。」

「**是的，他們就在虛空裡，就像妳這樣，但又不完全相同。對他們來說，時間停止了，可是終結無法否決妳的時間，因為她需要妳傳輸法力給束縛大協議。**」

「其他人呢？我的朋友們呢？」

「他們跟老讀者們在一起，從他們被拋進虛空以來，時間一刻也沒過去。」

「還有……」愛麗絲猶豫起來，她迫切的希望那個聲音繼續對她說話，對方就像一條救生索，雖然脆弱，但勉強可以讓愛麗絲的心神免於在自我創造的漩渦裡斷裂，她不想說出促使對方離開的話。可是……「妳是誰？」

「我是迷陣怪。」

「妳是迷陣怪裡的一個？這說不通啊。那他們為什麼這麼怕妳？」

「不是『其中一個』，我就是迷陣怪，是他們的源頭，他們的創造者。」那個聲音停頓一下。**「妳可以叫我『初始』。」**

「初始？」愛麗絲說，「妳是他們的……母親？」

「是的。」

「怎麼會？妳發生什麼事了？」

「我在很久以前來到你們的世界，」初始說，**「跟我的世界非常……不同。比較具體化，更加真實，我從中得到許多樂趣。住在你們世界裡的生命，是我從來沒接觸過的，我努力想要理解，我把居住在你們世界的生物找來，跟我一部分的精髓融合在一起，想要觀察結果如何。**

「我無意傷害，純粹好奇。」

「原來迷陣怪是妳創造的。」

「是的，起初我什麼都不明白。日與夜、生與死，全部對我來說都沒有意義，你們的世界是個我試圖拆解的機關盒，這一路下來我恐怕造成了……不少破壞。不過，我慢慢有所學習，關於喜樂，關於人生，還有關於痛苦和失去，為了理解其他生物——人類，由如此粗糙素樸的物質所構成的生命，跟我自己如此不同——卻可以像我一樣感受，甚至感受到我從未想像過的事……」初始越說越小聲，「弄懂這種事情對我來說並不容易。」

「可是妳學到了？」愛麗絲說。

「學到了，我學到的時候，也才看出自己的孩子變成什麼樣子，我領悟到自己所造成的傷害。他們擁有我的智力，擁有我部分的力量，但也有你們世界的那種飢渴和野心，他們運用你們稱為『迷宮』的折疊空間來支配與毀壞，為了娛樂自己和統治人類。

「我明白自己對這個我發現的美麗地方來說只是個詛咒，不管起因是否來自我的無知。我決定該是返鄉的時候了，我願意離開，而且打算帶我的孩子跟我一塊走，他們會把這個世界的一部分帶到我的家鄉，如此一來，誰曉得我們可能創造出什麼東西來？

「可是他們不想離開。」

「他們起身反抗妳，」愛麗絲說，因為同情而痛苦，「他們全部嗎？」

「不是全部，但數量也夠多了，他們將你們世界最高強的巫師集結起來，跟他們敲定協議；為了永遠囚禁我，他們甘願以自己的服務做為交換。我在不知情的狀況下，輕易地落入陷阱。我孩子裡那些意見不同的，就在囚禁書裡受到束縛。

「可是我的孩子們自以為聰明，低估了人類的能耐，有迷陣怪幫忙控制圖書館，巫師們的法力以嚇人的速度急速增長，他們成了讀者，從此在世界上呼風喚雨。」

「可是他們現在都走了，」愛麗絲說，「終結困住他們了。」

「是沒錯，現在終結和她的手足可以一償夙願，把這個世界變成他們的玩物，兩千年的奴役並沒有讓他們變得更善良。」

「我永遠不該相信她的，」愛麗絲覺得如果自己還有眼睛，就會哭出來，「我永遠不該相信他們當中的任何一個，先是傑瑞恩，再來是終結，而且現在我朋友……」

她覺得自己應該在啜泣，喘著氣，可是她也沒有肺部。除了思緒，什麼都沒有，獨自在黑暗之中。

「妳不能怪自己，終結早在妳出生以前就開始推動這個陰謀，她有無止盡的耐性，這點讓她成了他們當中最危險的一個。」

「妳為什麼要跟我說這個？」愛麗絲說，「現在又有什麼用？」現在一切都還有什麼用？

她動彈不得，即使有任何地方可以移動，她感覺不到自己的線，也感覺不到空間的結構。

「**如果妳可以從這裡逃出去，**」初始說，「**妳打算做什麼？**」

「阻止他們，」愛麗絲馬上說，「然後救出我朋友。」

「**要阻止我的孩子們，唯一的辦法就是放我自由，**」初始說，「**那就表示讀者時代**

會劃上句點，迷宮也是，那同時表示，一切會回歸以前的時代，我還沒來到這裡以前的那種野性的時代，當時魔法還是你們世界固有的一部分。」

「那就是我來這裡的頭一個原因，」愛麗絲說，「讀者已經為所欲為太久了，他們扭曲了這個世界，世界需要復原的機會。」

「妳自己接下來的際遇妳難道不在意？說到底，妳也是個讀者。」

「當初成為當讀者也不是我要求的，」愛麗絲說，「我會撐過去的。」如果她有顆心，就會跳得非常快。「有路可以出去嗎？」

「有。我說過，終結囚禁妳的牢獄並不完整，她必須讓時間繼續流動，以便借用妳的法力，那就表示牢獄當中有破口，不管多麼微小，我可以稍微撐大那個破口，放妳出來。」

「妳幫過我一次，」愛麗絲說，「在魔鏡宮殿。」

「是的，在夢裡，我只能使出丁點法力，可是有時候一點也就足夠。」

「逃出去以後，我必須做什麼？」

「回到束縛大協議那裡，毀掉它，可是要抵達那個地方並不容易。我不確定妳會回到現實世界的哪個地方，而老讀者的入口不會為妳敞開，妳一定要找出別的路回到大迷宮的中心。」

「我會找到路的，」愛麗絲遲疑一下，「現在讓大協議運轉的是我，不是嗎？要是我……死了，會發生什麼事？」

這個想法很可怕，但她非問不可，要是死了表示能夠拯救世界和我所有的朋友……

「**要讓大協議自己解體會花太多時間，終結會有足夠時間找到別的解決方案，即使那表示把老讀者帶回來，重新談定協議，她會無所不用其極地阻止我獲得釋放，一定要摧毀束縛大協議，一了百了。**」

「好吧。」愛麗絲忍不住小小鬆了口氣。好了，不用跳下橋自我了斷，只需要通過一個魔法迷宮，進入世界上防禦最森嚴的地方，「那我的朋友們呢？」

「**一等我得到自由，我就能把妳朋友從虛空中帶回來，他們根本不會知道出了什麼事。**」

至少這點能給人安慰。不過，有件事困擾著她。她想要相信初始，初始在她心中挑起的感受是溫暖、柔和又善良，讓她想起自己的父親，可是她先是遭到傑瑞恩的背叛，再來是終結……

「我要怎麼知道，」她慢慢地說，「妳說的是真的？我怎麼知道這不只是騙我放妳出來的伎倆？」

一陣久久的沉默。

「**我沒辦法提出證明，**」初始說，「**可是一旦妳自由了，我是沒辦法指揮妳的，妳可以相信我，或是不相信，事情本該如此。妳是讀者，妳可以為自己作決定，如果妳想要，也可以將這個世界跟它所有的問題拋到腦後不管。**」

初始的這番話讓愛麗絲想起龍在伊掃碉堡說過的事，感覺彷彿事隔一百年了：「**妳有資格擁有機會做出自己的選擇、走出自己的道路。事實上，我相信妳就是會這麼做，不管終結、傑瑞恩或其他人有什麼意圖，妳一定要做妳相信對的事。**」

「要是我沒辦法確定什麼是對的呢？」她當時問龍。

龍的語氣彷彿含著笑意。「我們又有誰能？」

她哆嗦著深吸一口氣。「好吧，」她告訴初始，「送我回去吧。」

「什麼都有可能發生，做好準備。」

「唔，」愛麗絲說，伸展一下不存在的四肢，「我百分百準備好了。」

第十八章 零碎

初始應該算是給足了警告。說到底，地球的表面大多都是海洋，尤其在大迷宮的周圍，可是愛麗絲滑出虛空後，立刻墜入洶湧冰冷的海水，還是教她猛吃一驚。

幸運的是，她還能臨機應變，及時猛扯惡魔魚的線。變身之後便如魚得水，適應了新環境。即使只是身為一條魚，有好一陣子，再次擁有身體的感受令她如癡如醉。她追著身形較小的魚，大口吞下好幾條，就這樣血淋淋地生吃，嚐起來卻好似這輩子最可口的餐點。

夜裡，為了研究星辰，她浮出水面並變回女孩的模樣。她開始往西游，如果她身在大西洋的某個地方，理論上最後就可能會回到美國，旅途的長短似乎沒那麼要緊。身為惡魔魚，她可以在水裡休息，找到自己需要吃的東西，游到覺得累為止，其餘的事情不是那麼重要。

到了第二天晚上，她瞥見一艘船投射出來的燈光，於是游到夠近的地方，發現船桅上掛著美國國旗。她跟著這艘船走，運用史百克的力氣，就可以用快過任何正常魚類的速度，在水裡高速前進。讓她意外的是，才過一天陸地就映入眼簾，海平線上的突起物慢慢變成了海灘和樹木，她將那艘船拋在後頭，搜尋避人耳目的上岸地點，最後選定了一片冷清的沙洲。

從海灘上看得到的房子，大多都用木板封起，一片黑暗。空蕩蕩的長街連著一條條車道，車道通向空地，表示是出了嚴重差錯的建案。褪色的標誌宣稱這裡是「海景社區」的地產，嚴禁外人擅闖，可是一堆堆的菸屁股和空瓶暗示著那些規則大多無人理會。愛麗絲舉起一手，盯著自己的手指，彷彿忘了手指的用途。

一連好幾天，她每次以人類身分現身為時都不超過幾分鐘，而且之前又在虛空裡待了好久。因此，她花了好些時間才能讓雙腿恢復運作，先將雙腿收攏在身體下方，然後搖搖晃晃爬著站起身來。沒穿鞋踩在岩石上，刺痛了她的腳，她扯了扯簇仔的線，這已經成了自動的反射動作。受到保護之後，她登上了海灘，閃避碎礫，鑽過圍籬被剪掉的地方。後方是一排排模樣相同的房屋，那些空地就像一抹笑容裡的缺牙一樣突顯出來。

她在無邊無際、令人舒心的海洋裡游泳時，有時間好好計畫，計畫的頭一部分成功了：這裡看起來**確實**像是美國。第二部分則牽涉到回匹茲堡去，但有幾個障礙橫亙在前，她不知道目前身在何方，除了隱約知道在東岸的某處。她身無分文，也沒有身分證明，或是任何可能派得上用場的東西。事實上除了一身破破爛爛的衣服，還有蜷縮在她腦海後側的那些線之外，她一無所有。而且有好長一段時間，她都不曾在人類世界——**真正的**世界裡活動。

想到火車和汽車，想到必須購買車票和察看時刻，就覺得奇怪。即使在她父親

過世以前，她都很少自己出門旅行，要是在以前，獨自在別的州迷路、舉目無親，她肯定會覺得十分害怕。現在卻感覺只是個煩人小事，一個不怎麼嚴重的問題。

我想，這全跟看事情的角度有關。她反思，當然了，在以前她可以直接上警察局，把來龍去脈告訴他們，他們可能就會帶她回家，現在她把自己的故事講給任何官方單位聽，只會害自己被送進精神病院。

重要的事情先辦，先查出我在哪裡再說。

近晚時分，太陽已經下山，天空迅速變成瘀傷的紫色調。街上的大多房子都一片黑暗，不過頭一排的盡頭那裡，她看到窗戶亮著穩定的光，是電燈的光線。愛麗絲走向它，像是受到火焰吸引的蛾。她撳下門鈴，響起了現代的電鈴鈴響，**是電力**。住在傑瑞恩昏暗的老宅邸裡，她差點忘了有電力這種東西，那裡一切都由魔法來運作。

門打開的時候，愛麗絲說：「哈囉，妳有沒有舊報紙可以給我？昨天的就可以。」她走過來的路上，在腦海裡練習過這段話。

「我的天。」開門的女人留著鮑伯短髮，說話帶有南方口音。她比愛麗絲的父親還老，戴著牛角框的厚眼鏡，臉上掛著懷疑的神情。「這個時間妳在外頭做什麼？」

「我只是……」愛麗絲的腦海一片空白，她真的忘了在人類世界裡，她這個年紀的女生可能無法隨心所欲到處遊蕩，而她不知道哪種說法比較可信。「迷路了。」她抱著希望把話講完，「如果拿得到報紙，我就可以查出我應該到哪裡去。」

「妳打算**用走的**過去？」女人更仔細地打量她，「妳連鞋子都沒穿！」

「我……留在後頭，為了晾乾，」愛麗絲舉起雙臂，「是這樣的，我摔到水裡去了。」

「原來，」女人吸著下嘴唇，「唔，妳最好進屋裡來。」

「妳不會報警吧？」愛麗絲說，女人護送她走進窄小的廚房，牆壁貼滿印花壁紙，到處掛著圖畫，大多是業餘的水彩，其中摻雜了幾張照片。

「即使我想報警也沒辦法，」女人說，「我們這裡沒電話線，他們一直沒把線路架設起來。」她指了指破舊的桌椅。「坐吧，坐，妳想喝點熱的東西嗎？熱可可？」

愛麗絲直到那一刻才意識到，自己有多麼想念熱可可。「好，謝謝，那很棒。」

「如果妳**想**到警察局去，等公車來，我可以帶妳進市區，」女人說，「可是我感覺那不是妳想要的。」

「對。」愛麗絲說。

「妳叫什麼名字？我叫南西。」

「我叫愛麗絲，」愛麗絲說，「愛麗絲・克雷頓。」姓氏似乎也是屬於人類世界的東西，就像汽車和收音機，她已經好久都沒用到自己的姓氏了。

「愛麗絲是個好名字，」南西說，忙著弄調理鍋，「我想，妳不是這一帶的人吧？」

「說真的，我連這裡是哪裡都不曉得。」愛麗絲說。

南西說了一個鎮名，愛麗絲搖了搖頭，對方又說了另一座更大的城鎮，愛麗絲還是不知道。南西翻翻白眼並說：「佛羅里達州，妳有沒有聽過佛羅里達？」

「聽過。」愛麗絲說。她有個模糊的印象，就是棕櫚樹林立的海灘和鱷魚。

「我們就在佛羅里達，接近盡頭的地方。」南西將調理鍋裡的熱牛奶倒進馬克杯，用湯匙舀了巧克力糖漿進去，然後放在愛麗絲面前。「攪拌一下，讓它降溫，妳怎麼會不知道自己在哪一州？」

「我原本在划船，」愛麗絲即興發揮，「我是說坐船。我……是我偷搭的，後來有人發現我，我只好跳船，然後游到岸上。」

「妳本來要去哪裡？」南西起疑地說。

「北邊，我在找家人。」

「家人啊，」南西的臉龐柔和起來，「那滿重要的，尤其在目前這個時候。」

她轉身望著窗外好一會兒。愛麗絲朝著可可吹氣，然後謹慎地小啜一口。又濃又甜，挑起了彷彿來自另一個世界的回憶。她從前的家教圓柏小姐只要她功課表現優良，總是會泡熱可可給她做為獎勵。愛麗絲忖度圓柏小姐現在人在何方，而她父親的老房子又怎麼樣了，現在是否有別的小女孩住進她原本的房間。

「喏，」南西說，打斷了她的思緒，「妳想要報紙，對吧？這是昨天的。」

是份廉價報紙，印墨已經暈開。愛麗絲頭一個關心的是日期。上頭寫著四月二十五日，所以今天是四月二十六日。她早已不再定期追蹤日曆，不過看了今天的日期，表示從她跟同伴出發尋找大迷宮以來，至少已經過了一個月。

頭條登的是一般報導、名人、政治和地方花絮。顯然，某個知名的嬰兒遭到綁架，而綁匪可能已經索討贖金，也可能還沒。德國總理與登堡和某個名叫希特勒的人公開撕破臉，而美國總統大選已經開場。

不過，在這些報導的上方，是個有點狂亂的字體打成的斗大標題：「**集體瘋狂延燒下去，華盛頓特區召開緊急會議。**」副標題寫著：「紐約、匹茲堡、西雅圖都受到影響；成千上萬的人逃離城市；倫敦、雅典、羅馬都有民眾陷入恐慌的報導；科學家懷疑有真菌透過空氣傳播——麥角中毒，胡佛總統呼籲人民保持鎮定。」

愛麗絲讀著。有幾個城市的居民開始看到難以解釋的事——不該有街道的地方出現街道、隧道通往了錯誤的地點，出現自然學家不曾分類過的生物、怪異的光線和聲音。大家在自己居住的街坊裡、**房子**裡迷路，幾個小時之後被發現的時候，淚流滿面，描述不管他們朝著哪個方向跑，沒有盡頭的樓梯或街道都會回到原點。

面對這種事情時，一般的人類科學最多可以做到的，頂多就是提出「集體瘋狂」的診斷，就是某種具有傳染性、透過空氣傳播的感染源，使得受災地區的民眾暫時失去理智。

迷宮正在擴張。愛麗絲沒想到事情來得這麼快，她一邊讀著報導，肚子跟著扭絞，讀到調查團隊在那些居民尖叫奔跑的地方，找不出任何不尋常的東西。**迷陣怪在玩弄他們**，當局永遠想像不到，他們面對的並不是自然現象，而是由充滿惡意的智慧體所操控的魔法事物。

她納悶科學家和政客要花多少時間，才會承認看似完全瘋狂的事物——他們居住的世界，這個定律與常態的世界，其實是個跟紙張一樣薄的表層，蓋住了更深邃更黑暗的東西。**即使承認了，他們又能如何？派警察過去？派軍隊過去？**面對可以任意調動空間的力量，可以用熟悉的地標組成讓你永遠走不出來的迷宮，衝鋒槍和坦克車也無用武之地。

愛麗絲從未真正想過真實世界，也就是**她的**世界，實際上有多麼脆弱。老讀者可以統御世界，可是——正如傑瑞恩曾經解釋給她聽——又何必自找麻煩？況且，如果人類毫不知情，從世界上篩選有潛力的學徒和魔法碎片會比較容易。**可是這些事情迷陣怪一概不在乎**，對他們來說，這個世界只是個玩物，可以隨他們高興，任意把玩跟破壞。

「**集體瘋狂**。」標題尖叫著。她納悶，這種說法到底比真相更好還是更壞。

我必須阻止他們，危在旦夕的，不只是朋友們的性命。

她意識到自己靜靜坐了好久。她又啜一口可可，發現已經變得不冷不熱。南西靠在廚房流理台上，靜靜瞅著她。

「廣播上談的只有這些事，上個星期左右。」愛麗絲抬起頭時，南西說。她朝報紙點點頭。「妳想那些事情困住妳家人了嗎？」

愛麗絲點點頭。

「唔，難怪妳會想回他們身邊。」她看著牆壁上的一張照片，裡頭有個男孩。愛麗絲注意到，男孩沒比自己大多少，站在年輕得多的南西身旁。「可是妳的樣子看起來也太糟糕了。今晚在這裡過夜吧。等下找點東西給妳穿，明天早上，我們找人談談，看要怎麼送妳上火車。」

南西讓愛麗絲泡個澡。雖然洗澡水只是溫溫的，但是可以脫掉吸飽水的皮衣、刷掉皮膚上的鹽分和污垢，那種暢快的感覺難以形容。浴後，她們在一箱舊衣服裡面撈撈找找，找到男孩的襯衫和長褲，套在身上還算合身，不會真的鬆脫掉落。南西熱了青豆濃湯當晚餐，裡頭摻了火腿絲。南西滔滔不絕，也許好讓愛麗絲不用開口——聊到了天氣、銀行破產、她兒子到西部闖蕩寄回家來的信、兒子信寫得不夠勤等，南西講到最新的電影明星時，愛麗絲只能面帶笑容點點頭。

她早早告退，上床就寢。床鋪是個卡進房間角落的破舊東西，這裡一看就知道是男生的房間，牆壁上釘著漂亮女孩和棒球明星的圖片，愛麗絲幾乎立刻墜入深沉無夢的睡眠，連她自己都意外。

她在黎明以前甦醒，房子悄無聲息。

她床邊有扇窗戶，她勉強推開，動作放慢，免得發出尖吱聲。透過窗戶可以看到雜草蔓生的後院，距離地面只有幾公尺。愛麗絲歉疚地看著這身新行頭，可是她實在無法再穿上早被海水和陽光摧毀的舊衣裝。

她在後院駐足片刻，揪住內心的線，然後咧嘴一笑。接著她消失不見，先是一陣呱嘓的合鳴，再來是幾百隻小腳走路的啪答響。等南西醒來，就會發現房子籠罩在一棵大樹的蔭影裡，低垂的長長枝椏上頭結了多汁的大蘋果，多到足以填滿整個木桶。

第十九章 再次上路

愛麗絲發現，以簇仔的型態旅行是最輕鬆的。

主要的原因是，大家不會看到她，即使看到，也不會有負面的反應。一隻移動快速的簇仔很容易讓人誤以為是老鼠或松鼠。愛麗絲猜想，以恐龍的狀態四處跑可能會招來不必要的矚目。

搭火車會比較快，可是早晚都會遇到某個心存善意的官方人士，對小女孩獨自旅行這件事不像南西那樣有同情心，到時就會節外生枝。也不是說愛麗絲擔心警方，可是她不想被逼入某種處境，最後不得不傷害某人才能逃離。

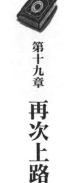

她沒有地圖，可是想說至少一開始並不需要。她只需要往北走，那還算簡單，只要沿著海岸或是夜間的星辰就可以。簇仔動作很快，簡直沒有疲倦的時候，在他們多重分身的型態裡，愛麗絲覺得自己可以跑個不停。靠著敏捷的小小腳丫，一路越過馬路、田野、郊區後院，跨越的路程越來越長。

這趟旅程有某種寧靜，令人耳目一新的清晰。到了旅程末尾，會有問題必須回答、會有必須作決定的時候，可是目前只需要全心奔跑、持續奔跑。她扭著身子鑽過柵欄下方，或是以史百克的力氣在柵欄上闖出一個洞，來到河邊時，就化身為惡魔魚游過去，有森林擋住去路時，就化成樹精，植栽就會在她眼前分開。

在她偶爾停步休息時，樹精也負責提供她食物。她只要觸摸一棵樹木，樹精就會讓樹長出果實來給她。雖然餐點內容有點一成不變，但也算足夠。她的日子交融不分：奔跑、休息、暫停進食、再次奔跑。

儘管周圍一派安寧，有件事卻一直盤據在她心頭：**艾薩克**。初始保證過那幾個跟她同行的朋友都會很安全，跟著老讀者一起鎖在時空之外。**可是艾薩克、小珍跟其他難民發生了什麼事？**迷陣怪把**所有**的學徒都拋進虛空裡了嗎？愛麗絲無法決定自己該不該這麼盼望，她急著想再見到艾薩克，急著想知道他是否安好，可是如果他遭到監禁，那麼至少他不會遇到更糟的事。

不管怎樣，除了勇往直前之外，她什麼都不能做，她到處都瞥見了報紙的頭條，現在頭幾版報導的總是「瘋狂危機」。曼哈頓島籠罩在濃霧之中，放眼不見高樓大廈。在西雅圖，有人目擊多鰭的巨型生物在華盛頓湖裡游泳。在羅馬，古老的成套盔甲據說在街道上飄浮，組成了軍團。官員重複著政府提供的制式說詞，說這全是菌類或是危險毒氣所引發的幻覺，但是報紙逐漸把官方說法當成耳邊風。神職人員談起聖經啟示錄，宣稱世界末日即將來臨。

愛麗絲進入馬里蘭州的時候，轉往西邊走。在阿帕拉契山脈的崎嶇野林裡，她發現自己可以變身成樹精，讓枝椏帶著她在樹木之間跳躍，移動的速度遠比簇仔快得多，幾乎像是用飛的。

在山脈另一側的平地裡，她移動的方式更為謹慎。在西維吉尼亞州，她隨意挑了個小鎮，走進一般的商家。店老闆是個留著灰色短髮的老黑人，臉龐就像雕花皮革，看到穿著不合身的男孩服裝、打著赤腳的女孩單獨行動，內心可能相當吃驚，不過還是嚴肅地接受了她送的大蘋果，同意讓她查查地圖，愛麗絲看到一道可以橫越莫農加希拉河的路線，這條河懶洋洋地朝北蜿蜒流向匹茲堡，跟阿勒格尼河匯流的地方，就是俄亥俄州河。這些河流北側的某個地方就是傑瑞恩的莊園，就是那座圖書館的所在地。

那天晚上，她在河畔的樹叢裡暫停腳步，和最近的人類棲居地隔著舒適的距離。偏遠農莊的燈光在遠方發亮，但是除了幾匹馬，沒人看到她。簇仔像一股黑潮匯流起來，變回了女孩之身，愛麗絲伸伸懶腰，打了哈欠。

沿途上，她只要覺得有需要就會抽空補個眠，可是她覺得自己似乎不像一般女孩那麼需要休息。**也許簇仔平日不睡覺**，不管原因為何，一次睡幾個鐘頭似乎就夠了。她倚著樹幹安頓下來，片刻之後，她向樹精的線探出心念，樹幹繞著她塑形，樹皮變得平滑舒適，苔蘚長成了厚厚的一層，做為她的枕頭。

她以前不曾在運用自己法力的同時，在外在世界度過這麼多時間，這感覺滿奇怪的，可是卻有種奇異的解放感，**我想做什麼就能做什麼**。老實說，這個想法有點可怕，她不必向任何人負責，人類當局沒人攔得住她，想擋也擋不了多久。她要去哪裡都行，一次一小步。

除非迷宮覆蓋了全世界，那麼就不剩任何地方可去了。

她放開了所有的線，除了一條，就是黑色那條，是龍的線，一路往回通向她和艾薩克在許多個月以前曾經受困的那本書。扯這條線也沒什麼用，因為龍不曾回應過她的控制，甚至是她的懇求，只除了她險些在伊掃碉堡深處喪命的那次。她出發前往大迷宮以前，龍給了她簡短的警告，之後就沒再跟她說過話。儘管如此，愛麗絲還是喜歡握住那條線。

「早該聽你的，」她嘆口氣說，「雖然你必須承認，你應該把話說得白一點，可是我還是不知道自己當初還能怎麼做，我真希望……」她搖搖頭，不確定該說什麼。

她仰頭凝望星辰，感覺得到線裡有一股隱約的張力。有別的人在碰這條線，只可能是某個人。艾薩克在外頭，在某個地方，**他還活著**。愛麗絲讓那份思緒填滿心思，一面墜入夢鄉。

匹茲堡城區四周的工業小鎮大多都是空的，警方路障圍住了很多區域。車輛塞滿了道路，在交通過於擁擠時，車主索性棄車輛於不顧。住家和商店都鎖起來，街燈一片黑暗。大煉鋼廠靜靜矗立，通常日夜噴煙不停的煙囪冷冰冰。

愛麗絲現在感覺得到終結迷宮的織布了。起初只是片段，就像緩緩解體的毛衣邊緣。只是這次反過來——毛衣正在擴張，迷宮的扭曲空間向外擴展時，有更多新的線將自己織了進去。

藉由鐵路橋樑越過河流之後，愛麗絲變回了女孩的樣子。這裡的迷宮堅實完整，織布就像在圖書館裡那樣穩固。如果想要，愛麗絲可以揪住它，將**這裡**和**那裡**連接起來，跨過去，就能在眨眼間回到自己的臥房。

可是那樣肯定會讓終結察覺她的存在，她感覺得到那隻大貓的存在，雖然遙遠但是警醒，對於織布裡的任何騷動都很敏感，好似蹲踞在自己網子裡的蜘蛛。

居民大多都已疏散出去，不過終結顯然不願意讓她的新玩具全部逃走。愛麗絲可以感覺到其他人，在迷宮織布上造成隱約的壓力。他們大多靜定不動，肯定是想躲起來，遠離這顯然發了狂的世界。

我要試著去找他們嗎？她進退兩難，**我能怎麼辦？**如果她運用自己的法力幫忙受困的市民，終結遲早都會逮住她。

她還在咀嚼這個問題時，聽到了人類的尖叫聲。

在自己意識到以前，她就已經拔腿跑起來。她赤著腳打滑著繞過路標，看到一條短短的馬路，旁邊林立著三層樓的磚造建築，有個年齡相仿的女孩朝她跑來，穿著白色棉質洋裝，披著過大的毛皮大衣。背後是個看起來像是活過來的垃圾堆，比車子還大的四腿生物，身體是故障的機械、破碎的瓶子、汽車零件、收音機碎塊，當中混雜著撕破的報紙，像毛皮一樣在它的皮膚上飄蕩。

「趴下！」愛麗絲對女孩大喊，用史百克的線緊緊裹住自己。她一面動著、一面變身，兩條腿變成了四條。她感覺自己長成了恐龍的形狀，沒比小馬大太多，但非常緊實又強壯，四根銳利的長角從腦袋四周的骨狀冠頂上突出來。她往前衝刺的時候，低頭露出利角，對準妝點著參差鋼鐵碎片的故障冰箱，這是這個垃圾妖怪的頭顱。

怪物正面迎擊，兩方猛力互撞，發出碾磨金屬的尖銳聲響。史百克實際上比外表看起來還要笨重，這個出乎意料的衝擊，將垃圾怪物撞得人仰馬翻，愛麗絲的身體正好能適應這樣的撞擊，幾乎不受任何影響。她沒給那個東西恢復的時間。她鬆開史百克的線到足以變回女孩，然後抓住簇仔的線，讓自己的皮膚堅硬起來。她探進那個東西的冰箱嘴，使勁撬開，她將關節朝反方向硬扳的時候，關節發出可憐的嚎叫。它的牙齒刮過了她，扯著她鬆垮的衣服，可是影響不了她靠魔法變堅韌的身軀，在它抬起一腳踹開她之前，鉸鍊完全崩解開來。愛麗絲把冰箱門扯掉，丟到一邊，然後跳下來，這時垃圾生物整個癱倒，碎碎片片紛紛落下，瓦解成原本的各種垃圾。

她輕鬆優雅地落地，從妖怪金屬屍體的各種嘎吱跟乒乓響轉開，她發現女孩倒在街道上，仰頭盯著她，目瞪口呆。愛麗絲舉起雙手，希望表現出不具威脅性的姿態。

「沒事了，」她說，「妳現在安全了，如果妳緊緊跟在我身邊，我會帶妳去——」

她沒再講下去，因為那個女孩再次放聲尖叫，連滾帶爬站起身，然後拔腿狂逃。愛麗絲直覺地轉向背後一瞧，慢了半拍才意識到怎麼回事。**是我的關係，對吧？**

這也不能怪她。在我認識魔法以前，要是看到有女生變成恐龍，然後再變回來，我會……唔，可能會覺得很神奇吧，可是我知道自己該要很害怕才對。

她曾經夢見自己變成了那條龍，卻無法再變回來。城裡的人團團包圍她，對她丟石頭，罵她是怪物，**我現在對人類來說就是怪物嗎？**

她沒去追那個女孩，城裡還有好幾百個人，沒時間幫忙所有的人。**如果我能回到初始身邊並且解除協議，就可以救起每個人。**可是她一面跑，一面覺得很愧疚。

她不知道圖書館的準確位置——她頭一次到那裡，是黑先生用他古老的福特T型車汽車載她過去的；其他時候，她總是透過入口離開——不過，她感覺得到迷宮中央，那裡的織布最為稠密，她就朝著那個方向走。不久，她就穿過了郊區，進入包圍那座莊園的黝暗森林。樹木搖搖擺擺，帶著她在枝椏之間彈跳，愛麗絲乘著起伏的植栽波浪，一面用手替眼睛遮陽，尋找那片破損的屋頂，就是她先前稱之為家的地方。

第二十章 團圓

她原本打算完全避開圖書館，希望不會招來終結的注意，可是當她一接近大宅的時候，不得不改變計畫。透過迷宮織布，她可以感覺到有個人類，就在無盡書櫃的各式走道深處，而那個人只可能是某幾個人之一。

圖書館的門敞著，原本絕對不該這樣。裡面曾經井然有序的書架看起來彷彿慘遭颶風的肆虐。許多書架皆已傾倒，好似數不盡的一排排骨牌，書本在地板上跌落成堆。

圖書館前側看起來**狂野失控**，就像後側向來那樣。迷宮依然還在變化，一點一滴，就在她旁觀的當口，遠處有個書架發出嘎吱聲，傾倒下來撞出巨響。灰塵灌入空氣當中，就像爆炸之後揚起的煙霧，在光線中閃閃發亮。

放眼不見活物，既沒有魔法生物，連原本無所不在的圖書館貓咪也無影無蹤，愛麗絲順著迷宮織布摸索，小心翼翼，偵測不到終結的存在或注視。她開始朝著遙遠的人類跡象前進，在目前扭曲的走道裡穿梭。

很難辨別時間早晚，不過她猜自己花了將近一個鐘頭，才走到半頹傾的圓圈那裡，裡面什麼都沒有。她意識到，當初奧若波里恩就是在這裡追殺她的，這裡原本是個叢林，可是現在只剩半圈書架，以及一群乾枯死去的樹木，還有又乾又脆的落葉。

有東西窩在裡頭。一個鼓起的形狀，是退去的灰藍色。愛麗絲的心跳加快，她衝了過去，光腳咔吱咔吱踩在落葉上。

「艾薩克！」她說。

他睡眼惺忪抬起腦袋，他蜷著身子縮在老舊的破爛大衣底下，呆滯的雙眼看起來半睡半醒。他眨眨眼。「愛……愛麗絲？」

他還來不及舉起手臂，她就已經撲了上去，狠狠摟住他，他身上散發著汗水加灰塵的氣味，衣服污穢不堪，到處都結了層乾涸的血跡。他微笑的時候，牙齒在骯髒的臉龐上白得燦爛顯眼。

「噢，感謝世間所有的力量。」艾薩克說。他抽開身子盯著她看了片刻，然後再次擁抱她，甚至抱得更緊。他對著她的頸背喃喃低語，滿懷感情。「我還以為妳死了。」

「我沒事。」她意識到他的肩膀正在顫抖時，嚇了一跳。「不要緊了，艾薩克，我沒事，我……」她眨眼忍淚。「我之前也好擔心你。」

「妳離開了好幾個星期。」他說。

「我知道，」愛麗絲說，「說來話長。」

十五分鐘之後，他們面對面坐在一棵枯樹下，愛麗絲說了一部分經歷給他聽，她一開始講話的時候，艾薩克就抽開身子，現在他正小心隔點距離坐著，彷彿為了自己之前情緒性的一刻而難為情。他準備了好幾壺水，愛麗絲貪婪地拿著一壺猛灌，他一面思考著她剛告訴他的事情。

「所以，」他終於開口問，「其他人都……」

「活著，」愛麗絲說，用手背抹抹嘴，「可是被困住了，他們比我之前的狀況好。他們不知道自己被困住了，要等我們把他們弄出來以後才會知道。」

「我想這還滿值得感謝的。」

「這邊的小珍跟其他人呢？」

艾薩克盯著地面。「終結回來以後，我們知道事情出了差錯，我開始幫大家逃進書裡。當中有不少最後都去了爍兒的世界；派洛斯說他會找冰巨人幫忙照料他們，我就把小珍留在那邊，她還沒醒過來，不過瑪各姮說小珍的狀況好轉了，艾瑪也跟著一起去了。」

「那你還在這裡幹嘛？」

「避難的人當中有些走散了，我一直試著要追蹤他們的下落，帶他們穿過友善的入口，而且……」他頓住，然後仰頭看她。「我希望妳會回來，我知道這樣很蠢，可是如果妳會回到**什麼**地方，肯定是這裡。」

「艾薩克……」愛麗絲的心像離水落地的魚一樣翻轉彈跳，她嚥嚥口水，「你怎麼知道事情出了差錯？」

「啊，」艾薩克清清喉嚨，「你最好出來。」

一時片刻毫無動靜。接著，一隻小灰貓靜悄悄從一根乾枯龜裂的原木下方走出來。

「灰燼！」愛麗絲說。

「欸，」貓咪的聲音小到近乎聽不見，「如果妳打算把我撕成兩半，麻煩乾脆一點，可以嗎？我不會阻止妳的，我只是——」

愛麗絲彎下身子準備撈起他，這時停住動作。「灰燼，你在說什麼啊？我為什麼要把你撕成兩半？」

「我幫了她，不是嗎？」他慘兮兮地垂著腦袋，「妳都聽到她說的了，她之所以叫我跟你們去，就是因為我的存在就像錨一樣，可以幫她到那座島去。原來這一路以來，我都等於在幫她，一起讓妳完成她設定的目標，當初帶妳進圖書館的就是我！」他壓平耳朵。「如果妳想恨我，我也不怪妳。」

「噢，灰燼。」愛麗絲說，一時難以言語。

「終結事後把他帶回這邊，他跟我說了事發經過的一部分，」艾薩克說，「說妳跟其他人都……不見了，還好他早點警告我，我們才能及時把大部分的傷患和孩子送往安全的地方。」

「你又不知道終結有什麼打算，灰燼，你不算知道。」愛麗絲說，這點她滿確定的，終結永遠不會向自己的孩子透露自己的計畫。「你只是想幫我。」她彎身，人貓面對面。「你沒必要道歉。」

他眨眨眼，黃眼盯著她。接著他試探性地往前傾身，粉紅小舌頭舔了舔愛麗絲的鼻尖。愛麗絲笑了出來，一把抬起他，感覺他即使正要發牢騷，身體卻已開始傳

出呼嚕聲。
「妳整個人髒兮兮，」他說，「嗯，妳都幹嘛去了？」
「一路狂跑，」愛麗絲說，「還有游泳，還有在水溝裡睡覺。」
「唔，妳聞起來有水溝味沒錯。」
「我正打算問你，」愛麗絲對艾薩克說，「沒有我，你是怎麼在迷宮裡撐過來的。」
艾薩克對灰燼點點頭。「大多時候都由他帶路。」
「那樣不是很危險嗎？」愛麗絲低頭看著灰燼，「要是被終結發現……」
「我想說妳會希望我這麼做，」灰燼煩躁地說，「況且，終結不像以前那樣盯得那麼緊。她跟兄弟姊妹已經為了疆界開始你爭我奪，就是迷宮跟迷宮之間要怎麼劃分界限，他們正在瓜分世界。」
「終結的迷宮已經在擴張了？」艾薩克說。
「已經延伸到市區了，」愛麗絲陰沉地說，「我來這裡的路上就經過了，大多人都逃跑了，他們以為大家都發了瘋。」
「我不怪他們，」艾薩克說，「碰見這種事，他們哪可能作好心理準備？」
「他們辦得到嗎？」愛麗絲問灰燼，「就是覆蓋整個世界？」
灰燼點點頭，耳朵再次平貼。「他們力量越大，迷宮就會越大。而迷宮越大，他們的力量也會跟著增加，只有讀者抑制得了他們。」
一陣長長的停頓。

「所以我們要怎麼做？」艾薩克打破了靜默。

「我們必須阻止他們。」愛麗絲說。

「我就知道妳會這麼說，」艾薩克認命地說，「我們**可以**溜進書裡，去跟派洛斯一起住——」他對上她的視線。「不，我想不行。」

「始作俑者是我，」愛麗絲說，「當初是我放他們自由的，這是我該擔起的責任。」

「妳又不知道會——」

愛麗絲打斷他。「無所謂，這個跟罪惡感無關，重點在於解決方案，就像我困住傑瑞恩之後，我不知道這樣做對不對，不過我**確實**知道，我必須收拾自己捅出來的爛攤子。」

「好吧，」艾薩克說，「我們要怎麼做？」

「我在虛空裡的時候——」一想到那份經歷還是讓她不禁哆嗦——「我跟囚犯說過話。就是那個受到束縛大協議囚禁的生物，她稱自己為『初始』。如果我們放她出來，她說她可以永遠驅逐迷陣怪。」

艾薩克瞇細眼睛。「那是讀者跟迷陣怪都想監禁起來的生物耶，妳相信她說的話？」

「我之所以相信，就是**因為**他們都想監禁她，終結等了**好幾世紀**，就是為了收緊圈套，因為她必須確定束縛大協議可以維持下去，初始是真正讓終結害怕的力量，而且……」她很難把那種感受化為文字，就是她從初始身上感覺到的怪異熟悉感，甚至是慈愛。「是，我相信初始，而且我怎麼也想不出還有什麼選擇。」

「所以我們要放初始出來，然後盡量往好處想。」

愛麗絲點點頭。「對，我們必須回到大迷宮中心的那座島嶼，這樣我就能處理大束縛。」

「**回去**？」灰燼說，高聲哀嚎，「**請**不要告訴我，我們還要再搭船。」

「靠船是行不通的，」愛麗絲說，「迷陣怪跟我們為敵，我們永遠不可能靠船穿過大迷宮。」

「那麼看來我們卡住了。」艾薩克皺著眉頭說。

「我想可能有別的辦法可以到那裡。算是一種直覺吧，」愛麗絲說，「可是知道怎麼去那裡的人，我能想到的，只有一個。」

第二十一章 無盡牢獄

夕陽正要西下，每塊岩石和每棵樹都投下了長長的影子，草坪看起來就像愛麗絲看過的一次世界大戰照片。草地因為陽鷹眼睛射出的光束，掀出了一條條長溝，間雜著寬闊的大坑，是陽鷹集中火力攻擊的地方，近來的落雨將暴露在外的土壤攪成了泥濘，濕答答的在她腳趾間啪唧作響。

「你確定想跟我們一起去？」愛麗絲對灰燼說，他又回到了她肩膀上的老位置。「如果終結逮到你，她會……」她越說越小聲，不確定終結會怎麼辦，但肯定不會是件愉快的事。

「我確定，」灰燼說，「說到底，妳可能需要我幫忙。」

「說得也是。」愛麗絲說。

迷宮也擴張到這裡，吞沒了大宅。後門照常通往廚房，但其中一扇廚房的門卻通往了大宅三樓，而另一扇門連向愛麗絲不認得的市區街道。她朝原本是儲藏室樓梯井的地方瞥了瞥，發現它通向一條書架傾倒的走道。

「待在一起別走散，」她告訴艾薩克，「現在這樣會有點難應付。」

她再一次巴望能夠揪住迷宮織布，照著自己的心意扭動。可是即使在分心的狀態，終結還是感覺得到那種干預。反之，愛麗絲動作輕柔地用心念抓力順著織布前進，尋找連向她目的地的路徑。她帶路走出連向三樓的那扇門，然後順著一條走廊前進——他們每轉一次彎，那條走廊就跟著移動位置。艾薩克的手一直搭在她的胳膊上，最後她握住他的手，兩人十指交扣給她一種溫暖的感受。

「等等。」她說著便在一個門口前方頓住。

「要從這裡穿過去嗎？」艾薩克說。

「不是，不過這是我以前的房間。」門口的另一邊確實是她以前的房間，即使這扇門後面原本是清潔用品櫃。「裡面有我可能需要的東西。」

她打開門。她的房間亂成一團，日光從屋頂一個遙遠的洞口灑照進來，屋頂開了口之後所竄進來的風雨，讓愛麗絲原本熟悉的床鋪和桌燈一片潮濕，散發著霉味，她皺起鼻子。

「妳從來沒讓我看過妳的房間，」艾薩克跟在後面走進來，「裡面沒多少東西。」

「我從來就不需要很多東西。」她說。

書桌上的幾本書因為水氣而鼓脹。她用腳趾推開提箱，在裡面翻翻找找，她有幾件備用的衣物和內衣褲，還有一雙舊靴子，剛好還能擠得下。裡頭也有個舊背包，她把東西全都塞到裡頭，加上幾樣備用物品——水壺、刀子、一捆麻布繃帶，**真希望有時間可以多做幾枚橡實**。

「兔子是妳的嗎？」艾薩克戳戳放在窗櫺上的絨毛娃娃，它們也都吸飽了水，渾身髒污，彎腰駝背的姿勢，甚至帶了點憤恨的感覺。「它們……滿可愛的。」

「我從老家拿來的，」愛麗絲說，瞅著它們片刻，然後搖了搖頭，「他們差不多只准我帶這些過來。」

「真遺憾，」艾薩克輕拍其中一隻兔子的腦袋，它發出啪唧聲，「妳想帶它們一起走嗎？」

他明明知道帶兔子上路是很荒謬的事，可是還是主動這麼提議，逗得她不禁微笑。

「它們可以留在這裡看守，」她說，「我想我不會再回來這邊了。」

他們小心穿過大宅裡受損更嚴重的一些區域，最後終於走到了傑瑞恩套房原本所在的地方，陽鷹攻擊的痕跡就在那裡戛然而止。愛麗絲確定，即使這座大宅的其他地方都燒成平地，他在這些房間周圍架設的防護網也能讓它們屹立不搖。

裡面一條短短的走道通往好幾扇門。一扇連向傑瑞恩的臥房，另一扇通往她困住他的書房。玄關盡頭就是練習室，是她當初學習怎麼抓住魔法線並召喚簇仔的地方，練習室的一側有一道模樣堅實又厚重的門，可以通到密室。

愛麗絲小心翼翼打開，準備踏進一個截然不同的地方，不過，密室跟她記憶中的沒有兩樣，嵌進一堵牆壁的橫架上，放著大小形狀各有千秋的箱子，有張矮桌抵著另一面牆，愛麗絲之前放了一兩本書在那裡，一本又重又厚，另一本則是紅色裝幀的薄書，目前各自容納了同一個咒語的一半，較大的那本書標示著《無盡牢獄》。

「妳會需要我幫忙嗎？」艾薩克問，緊張地望著那本書。

愛麗絲搖搖頭。「我想不用，我以前就做過，我可以跟他講話，不過他完全不能對我怎樣。」

「要是他什麼都不肯告訴妳呢？」

「他會的，他知道只有透過我，他才有機會離開那裡。」

艾薩克皺眉。「妳打算放他出來嗎？」

愛麗絲並未回答。她看著灰燼，灰燼嘆口氣，從她的肩膀跳到桌子上。接著她深吸一口氣，用一根手指抵著那本書的封面。

她四周的世界立刻被絲絨般的黑暗所取代，她眼前以及四周都是傑瑞恩——一整個軍隊的他，鏡像無止無盡地延伸到無限遠，全部一模一樣，動作整齊劃一。他的模樣就跟她記憶裡的相同，衣服磨損破爛，臉上頰肉鬆垂，蓄著奇怪的鬢角，可是他的眼神已經變了，那雙眼睛一看到她就張得又大又圓，裡面含著一絲她不曾見過的絕望。

「愛麗絲！」他走上前來，無止境的映影跟著他跨步，「妳回來了，妳是不是要——」

他頓住。看得出他很勉強才克制住自己，愛麗絲想到自己待在虛空裡的那段時間，湧上一絲同情。這個地方就跟永恆的牢獄一樣，也沒好多少，不過傑瑞恩至少有個身軀，他迅速恢復了不可一世的傲慢儀態，僅有一丁點的恐懼洩漏出來，令愛麗絲覺得佩服。

「妳來這裡幹嘛？」他說，語氣故作無聊，「妳對自己那個釀成大禍的計畫，覺得悔不當初了？」

「我需要你的幫忙。」愛麗絲承認。

「妳當然需要了，傻姑娘，妳到這裡來，就捅出自己也收拾不了的大樓子。」他伸出一手。「放我出去，咱們有話好好說。」

愛麗絲忖度自己是否有這麼天真，會把**他的話**當真。「先跟我說我需要知道的事，我再考慮要不要放你出去。」

「別傻了。這個爛攤子還是有可能修補的，知道吧，外頭發生什麼事了？其他人——」

「現在你不用管那個，」愛麗絲厲聲說，要是她對自己誠實的話，她之所以不想跟傑瑞恩討論現況，部分是因為她可不想承認他之前說得沒錯，**我永遠不該信任終結的**。「你到底要不要回答我的問題？」

他默默努了努嘴巴片刻，鬚角抽搐，最後終於粗聲說：「要問什麼？」

「我需要到存放束縛大協議的那座島去，」愛麗絲說，「我沒辦法穿過大迷宮進去。」

「那裡的入口需要讀者們集體同意才能啟動——」

「我也沒辦法靠那個，」愛麗絲往前傾身，「可是一定還有別的走法，最早為什麼要把束縛放在荒涼的島嶼上呢？除非因為那附近有個入口？」**希望是，希望是，一定有條路可以走**。

傑瑞恩瞇細眼睛。「為什麼？妳需要那邊的什麼東西？」

「我說過，這件事你不用管。」

「如果那表示妳打算摧毀全世界，那麼我就該管！」傑瑞恩說，「束縛大協議可不能隨便亂動，那個囚犯——」

「你到底是說，」愛麗絲用刺耳的聲音說，「還是不說？我可沒時間跟你爭論。」

「假設我真的知道什麼，我為什麼該跟妳說？」

「如果你告訴我，」愛麗絲說，「我就放你出去。」

一陣久久的停頓，傑瑞恩試著維持表情的鎮定，可是雙手在顫抖。

「妳說謊。」他說。

「我沒有。」

「我為什麼應該信任妳？」

愛麗絲聳聳肩。「你有什麼好損失的？」

又是一陣抗拒之後，傑瑞恩肩膀一垂，突然看起來老態龍鍾。

「妳說得對，」他說，「是有個天然入口，但可能沒多大用處。」

「在哪裡？」

「在希臘，」他閉上雙眼，「雅典北邊的山丘裡有個洞穴，找一座有三個狹窄高峰的山，往山腳的西邊走。靠近的時候，妳就感應得到。」他搖搖頭。「人類曾經以為那個山洞通往來生，大迷宮建造起來之後，我們在那裡派了個守護者，免得有人隨意闖進去。」

「這種做法似曾相識，」愛麗絲說，「另外一邊有什麼呢？」

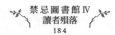

「那裡有個通往那座島嶼的天然入口，可是幾千年來都沒人使用，地貌也許改變不少。」

「我會想辦法，」愛麗絲說，「謝謝你。」

「放我出去，」他現在完全不再假裝，睜開眼睛的時候，眼神充滿了赤裸的急切，「拜託，妳不懂這種感覺。」

「我懂，」愛麗絲靜靜地說，「而且我會放你出來的，我保證。」她遲疑一下，然後補充，「最後一定會的。」

傑瑞恩充滿暴怒和痛苦的尖叫聲被硬生生截斷，她眨眨眼回到了現實世界，尖叫聲依然在她耳裡迴盪。她退後半步，艾薩克一手搭上她的肩膀。

「一切都還好嗎？」他說。

她點點頭。「我們需要的資訊到手了。」

「妳跟傑瑞恩說了什麼？」灰燼在桌上說。

「說了真相，」她說，「等我知道怎麼做才安全，我就會把他從那裡放出來，沒人應該永遠遭到監禁，即使他也是。」

「所以我們接下來要去哪裡？」艾薩克說。

「希臘吧，我想，可是我們要先去某個地方。」

第二十二章

威奈柏奇怪的一些遇到

「我可以說我不喜歡這個點子嗎？」愛麗絲走到密室的另一側時，艾薩克說，「我主人的迷宮向來對我不友善，即使在之前就是這樣，要是腐衰發現我們出現在那裡——」

「我也覺得不大好，」灰燼嘀咕，「也不是說會有人聽我的意見就是了。」

「他可能會想辦法殺掉我們，」愛麗絲說，她從架上拿起一本薄書，帶回桌子那裡，「可是我們到大迷宮的時候，會需要龍的幫忙。」

「我們兩個一直都召喚不了龍，」艾薩克說。艾薩克用心念抓力去碰龍的線時，愛麗絲感覺到兩人共享的龍線上一陣緊繃，「要耗太多法力。」

「這點也許我有辦法解決，」愛麗絲說，「可是我需要龍書才辦得到。」她搖搖頭。「希望腐衰跟終結一樣忙著跟別人鬥爭，如果沒有，我們到時……再想辦法。」

「就像我們可以想出辦法，繞世界半圈？」

「一次做一件事，」愛麗絲說，「首先我們要把龍找回來。」

「妳不打算解釋理由。」艾薩克說。

「反正時候還不到，」愛麗絲說，「等我先確定我想得沒錯再說。」一看到他的表情，她漾起笑容。「最早偷走這本書的可是你。」

「我想是吧，」他嘆氣，「好吧，我們出發。」

艾薩克再次牽起她的手。灰燼跳上她的肩膀。愛麗絲翻開面前桌上的那本書，就在閱讀的過程中，逐漸讀懂了文字，然後發現自己佇立在全然的黑暗中，她揪住惡魔魚的線，繞住自己，雙手便開始發出詭異的綠光，點亮了室內。

他們正在「眾門的洞穴」裡，這些前門可以通往每位讀者的碉堡。她和艾薩克站在一塊大石前方，類似的岩石沿著大洞窟內側圍成了一圈。每塊岩石上頭要不是刻有某位讀者的名字，不然就是很久以前原本有名字但被刮除之後一團模糊。

好多事情就從這裡開場，當初她在這裡結識了黛克西、艾倫、蓋瑞特，將膽怯躲在暗影中的索拉娜勸出來，然後大家結伴一起進入伊掃的碉堡。現在艾倫和蓋瑞特都死了，索拉娜和黛克西被鎖在空間之外，**原本的班底只剩我和艾薩克**。愛麗絲深吸一口氣，我會把他們救出來。

「待在這邊一下。」愛麗絲說，把灰燼放到地上。

「什麼？為什麼？」艾薩克說。

「這樣我才能換上乾淨的衣服，」愛麗絲捺著性子說，「我可不想冒險在終結隨時可能出現的地方換衣服。」在這裡，至少他們跟任何一座迷宮都離得很遠。

「噢。」艾薩克搔搔臉頰，尷尬地把頭別開，「我就在這裡等囉？」

「一下就好。」

愛麗絲繞到大石後方，脫掉南西當初給她、現在破破爛爛的衣物，換上她從房間拿來的裝扮。尺寸有點小，可是能夠再穿上乾淨的東西，感覺不錯，即使她本人還是需要泡個澡。**以惡魔魚的型態游泳好像沒辦法讓我變乾淨多少**。她的頭髮糾結成凹凸不平的團塊，她用手指耙梳，嘆口氣，然後往後撥開紮起來。

「好了。」她邊說邊繞回大石。艾薩克的臉有點泛紅，即使在惡魔魚的光線籠罩之下，可是她並未理會。「通往你主人碉堡的入口，你用過嗎？你知道通往哪裡嗎？」

他點點頭。「是個小房間，就在一條連向主要階梯的長通道盡頭。」

「以前是，」灰燼強調，爬回了愛麗絲的肩上，「到現在，整個地方已經被腐衰的迷宮覆蓋了。」

「這件事會有點難處理，」愛麗絲說，「你必須形容我們想去的地方，然後我會試著找出來，你知道龍書收在哪裡嗎？」

「大概吧，艾納克索曼德的書房附近有個房間，他從來不准我進去，我連怎麼開那扇門都不知道。」

「我們會——」

「想出辦法來的？」灰燼和艾薩克同聲說，相視而笑。

「沒錯，」愛麗絲說，「這種事情你們越來越上手了。」

大石上那本標示著**艾納克索曼德**的方形小書，把他們拉了進去，愛麗絲轉眼便在突來的光線裡眨著眼睛。他們依然在地下，可是牆上散佈著多切面的一道道水晶礦脈，從裡面發出光亮，是種柔和的白光，折射成繽紛的色彩。空氣寒凍，愛麗絲的吐息化為了一蓬蓬的白蒸汽。

「好冷啊，」灰燼說，貼近愛麗絲的脖子，「這個地方不適合貓來。」

「我們在哪裡？」愛麗絲說，「我是說，在世界上的哪裡。」

「格陵蘭，」艾薩克說，「我們在一條冰河底下，就像一整個河流的冰塊。」

愛麗絲探出手，碰了碰其中一道水晶。**是**冰，冷到足以讓她迅速把手抽回。「難怪裡頭這麼冷。」

艾薩克把自己那件巨大破舊的外套稍微裹得更緊。「久了就會習慣。」

「你上次泡澡的時候，這裡看起來溫暖多了。」愛麗絲嘀咕。

「因為有溫泉啊，」艾薩克說，接著皺起眉頭，「妳什麼時候看到我**泡澡**了？」

「不提也罷。」愛麗絲說。她感覺得到迷宮蔓延過這裡，不如終結的迷宮那麼強大，但增長的速度很快。「帶路吧，如果感覺到狀況有變化，再跟你說。」

艾薩克點點頭。他帶領他們走向一道巨大陰暗的螺旋階梯，階梯繞過中央柱子，朝著兩個方向向外蜿蜒，柱子完全是由平滑如鏡的冰所造成。

「往下通往主人的——我是說，艾納克索曼德的房間，還有我的，」艾薩克靜靜地說，「往上通往圖書館。」

「那麼就往下走吧，」愛麗絲說，然後凝住不動，迷宮織布確確實實傳來了振動，「有東西過來了！」

「是腐衰嗎？」艾薩克說，「他已經發現我們了嗎？」

「我**想**不是，」愛麗絲蹙眉，「感覺比較小，不像迷陣怪，總共有三個，正走下樓梯來。」

「是威奈柏，」艾薩克說，「讓我試著跟他們溝通看看。」

「誰？」

「算是某種僕人，」他轉身面向通往圖書館的階梯，然後回頭望來，「他們可能會有點……怪喔。」

「到了現在，連怎樣才算怪，我都搞不清楚了。」愛麗絲靜靜地說。

沿著樓梯拐彎處繞過來的生物，外型幾乎像人，手腳和腦袋的位置大約正確，但給人一種組裝錯誤的印象。手臂和腿的末端都是寬大、有抓力的手。手指又長又細，用來攀住天花板，以蜘蛛般的敏捷度快速沿著天花板前進。他穿著破爛的麻布長罩衫，繫著腰帶，可以明顯看出彎拱的脊椎，可是腦袋似乎前後顛倒，以正確方向往下對著愛麗絲咧嘴笑，但這個生物的其他部位卻上下顛倒，而且那抹笑容令人不安，嘴巴張得太大，在亂糟糟的八字鬍和短硬的鬍鬚之間露出大板牙，好似一排排的墓碑。

又有兩隻一樣的生物跟在第一隻後面出現，也攀著天花板，其中一隻蓄著鬍子，還有一個是雌性，上下顛倒的臉龐周圍垂著蓬鬆的長長細髮，艾薩克對那些生物揮手的時候，生物停了下來，幾乎就在他們的正上方。

「有狀況意識到因為的關係在下警戒門，」領袖說，「會回來艾薩克少爺不知情事

先在下。」

愛麗絲眨眨眼。

「我漏聽什麼了嗎？」灰燼說。

「他們的腦袋前後倒轉的時候，就會有點搞不清楚狀況。」艾薩克輕聲說。然後拉大音量。「呃，很高興回家來，一切都還好嗎？」

「驚嚇在下極為，」那個威奈柏說，「不想再也在下回應，擴張空間圖書館向外扭曲。」

「他說迷宮正在擴張，反過來對他們不利。」艾薩克說。

「你聽得懂他們的話？」愛麗絲說。

「久了就會習慣。」他再次說。

「你想他們願意幫我們忙嗎？」愛麗絲靜靜說，「如果他們以為你還在替艾納克索曼德工作……」

「我想會吧，」艾薩克說，他放大音量，

「你們能不能下來這邊，拜託。我仰頭看著你們，脖子都快抽筋了。」

「艾薩克少爺，然了當。」威奈柏說。

愛麗絲原本以為他會沿牆爬下，可是他卻只是放開攀住岩面的手，落了下來。他往下掉的時候，手腳發生了怪事，骨頭和關節都在變化，那種移動的方式令她反胃，所以等他四手攤開、撞上地面時，方向大約正確。不過，他的腦袋還是反的，頭髮一條條從頭皮垂下，鬍鬚指向天花板。

「嗯。」艾薩克說，雙手放在臉前，做了個扭轉的手勢。

「歉啊抱。」威奈柏的腦袋順時針緩緩轉動，發出一連串軟骨似的啵啵聲跟啪啪響，讓愛麗絲不禁畏縮。等腦袋轉了一百八十度以後，再次對他們拋出墓碑似的笑容。「有沒有比較好了，艾薩克少爺？」

「好多了。」

「真希望我也能那樣，」灰燼湊在愛麗絲的耳邊悄聲說，「要梳理皮毛會很方便。」

「你知道艾納克索曼德主人什麼時候會回來嗎？」威奈柏說，「一定要通知他圖書館出紕漏的事。」

「我想他再不久……就會回來，」艾薩克說，斜瞥一眼愛麗絲，「不過他派我在他出門的時候，調查一些事情。我有點事情要在樓下辦，然後我們需要一個入口到……」

「希臘，」愛麗絲提示，「靠近雅典的地方。」

「對，」艾薩克說，「是希臘。」

雌威奈柏起疑地往下瞅著他們，「不主人服侍她又，是讀者她，」她說，「她學徒另一個一定是。」

「她是跟我一起的，」艾薩克連忙說，「我們有一個勤務要處理。」

他們面前的那位威奈柏一鞠躬。「在下很樂意服侍，艾薩克少爺，在下正好知道那本書。不過圖書館現在一片混亂，要到那本書那裡可能不容易。」

「灰燼，」愛麗絲用氣音說，「你能不能跟他們一起去？帶他們穿過這座迷宮？」

「我？」貓咪的語氣很震驚。

「書越快準備好，我們就能越快離開這裡。」她說。

「有道理。」灰燼說，盯著威奈柏看，後者回盯著他，瞪大眼睛咧嘴笑著，「你不會花太久時間吧？」

第二十三章 腐衰的疆域

愛麗絲和艾薩克反覆安慰灰燼說他們會盡快，然後留下他緊緊攀在一隻威奈柏的背上。那隻威奈柏手腳並用再次爬上牆，順著天花板朝圖書館爬去，艾薩克和愛麗絲朝著反向走，踩著內凹的石階往下行，走進艾納克索曼德碉堡的較低樓層。這座迷宮在這裡的法力比較弱，可是愛麗絲還是用心念抓住織布，留意是否有意料之外的路線。

「你在這裡長大的嗎？」兩人往下行的時候，她邊說邊東張西望。這個地方看起來確實很陰鬱，從冰散放出來的淡光，讓每樣東西都蒼白得跟牛奶似的。

他點點頭。「妳在人類身邊成長，一定覺得這樣很奇怪。」

「不管什麼東西，我都覺得有點奇怪。」愛麗絲說。

「不過，還不賴啦，」艾薩克說，「反正，伊凡德還在的時候，我從來不覺得這裡有什麼不好。主人——我是說艾納克索曼德，固定都會透過書本帶我們出去，到別的世界，甚至在人類之間活動。他告訴我們，我們總有一天可能必須住在真實世界裡。」

他的聲音有點卡卡的，她可以明白原因何在。伊凡德一直就像他哥哥，同樣身為學徒，直到艾納克索曼德無情地把他交給伊掃，彷彿他只是頭牲畜。伊凡德被逼瘋以後，艾薩克親眼看到他死在折磨的手裡，折磨是伊掃作惡多端的迷陣怪。

「抱歉，」愛麗絲靜靜地說，「我說話以前沒動腦。」

「沒關係，我不希望只因為最後發生的事，就絕口不談他的事，」他深吸一口氣。「那樣就好像再次失去他一次。」他四下張望。「妳知道嗎？我們以前都會在這段階梯上來回比賽誰速度快，以前我會用小冰來做溜滑梯，可是他說這樣是作弊。」

他在一個比其他都大、模樣更搶眼的雕石拱門前停下，看起來很古老，堆疊的石塊邊緣磨圓，表面不平，好似來自失落文明廢墟裡的東西。

「艾納克索曼德跟我說過，堡壘的這部分不是他建造的，」艾薩克仰頭望著拱門說，「以前有別的東西住在這裡，很老的東西。」

「比他還老？」這個空間和寒意裡帶點什麼，讓愛麗絲覺得想要小聲說話，彷彿置身於教堂之中。

「比人類還老，他說過，」艾薩克打起哆嗦，「我以前都會夢到他回來，在這裡找到我們。」

愛麗絲跨步上前，一蓬蓬的吐息在身前，艾薩克跟了上來。

「所以我們在找什麼？」她說。

艾薩克指了指。「那扇門通往他的書房，就在過去一點的地方。」

愛麗絲看不到長得像門的東西，只有一層冰從天花板延伸到地板上，彷彿瀑布奔瀉到一半的時候就結凍了。

「你確定嗎？」愛麗絲說，「看起來沒辦法開。」

「我看他走出來過，」艾薩克說，把手貼在冰冷的表面上，「會自動讓路給他。」
「你可以用火怪熔化它嗎？」
「也許吧，可是會花很久時間，看看有多厚。」
「那小冰呢？小冰會給你控制冰的能力吧？」
「其實是雪。」
「冰只是很多雪壓得密密實實，」愛麗絲推理，「試試看嘛。」
艾薩克緩緩點頭。愛麗絲感覺他用心念握住線的時候，法力嗡嗡作響，他們周遭的空氣裡有種顫動的感覺，他瞪著那道冰牆，瞇細了雙眼。
「沒效嗎？」愛麗絲說。
「有……**什麼**在那裡，」艾薩克說，「我掌握不到。」
「也許——」
「給我一點時間，」他咬緊牙關，「我辦得到的，我只要——稍微推一下——」
響起一陣類似呼咻的聲音，一切都變白。愛麗絲驚慌地往後退一步，憑著本能用心念去抓簇仔的線，空氣裡滿是刺痛肌膚、令人目盲的冰晶體。「艾薩克？你還好嗎？」她意識到，艾薩克正在笑，那陣白是雪，從那道冰牆往外噴射，以一場迷你的暴風雪，灌滿了整條走廊，此時正在他們四周傾洩。
「抱歉，」他說，「我好意外，我可以感覺到它退讓了，我一推，它竟然就這樣……移開了。等等。」

他轉開身子，雙手比畫了一下，彷彿揭開布簾似的，紛紛落下的雪往外彈跳，旋繞著經過他們身邊，露出一個門口和後方陰暗的房間。

「太完美了！」愛麗絲咧嘴笑著，「你真了不起。」

艾薩克再次臉紅，搓搓後腦勺。「我……呃……謝了。」

他一副想說更多的樣子，可是愛麗絲已經舉步踏進房間，召喚惡魔魚的光到自己手上，這裡看起來有點像傑瑞恩的密室，不過有些書不是鎖在箱子裡，而是困在冰塊當中。有的書只是疊在一邊，包括一本模樣熟悉、用磨舊蛇皮裝幀的冊子，上頭寫著《龍》。

「你說對了！」她說，一把抓起龍書，倉促之下弄倒了整疊書。她碰到龍書的時候，身子竄過一陣戰慄，心裡的龍線顫動應和。「謝謝你，艾薩克，我知道我沒把事情都解釋清楚。」

「我信任妳，愛麗絲，」他在門口那裡說，「妳到目前為止都是對的。」

他背後突然響起乾燥啞嘶聲。

「這點呢，」那個聲音說，「還有待印證。」

艾薩克連忙轉身，可是一條烏黑的長東西已經爬到他身上來。愛麗絲想起在大迷宮看過的那隻蜈蚣，每一節發亮的黑身體都比她的腦袋還大，身體末端的那雙尾鋏，輕輕鬆鬆就可以夾住她的腰。牠的腿以詭異的一致性移動，長長的身體跟著湧起陣陣漣漪，一面發出輕柔的喀答喀答聲。牠盤住艾薩克的腿，橫過他的胸膛，巨大的蟲首停在他喉頭前，身子其餘的部分沿著走廊延伸，艾薩克完全不敢動。

「如果我咬這小子，克雷頓小姐，他會死得很快，而且痛不欲生。」一雙尖銳的長牙懸在艾薩克的脖子上方。「相信我，後果可是不堪入目。如果妳珍惜他的性命，就別輕舉妄動。」

愛麗絲這才意識到，自己已經舉起雙手，自動抓住所有的線。她碰上艾薩克的視線，發現他瞪大雙眼，但並不驚慌。**不賴喔**，她放低雙手，吐出一口氣。

「你是腐衰吧？」她說。

「沒錯，」蜈蚣移動身軀，蟲足一同發出喀答響，「我不得不承認，我原本相當質疑這項計畫，可是妳證實了終結對妳的評價。」

「放他走，」愛麗絲說，「我才是你想找的人。」

「我想他還滿有用的，可以保證妳乖乖聽話，終結的監獄顯然不夠好，但是我們不打算重蹈覆轍。」腐衰再次移動。「對了，終結要我代她打聲招呼。她告訴我，她太晚才發現你們兩個穿過她的領地，說你們可能會上門來拜訪我。」

「說得好像你很信任她似的，」愛麗絲勉強冷笑，「我還以為經過這麼多風波之後，你也該聰明點了。」

「算妳厲害，克雷頓小姐，想先分化，再各個擊破是吧？可是那種遊戲我們比任何人都拿手。」腐衰的多切面眼睛在愛麗絲雙手的光線中，散發幾十個針尖般的光點。「迷陣怪跟讀者合作，早就是**過去式**了。」

「也許你是這樣沒錯，」愛麗絲說，「但是有別的——」

「囉囉嗦嗦真煩人，來吧，要不然這小子就要吃苦頭了。」

「好啦！」愛麗絲舉高雙手，「至少我努力過，**就像**我必須跟巨型黃蜂交戰那次。」

對腐衰來說，這番話可能牛頭不對馬嘴。但她希望對艾薩克來說，是個訊息，**就像我們跟巨型黃蜂交戰那次**。那一回，她將他高高拋入空中以前，他先化身成為……

她從他的眼神看出他聽懂了。她感覺法力在流動，接著他的身子就化掉了，血肉分解成吹雪，最後化身為小冰。

腐衰動作飛快，但還不夠快。他的利牙往下咬進艾薩克新身體的柔雪，卻傷不了他，泛綠的毒液噴射出來，只是徒勞。於此同時，愛麗絲撲了上去，為了得到力氣而拉扯史百克的線。她這一拳並不精準，但相當帶勁，打得黑蜈蚣順著走廊滑離。

「快走，艾薩克！」她大喊，「回圖書館去！」

「可是——」

「我馬上就來！」

艾薩克以雪魔的狀態旋飛穿過走廊。愛麗絲還來不及跟上去，腐衰就已經重整旗鼓，盤旋的身體塞滿了門口。她再次撲向他，舉起一拳，龍書夾在腋下。這一次他閃過了她的搥擊，往前快閃，盤繞住她的身子。他的蟲足扎刺她全身的肌膚，讓她直想放聲尖叫。可是這原本也在她的意料之中——他纏得越來越緊，她用簇仔的線繞住自己，扯動線，最後身體瓦解，化為一堆毛茸茸的黑色簇仔。簇仔們在走廊上又彈又滾，鑽過腐衰扭動的糾纏，結果腐衰有失體面地重摔在地。他掙扎著要站起來時，愛麗絲已經動身，沿著走廊疾奔，細小的腳擺動的速度快到模糊一片。

第二十四章　遭到追獵

簇仔一穿過古老的門口，就流聚起來，變回了腋下夾著書本的女孩。艾薩克已經從他剛剛變成的雪暴匯聚起來並變回原形。她扣住他的手臂，依然奔跑著，零星的雪花在她四周紛紛飄落。

「妳還好──」他才開口。

「晚點再說！」她喘著氣，「快跑！」

兩人拔腿狂奔，繞過迴旋樓梯時，緊緊貼著中央的冰柱前進。艾薩克在她身邊氣喘吁吁，就快喘不過氣，她則忍耐著側腹的疼痛。她可以召喚史百克強化自己的力量，可是這樣也不會讓呼吸更容易。樓梯陡峭，就像沿著山坡奔跑似的。

他們下方傳來咔啦喀答的聲響，迅速地放大音量。愛麗絲感覺有人在扯迷宮織布，雖然這裡的迷宮很弱。她反擊回去，往下一壓，讓腐衰沒辦法搶在他們前頭。一陣暴怒的嘶聲，然後咔啦聲加倍了。

「我們……逃……不了的。」艾薩克喘著氣說。

「我有個……點子，」愛麗絲說，「你爬上我的背！」

「什麼？」

一面控制迷宮，一面操縱魔法線並不容易，可是近來她在一心多用上有過不少練習。她抓住史百克的線，不只為了力氣，也盡可能緊緊繞住自己，最後感覺身體開始變化。她的四肢厚實起來，往下著地，身體擴張成恐龍的粗壯骨架。史百克的耐力足以媲美力氣，可以連續奔跑數日不歇，雖然他那種石板似的腳並不適合爬樓梯。

「爬上妳的背，好！」艾薩克抓住背脊上的石板，往上一跳。身為史百克，愛麗絲幾乎感覺不到他的重量。

她加倍速度，以最快的速度衝上階梯。最大的問題在於轉彎——史百克即使在狀態最佳的時刻，也不擅長轉彎，她要緊緊貼著中心柱子上樓，也比表面看來還要吃力。

「他還在追！」艾薩克喊道，回頭看著背後，「越來越近了！呣，我想他也越變越大了。」

愛麗絲在轉彎的時候，冒險一瞥。原本巨大的蜈蚣現在變得像怪獸似的，大得像一頭衝刺的公牛，下顎像長矛似地往前伸。他登上階梯的方式，彷彿陡坡根本不存在似的，腿上上下下，迅速確實、毫無失誤，大小有如屠刀的利牙依然滴著泛綠的毒液。

「我們必須活捉妳，克雷頓小姐，」腐衰低嘶，語氣依然冰冷沉著，「但別以為那表示我不能傷害妳，我可不是冰底下唯一有毒的生物，妳一定會痛不欲生，我跟妳保證。」

「愛麗絲！」艾薩克大喊，「我們必須更快！」

愛麗絲試著回喊，可是她的恐龍身軀只能發出尖亢的叭叭響，她越來越難阻止腐衰扭曲他們四周的迷宮。這是他的地盤，而她的力量是二手的——她很意外自己竟然能跟他對峙這麼久，他們路過的時候，腳下的地面轟隆作響，她再次發出尖亢的叭叭聲，**想想辦法！**

就像之前在下頭那樣，艾薩克似乎馬上就領會她的意思。她覺得他的法力再次匯聚起來，比先前更強大，她聽到他因為一次拉扯這麼多東西而痛得倒抽一口氣。腐衰體型大到不得了，逐漸逼上前來，下顎距離愛麗絲的後半身僅剩幾公尺。她在情急之下準備轉身迎戰——**至少可以把他往後撞倒**——

頭頂上傳來轟隆響，天花板爆出一陣雪。緊接著又是一陣，然後再一陣，散佈在岩石之中的冰脈在他們路過的時候化為粉狀往下爆射。突然之間到處都是雪，以溫柔的雪花在愛麗絲周圍飄降，讓腐衰的盔甲板蒙上一層塵灰。蜈蚣腳步依然毫不停歇，愛麗絲再次發出尖亢的叭叭聲，想點**更好的**辦法！

頭一塊岩石鏗鏘擊中他們背後的地面。

那塊古老的岩石表面呈蜂窩狀，以冰黏在一起。艾薩克把冰吹成雪的時候，那些岩石開始挪移，接著滾落下來，愛麗絲找到最後剩餘的一點力氣，及時從腐衰身邊躲開，一塊大小有如公車的崎嶇大石從樓梯上落在蜈蚣身上。更多岩石隨之而來，有大有小，發出雷鳴般的噪音，淹沒了其他聲響，飛揚的灰塵和雪佔滿了她背後的樓梯。腐衰發出尖鳴，並未受困的腦袋來回甩動，但是身體被卡在原地，而且有更多岩石正往下掉。灰白色的塵雲往上翻騰，愛麗絲看不見他的身影。

她感覺艾薩克耗盡力氣地頹軟下來，通往圖書館的門就快到了，就在前頭——不管怎樣，他們也沒辦法再跑多遠。愛麗絲放慢速度，逐漸停下，在因為飛雪而滑溜的樓梯上打滑，她匆匆忙忙變回女孩的模樣。趕在艾薩克癱倒以前，及時從腋下撐起他的身子。他睜著眼睛，但氣喘如牛，雙腿站也站不穩。

「剛剛太棒了！」她說，扯開嗓門想壓過不斷傳來的落石聲。

「我記得……我們以前……對付龍的方式，」艾薩克說，「就是用冰……和岩石。這邊既然有冰，就可以直接利用。」他用力嚥嚥口水。「以為冰和岩石能殺死他，可能是奢望吧。」

「他還在，」愛麗絲感覺得到腐衰一時驚愕受困，可是依然碰觸著迷宮的織布，「你能走嗎？我們必須離開這邊。」

他點點頭，放開她。艾薩克試探地踩出一步，就像鹿寶寶一樣搖搖晃晃，接著又踩一步，這次使出更多力氣。愛麗絲抓住迷宮的織布，從**這裡**到**那裡**扭出一條通道，直接連到灰燼那裡，門口後面的空氣變得朦朧閃亮。

你們逃不掉的，腐衰的聲音透過織布，在她腦海裡迴盪。她感覺他的抓力猛地抵住她的抓力，硬碰硬，擋住她的去路。**別想一走了之，這裡可是我的領地，不管妳偷了什麼法力，妳都只是個讀者，打不過我們任何一個。**

「艾薩克。」愛麗絲停下腳步。艾薩克在她前面幾步的地方停下，然後回頭望來。

「妳還好嗎？」他問。

她覺得一點都不好。她咬緊牙關、雙眼閉合，全部的精神能量都集中在闢出通道上，連講話都費力。

「握住我的手，」她說，「我下指令的時候，就把我拉過門口。」

「為什麼——」他打住，一陣靜默。她感覺他的手貼住她的手。「好了，下令吧。」

妳什麼也不是！腐衰暴怒大喊。**妳的時代——所有讀者的時代都過去了，現在是屬於我們的時代，我們的迷宮會覆蓋住全世界，妳是——**

我知道我是什麼，愛麗絲告訴腐衰。

她卯盡全力對準了織布，就像拔河競賽或比腕力似的，把技巧丟在一邊，純粹仰賴生猛的蠻力。在對抗折磨、終結或其他的迷魂怪時，她從沒試過這麼做，她不曾相信借來的力量打得過迷宮魔怪。可是她一吋接一吋，將腐衰從她的路徑上逼出去，她因為使勁而渾身顫抖。

不可能，腐衰說，**這是不可能的事！**

她感覺連結到位了。「就是現在，艾薩克！」

艾薩克把她拉到門口。她的腿自然而然移動起來，跟在他後頭踉踉蹌蹌跑起來。她的注意力全放在另一個世界，就是扭曲空間的世界，此時正奮力阻擋腐衰越來越氣急敗壞的攻擊，他們穿過迷宮時，她感覺得到織布在四周挪移。

「我正在想你們發生什麼事了呢。」灰燼說。

愛麗絲放開織布，搖搖晃晃，仰賴艾薩克扶持。他掐緊她的手。

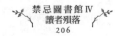

「愛麗絲？」貓咪說。

她睜開雙眼。

他們站在岩石鑿刻出來的六角形房間裡，牆面塑成了粗糙的架子，上頭亂無章法堆滿了書。門口通往相同的六角形，有更多的門，就這樣一直延伸下去，**這是個蜂巢！**

有六個威奈柏緊攀著架子，或是上下顛倒掛在崎嶇的天花板上，怪異的腦袋反過來，灰燼在房間中央，在一本綠色大書旁邊。

「我沒事，」愛麗絲說，「可是我們必須離開這裡，腐衰要來了。」

「腐衰？」其中一個威奈柏說，「可是他是替主人服務的啊，他為什麼要攻擊你們？」

「他叛變了，」艾薩克趕緊說，「跟我們的主人作對，我們要先逃了，等主人回來再說，如果可以的話，你們全部都該逃。」

愛麗絲倒是沒想到這一點，她可以輕易想像腐衰會把氣出在威奈柏上。

「叛變！」這個字眼在房間裡迴盪，「叛變！」

「你們有沒有什麼地方可以躲？」

最靠近的一個威奈柏點點頭。在天花板上的一個說：「生物書裡有些人情一些我們欠了，讓我們他們尋求庇蔭會願意在世界他們的，回來直到主人。」

「好，」艾薩克說，「你們快去吧。」

愛麗絲可以感覺到腐衰的抓力，在織布上摸索扒抓。「來吧。」她朝灰燼伸手，他連忙爬上她的肩膀，艾薩克還握著她的另一隻手。

「龍書拿到了嗎？」貓說。

愛麗絲拍拍夾在腋下的那本書。「拿到了，那個入口對嗎？」

「如果妳信任這些東西。」灰燼懷疑地瞥了眼上下顛倒的生物。

愛麗絲把手伸向灰燼身旁的綠書，然後仰頭看著威奈柏。

「謝謝你們的幫忙。」

「氣別客。」他們異口同聲說。

我們會找到妳的，腐衰在她的腦袋後側低語，**等我們一找到妳**——

愛麗絲翻開那本書，讀道：「她發現自己站在崎嶇的山丘頂端，頭頂上方的天際逐漸變暗……」

第二十五章　世界解體

她發現自己站在崎嶇的山丘頂端，頭頂上方的天際逐漸變暗。綠書放在一截短短的石柱上。

「我們來對地方了嗎？」灰燼從她肩膀上說，「那些威奈柏講話，有一半時間都說不通。」

「我也不知道。」愛麗絲說著便回頭望去。山丘在背後往上竄成高山，從背後襯著天空的山峰輪廓可以看出來，可是她看不出其中一座是否有三個窄峰。「我想我們必須等到天亮的時候。」

「聽起來不錯，」艾薩克說，「我想我沒辦法再多走一步了。」

「你想你可以勉強再走幾步嗎？」愛麗絲說，「我想離入口書遠一點，找個庇蔭的地方。」她覺得不會有人能跟蹤他們到這裡來，可是她不確定迷陣怪法力大到什麼程度。

艾薩克疲憊地點個頭。「就趁還有一點光線的時候找吧。」

他們順著山丘的斜坡往下走，越過另一座河谷。往前多走一點之後，愛麗絲看到一小群樹，這些蓬亂的小樹取暖似地窩在一起。她扯了扯樹精的線，那些樹就彎曲讓路，替他們仨創造了一個舒適小空間。再碰觸一下，幾根乾燥的枯枝就紛紛落下，活著的枝椏則承載著沉甸甸的多汁果實往下朝他們彎垂。

「還滿方便的嘛。」艾薩克喃喃。他收攏枯木，以火怪的火花點燃，不久就燒成了興旺的小火堆，傳送的暖意驅走了冰洞窟裡那種徹骨的嚴寒。

「這比你想的更常派上用場。」愛麗絲附和。她喀嚓咬下一顆水果。「除了類似蘋果的東西之外，我必須弄清楚要怎麼變出其他水果，我試著實驗過，可是結果總是很噁心。」

「蘋果我可以接受。」

艾薩克咬了一口自己的那顆，然後往後一靠。那個小庇護所裡有足夠的空間容納他們三人，當她往後躺，就跟艾薩克肩碰肩。即使透過他的外套，也能感覺到他傳來的暖意。他們靜默了片刻，把蘋果吃完，將果核拋入火裡。灰燼依偎在愛麗絲的另一側，開始發出低沉的呼嚕聲。

「我可以問你一件事嗎？」愛麗絲說。

「什麼事？」艾薩克湊了過來。

「你有沒有想過事情原本可以不同？」愛麗絲說，「如果當初做了不同的事情？」

「有時候會，」他說，「可是這樣想很容易把自己逼瘋。」

「我當初想查出父親的遭遇，」愛麗絲說，「我一心想要復仇，結果就……走到了這個地步。」

「妳不能怪自己，」艾薩克說，「妳原本不知情。」

「也許我應該料到的，」愛麗絲嘆氣，「我回想過去，想要弄清楚自己在哪裡可以走不同的路。」

「有些路走到最後妳就會丟了命，」艾薩克說，「或者還蒙在鼓裡替傑瑞恩工作，不知道他對妳做過什麼事，妳可能永遠都不會遇到我，或者我們可能是敵人。」

愛麗絲的胸口一陣疼，是一種甜美尖銳的痛楚，她嚥嚥口水。

「很高興遇到你。」她非常小聲地說。

艾薩克湊得更近了。愛麗絲感覺心臟怦怦猛跳。她有好多話想說，有一輩子的話那麼多，只是——

在長久的靜默之後，愛麗絲清清喉嚨。

「有件事我應該跟你說，」愛麗絲說，「是我自己想通的事情。我希望……我的意思是，我不確定……」她嚥嚥口水。「艾薩克？」

更多靜默，接著響起輕柔的鼾聲。

「他把自己累壞了，」灰燼說，「妳對他做了什麼事？」

「他救了我，我救了他，」愛麗絲說，「說實在的，就是老樣子，要不然朋友是幹嘛用的？」

「如果問我，」貓咪說，「我會說，朋友應該一開始就別讓你陷入必須出手救你的處境。」

「也是啦。」**可是我老把大家都拖下水**。「你有沒有什麼後悔的事情？」

「當然沒有，」灰燼打哈欠，「我是貓耶。」
愛麗絲漾起柔和的笑容，在朋友之間躺平，然後閉上雙眼。

到了早上，他們匆匆忙忙吃了更多類似蘋果的東西當早餐之後，愛麗絲爬到山丘頂端仔細瞧瞧那幾座山，看到確實有一座山像傑瑞恩形容的那樣，有著三個又高又窄的頂峰，大大鬆了口氣。

他們開始朝那個方向行進，由愛麗絲帶頭。她沒辦法以簇仔的型態跋涉——距離地面只有七公分多，會很容易就錯過地標——況且艾薩克會跟不上，所以他們沿著山丘邊緣前進，穿過一叢叢惱人的蕁麻，將近正午的時候，她瞥見一條方向差不多正確的土路。之後，他們行進起來就順利許多。

下午過半的時候，他們登上一個小山丘，愛麗絲突然停下腳步。前方的馬路上有輛車，是一輛老車，車體上滿是鏽斑，有個男人坐在引擎蓋上，有個孩子在路邊的野草堆裡玩耍，愛麗絲回頭看著艾薩克。

「怎麼了？」他說。

「那裡有人。」他們抵達這裡以來，除了遠處的燈光之外沒見過任何人，愛麗絲對當地的地理環境沒概念，但印象就是他們人在偏遠的內地。「他們好像在等什麼東西。」

「也可能是在休息。」艾薩克皺眉說。

「搞不好是陷阱，」灰燼說，「有很多生物遠遠看起來就像人類。」

「有多少生物會有車子啊？」愛麗絲搖著頭說，「來吧，艾薩克，如果他們是人類，而且也想鬧事的話，就催眠讓他們睡著吧。」

「人類。」灰燼陰沉地喃喃。

那個男人穿著輕薄的外套、背心，頂著灰色寬簷帽，肩上掛著步槍。那個孩子是個五到六歲的小女孩，穿著邋遢的藍洋裝。男人看到他們走過來，可是顯然不覺得他們是種威脅，因為他並未作勢要碰武器。

「哈囉！」他在他們走得更近時說，「你們聽得懂我說的話嗎？你們看起來像外國人。」

愛麗絲知道他不可能在說英語，可是她完全懂得他的意思。這種事第一次讓她覺得奇怪。她已經習慣理解來自不同世界與文化的各種魔法生物，但是沒有多少機會跟外國人類說話。如果她集中精神，可以辨別那個男人正在說別國語言——她推想是希臘文——可是文字來到她的腦海裡時，她不費吹灰之力就能聽懂，彷彿是自己的母語。

「我聽得懂。」她說。男人點點頭，她納悶自己說出來的話聽在男人耳裡不知如何。**我有口音嗎？**「你們還好嗎？」

「車子需要油，」他搥搥引擎蓋，「我兒子這麼說的，他到最近的村莊去找汽油。」他瞇細眼睛。「你們不是從城裡來的吧？」

愛麗絲謹慎地搖搖頭。男人上下打量她，然後嘆口氣，雪白的頭髮從他帽子周圍探出來，他的臉跟老皮革一樣皺、泛著古銅色。

「這條馬路，」他說，「沒鞋子不好走。」

愛麗絲差點忘記自己又把靴子弄丟了。她聳聳肩。「我習慣了。」

老男人點點頭。他指指小女生，她原本拿個根細枝在玩土，現在半躲在附近的樹木後面，一臉狐疑地盯著陌生人瞧。「妳可以出來了，安。他們只是小孩子，看，他們還帶了隻貓呢。」

女孩留在原地不動。愛麗絲納悶，如果他們知道她跟艾薩克比起他在路上可能遇到的其他人都還危險得多，女孩不曉得又會有什麼反應。

「你們在外頭做什麼呢？」艾薩克說。

「逃命啊，」老人簡單地說，「城裡的狀況變糟了。」

「怎麼個糟糕法？」愛麗絲問，雖然她不確定自己想知道答案，「我們離開一陣子了。」

「起初他們說大家都發瘋了，軍人和警方試著要建立秩序，可是……」他搖搖頭。「發生一堆怪事。如果你們不在場，也會以為我瘋了。」

「我不會的。」愛麗絲說。

「城裡一直在**變化**。在你沒正眼看的時候，用眼角餘光就能瞥到，就那些廢墟，你們知道吧？就是觀光客過來參觀的東西，可是廢墟開始擴張，好像要佔領整個城市，現代建築變成了老舊破損的牆壁、老柱子、白雕像。就像城市的幽魂回來了，而且有東西躲在外面那邊，我聽得到。」

愛麗絲覺得喉嚨堵堵的，全世界的狀況大同小異。**迷宮會擴張的**，腐衰跟她說過，

你們的時代結束了。他當時指的是讀者，可是也適用於人類。

「我見識過悲慘的時代，」老男人說，她相信。一年年的艱苦歲月都刻在了他的臉上，「戰爭、疾病、饑荒。我的二兒子，就是她父親——」對著那個孩子點點頭——「在大戰的時候死了，她母親在西班牙大流感的時候丟了命，可是那些我都還能理解，但是現在，就像惡夢活了過來。」

「你們要去哪裡？」她說。

「我兄弟在鄉間有棟房子，我希望能在那邊找到他。」他扭了扭臉，然後搖搖頭。「我身邊帶了點糧食，是我們三個人要吃的，只是勉強夠用，也許我可以分點麵包給——」

「什麼？」愛麗絲眨眨眼，意識到自己或艾薩克都沒帶補給品，這點相當明顯，「不用！不用，沒關係的，我們在前面那邊紮了營，那裡有不少吃的。」

老男人沉默片刻。愛麗絲感覺他知道她扯了某種謊，但決定不要追根究柢。

「如果我們繼續沿著這條馬路走，」她說，「我們可以接近那座山嗎？」她指出他們的目的地。

男人瞧了瞧，然後點點頭。「可是那裡什麼都沒有，只有樹林和岩石。而且……」他頓住。「那是個不祥的地方。要是在一個月前我會說是迷信，我會說沒有妖怪那種東西。不過，現在……最好避開。」

「我們必須到那裡跟朋友會合，」愛麗絲隨機應變，「可是謝謝你，謝謝你說要分吃的給我們。」

他點點頭。「如果你們改變心意，我兄弟家有空間可以收留你們。」

「謝謝你，」愛麗絲對上艾薩克的視線，「我們最好趁天還亮的時候，繼續上路。」

「貓挨餓的時候，才不會想把自己的最後一隻老鼠分給別人呢。」他們繼續往前走時，灰燼嘀咕。

「噓。」愛麗絲說，可是有點太遲。她可以聽到背後響起高亢的人聲。

「她的貓講話了，爺爺！牠講話了——」

她和艾薩克稍微加快腳步，直到離開那對祖孫的視線為止。愛麗絲怒瞪著灰燼，灰燼滿不在乎地舔舔毛皮。

「總之，」她說，「這是人類的特色，你可能無法理解。」

「他看起來好絕望。」艾薩克說。

「他們的處境比我們更慘，」愛麗絲說，「至少我們知道自己的對手是誰。他們就像……螞蟻，在某個人把螞蟻窩翻倒之後的狀況。」她立刻討厭起這個比喻——把人類比為螞蟻，正是傑瑞恩會做的事。「這個世界改變了，他們甚至不曉得原因何在。」

艾薩克沉默片刻。「妳說得對，」他終於開口，「他們的處境更慘。」

第二十六章 冥府入口

他們接近入口的時候，愛麗絲感覺得到保護著入口的魔法，在無關魔法的景致裡隱約但鮮明，就像鴉雀無聲的房間裡單一的音符。她依循著那種感覺，他們發現自己正穿過一道狹窄的溪谷，跟一條冰冷無比的小溪平行。前頭，溪水消失在一堆龐大無比的石塊之間。

「那一定是那個洞穴。」愛麗絲說。

「妳說過會有個防護網保護它，」艾薩克環顧四周一面說，「我感覺到某種東西，可是……」

「我想那只是為了阻撓一般的人類，讓他們想要忽略這個地方。」她可以在空氣中感覺到魔咒的形狀。「不過，傑瑞恩說這裡有個守護者。」

「永遠都有守護者，」灰燼說，「讀者最愛的，就是在別人想要的東西前面安插一頭恐怖的妖怪。」

「我會留意有沒有恐怖的妖怪。」愛麗絲說。

一堆亂石之間有一條狹窄的通道。他們必須用擠的才穿得過，一次一人，冰冷的溪水嘩啦濺上愛麗絲的光腳丫。通道內部變寬成為走廊，艾薩克扭身鑽過來的時候，她用力跺腳好促進血液循環，她扯動惡魔魚的線，雙手開始放光，驅走幽暗。

這裡的空氣含有更多魔法，愛麗絲感覺得到。裡頭某個地方書寫著防護網，以便維持這條隧道的暢通，免得塌陷和侵蝕，這個地方很**古老**，就像艾納克索曼德書房外面的拱門。根據傑瑞恩所說的，至少從讀者跟迷陣怪談定協議以來，這個地方就已經存在，搞不好更久遠呢，**有好幾千年了吧**。

「牆壁上有東西。」艾薩克說。

愛麗絲舉起一手，看出他說得沒錯，有人用粗糙大膽的色彩在那上頭畫了人形，而惡魔魚的詭異綠光沖淡了色彩，那裡有一整排的人形，正列隊走進洞穴，穿過通道進入一片黑暗。

「真迷人，」灰燼說，「我們可以繼續走了嗎？我碰過的洞穴多到一輩子都忘不掉。」

那裡只有一條小徑，和緩地向下傾斜，愛麗絲覺得每往前一步，四周就跟著升溫，鐘乳石從天花板上垂下，好似長長的利牙，幾乎要拂過她的肩膀。

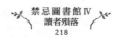

前方終於出現了光，就像遙遠的篝火，那道光隨著他們走近而變亮，於是愛麗絲讓惡魔魚的光暗下。走廊逐漸往外展開，變成一個寬闊圓形的空間，光源來自一端。是個野生入口，看起來就像半空中的簾幕，半透明，時時動個不停，偶爾會攤平，讓人窺見熊熊烈火或是一片漆黑。

入口前方窩著一個巨大的形狀。那個形狀動了動，一隻狗頭抬了起來。黝暗的細眼轉向她，她意識到牠塊頭好大，甚至比巨狼折磨還大。

「我想我們找到守護者了。」艾薩克說。

另外兩個腦袋也抬了起來，視線隨著第一個狗頭走。三根脖子湊在一起，連成肩膀寬闊的身軀。

灰燼拱起背部，發出嘶聲，然後以一道灰影飛奔離去。

「是找到了沒錯。」愛麗絲說。

那隻三頭狗怪跳站起身，洞窟突然灌滿了牠驚天動地的響亮吠聲，接著吠聲戛然而止，那個巨大的東西朝他們走來。每個狗頭都在低吼，三聲低沉的隆隆吼聲結合成詭異的三調聲音，就像嗡嗡飛越頭頂的飛機。愛麗絲看看艾薩克，然後喊道：「塞壬！快用塞壬！」

「牠太大了——」他才開口。

「做就是了！」

艾薩克點點頭，塞壬幽魂般的身影在他面前顯現，是個女人的身影，一襲飄逸的長袍，幾乎完全透明。她展開雙臂開始唱歌，愛麗絲摀住自己的耳朵，立即產生效用。那三顆腦袋猛地轉來，盯著那個空靈的生物，三個狗嘴開始滴口水，眼睛漸漸闔上。

「有效耶，」艾薩克說，聲音依然很微小，「妳怎麼知道會有用？」

「從傳說知道的。」愛麗絲說。他回頭茫然地看著她，她想起他可能沒讀過希臘神

話。「有個叫奧菲斯的英雄下到地府去，他必須闖過三頭狗怪的關卡，他靠音樂讓那隻狗睡著，我就想說——」

左邊的那顆狗頭閉著雙眼熟睡，可是中間那顆腦袋突然隨著愛麗絲講話的聲音振作起來，再次開始嚎叫，右邊那顆腦袋起而效尤。

「不好了。」艾薩克說。

「讓塞壬繼續唱下去，」愛麗絲說，「我想是有效的，我會轉移牠們的注意力。」

艾薩克還來不及回答，愛麗絲就拔腿往前衝。那隻狗怪伏低身子，準備撲襲，她突來的動作讓牠措手不及，愛麗絲扯動簇仔的線，借用史百克的力氣和堅韌，直直朝那個巨獸奔去。狗怪大大張開嘴顎，一陣暖熱的吐息和腐肉的氣味朝她劈頭蓋臉襲來，嗆得她差點窒息，大到足以將她整個吞下的巨顎往下猛咬時，她朝旁邊跳開。

「愛麗絲！」艾薩克大叫。

「我沒事！」她閃往左邊，朝著狗怪的小腿扎實一擊，確定自己可以引起牠的注意。右邊那個腦袋看起來昏昏欲睡，雖然中間那顆腦袋還是無比清醒。「繼續！」她手腳並用在怪獸下方竄爬，狗怪笨拙地試著追上她。

「來啊，醜八怪！」愛麗絲咧嘴笑著說，**就是抓不到我吧**？她朝牠直衝過去，縮身鑽過牠的腿間，再次溜進牠身子底下。那隻狗的速度也許不夠快，咬不到她，可是牠比她料想的還靈光。當她鑽進狗怪底下，狗怪乾脆一屁股坐下，往地面重重壓去，發出大大的呼咻聲。愛麗絲整個被壓扁，埋在層層疊疊、暖熱多毛的皮膚裡。

愛麗絲躺著往側面鑽，將層層皮膚推開，想要掙脫那隻狗的龐然身軀。她從牠底下探出腦袋和手臂，氣急敗壞吸了口氣。現在牠半滾向側面，扭著身子想咬她。沒睡著的那顆腦袋探過來要咬，愛麗絲的雙腿還被壓著。兩根巨大的犬齒，每根都跟劍一樣長，精準的協力將愛麗絲困在它們之間。她一手各搭在一根犬齒上猛推，將史百克的力氣全使出來，將嘴顎繼續撐開。她只看得到狗嘴的內側、泛黃的巨齒以及平扁鮮紅的舌頭，狗舌跟她的身體幾乎一般大，一波口水淋得她渾身濕，雙臂因為持續使力而開始顫抖。

那股壓力突然鬆開了。巨大的狗頭垂向一邊，遠離愛麗絲，她放開牠的牙齒，牠的眼皮鬆垂，瞅著她片刻，然後吐出一聲長長的嘆息，最後進入夢鄉。

愛麗絲花了幾分鐘時間才從狗怪底下鑽出來，響亮的狗鼾聲響遍了洞窟，艾薩克趕了過來，灰燼緊跟在他腳邊，艾薩克一見她安然無恙，露出帶點調侃意味的笑容。

「那個奧菲斯的老故事有提到被巨狗一屁股壓到嗎？」他說。

「或者有沒有提到被淋一身口水？」灰燼說著便打了哆嗦。

愛麗絲翻翻白眼。「噢，安靜啦，成功了，不是嗎？」

灰燼瞟了瞟她吸飽口水的衣服。「這種命運比死還慘。」

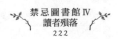

第二十七章 枯骨院

「當然了，我本來都準備好要行動了。」他們一起走到入口的時候，灰燼說，「貓隨時都能跟狗戰鬥，即使對方有三顆腦袋。」

「少來，」艾薩克說，「剛剛那個東西根本可以拿你來剔牙。」

「跟身材大小無關，」貓嗤之以鼻，「重點是心靈的強度，狗基本上沒有這種東西。」

「仔細考慮過後，」灰燼說，「那種東西可能不值得我花力氣。」

他們站在野地入口前方，灰燼再次回到愛麗絲的肩膀上，艾薩克一臉緊張。

「我以前用過這種門，」愛麗絲要他放心，「走過去就對了。」

「門後面看起來不是很宜人。」

「傑瑞恩的確說過，大家以前都以為門後面就是陰間。」愛麗絲承認。

「那我們事後要怎麼再找回這個入口？有可能隔了好幾公里，對吧？」

「我的想法是，到時再問人，」愛麗絲說，「我當初在找魔鏡宮殿的時候，就是這麼做的。」

「要是沒人可問呢？」艾薩克說。

「到時我們就——」

「會想出辦法來，」灰燼接腔，「對吧？我們走吧，趁我們的狗朋友還沒醒來。」

愛麗絲點點頭。她再次握住艾薩克的手，一同往前跨步。如同之前，那條通道給人使用入口書的感覺，不過，法力在他們四周像旋風一樣起起伏伏，毫無秩序跟組織，法力眨眼就從身邊掠過，他們正站在泛灰的細沙上。

他們前方，極目所見淨是恍如出自夢魘的景致。大火四處焚燒著，跟建築物一樣大的火焰從地面的縫隙竄出來，舔舐著天空。上方則是一片漆黑，沒有太陽，甚至不見星辰，唯一的光源來自閃爍不停、明亮不一的火光。灰撲撲的地面到處堆著巨大的骨骸。肋骨、顱骨、腿骨和脊椎骨，顱骨比汽車還大，而胸腔大如房子。它們全都烏黑一片，邊緣有著一道道鏽紅。

骨骸之間有東西在動，是一小群一小群跟人類一般大小的生物。起初愛麗絲看不清楚——他們移動的方式很奇特，而且視線往往可以**穿過**他們看到火焰。片刻之後，她才意識到那是因為他們都是枯骨，色調就跟散落在地面的那些骨頭一樣黑，但是拼湊成近似人類的身形，他們在做什麼則令人看得一頭霧水，**幾乎**像在跳舞。他們瘋狂地蹦跳擺動，越過飽受摧殘的風景，一群裡有十二個或更多，沒有明顯計畫或目的地移動著，但不知怎地都群聚不散。

灰燼清清喉嚨。

「唔，」他說，「要找到回去的入口應該滿容易的，只要問最近的一個**跳舞的骷髏**，是吧？」

他們決定暫且找個地方歇歇。

他們在骸骨之間穿梭，遠遠閃避噴火的縫隙跟最近的那幾群骷髏。四處矗立黑岩構成的峭壁。愛麗絲朝著有遮蔽的角落走去，在那裡他們比較能避人耳目。

他們一面走著的時候，她發現骸骨上的鏽紅斑點其實是鐵鏽。摸了摸那些巨型的遺骸才發現是鐵或類似的材質做的，雖然愛麗絲完全不知道那是否表示，它們其實是某種巨型機械的零件，或是某種擁有金屬骨架的龐然生物殘留下來的。**不知道它們外頭原本是否覆蓋著血肉，那些跳舞的骷髏沒有血肉似乎也沒多大問題。**她想起爍兒的世界，那裡的迴旋天空沒有太陽，然後提醒自己不要妄下定論。

他們不得不縮身鑽進幾副鐵骨底下，才能抵達懸崖表面，不過，有一團破損的肋骨和半個顎骨提供遮蔽，愛麗絲覺得滿有安全感的。她重重在灰色沙地上坐下，艾薩克嘆口氣，癱靠在岩石上，灰燼狐疑地瞅瞅地面，然後小心地從愛麗絲的肩上跳進她懷裡，然後安頓下來。

「今天好漫長啊。」她說。

「非常同意。」灰燼說。

「你根本沒有走到路！」艾薩克對貓說，「**我**真希望有人可以當我的坐騎。」

愛麗絲咧嘴一笑，搔搔灰燼的耳後。他翻過身去，腦袋蹭著她的膝蓋，她的雙眼漸漸合起。

「愛麗絲？」艾薩克說。

「嗯？」

「如果我們贏了，妳打算做什麼？如果初始驅逐迷陣怪，我們把其他人救出來，接下來呢？」

愛麗絲沒睜開眼睛。胸口一陣痛楚，就在胸骨後頭的地方，一時難以呼吸。她盡可能不讓那陣痛楚影響到自己的語氣。

「我還沒認真想過，」她說，「你想過了嗎？」

「稍稍想過。這個世界會改變，不是嗎？魔法世界會變，人類世界也會。」

「是會，而且它們等於是同一個世界，尤其是現在。再也沒辦法假裝是兩個世界了。」

「我想大家會需要幫忙，」他說，「人類和魔法生物必須攜手合作，就像我們在傑瑞恩的大宅裡那樣。」

她點點頭。「對兩方人馬來說都會滿吃力的。」

「不過，我們可以幫忙他們。可能只有我們才幫得上忙。」想到這一點，他的語氣變得有點興奮。「妳跟我——還有其他人——我們必須確定他們會彼此溝通，而不是互相爭鬥。」

他不一樣了呢。艾薩克頭一次來到傑瑞恩的莊園時，為了要偷龍書而擅自闖入，那時除了自己和他主人的命令之外，其他事情都不怎麼在乎，**不過這樣說也不大對**。他們兩人受困於龍書裡的時候，他也跟她並肩合作。而且在伊掃的碉堡裡，他也幫忙過她。**他一直都有副好心腸，只是需要學習敞開心胸**。

「對，」她說，即使喉嚨堵堵的，也勉強擠出笑容，「我想我們就該這麼做。」

「牆壁上本來就有畫東西嗎？」艾薩克說。

愛麗絲打完盹之後，眨眨眼坐起身。灰燼在她懷裡熟睡。她隨著艾薩克所指的方向望去，在時明時暗的火光中，她看到他們背後的黑色峭壁上以亮黃褐色的顏料畫出了粗拙的圖畫——上下顛倒的V字形，愛麗絲推想應該是山脈，還有一個站立的女人，一頭筆直的長髮，洋裝垂到地上。她幾乎就像火柴人，不過畫畫的人單單用幾條線就捕捉了驚人的細節。臉部的表情特別豐富。稍稍一轉顏料，畫畫的人就捕捉到挑起的一側眉毛和微微嘲諷的笑容。

「我想沒有吧，」她皺著眉說，「我們抵達的時候很累，可是我想如果峭壁上有圖畫，我們老早就注意到了，圖畫怎麼跑出來的啊？」

「我不確定，」艾薩克說，「我轉身回來的時候就有了。」

「她看起來好像在看我們耶。」愛麗絲困惑地說。

「希望不是，」艾薩克說，「她看起來不是很友善。」

岩石表面有東西在動。愛麗絲看著，岩石上出現了文字，一筆一畫寫著，彷彿一個隱形的繪者正努力工作著。那些字母很陌生，可是一如既往，意義馬上傳達出來，上頭寫著：

「你自己看起來也不怎麼樣啊。」

「呣，」艾薩克說，從岩壁退開一步，「好吧，愛麗絲？」

那個人形也微微轉變著。她鬆開原本叉起的胳膊，臉上的笑容綻放開來，她移動的方式並不順暢，而是一頓一挫的，彷彿被迅速抹除，再重新畫出，一秒鐘反覆好幾次，有點像是故障的影片投影機停停走走的樣子。

愛麗絲站起來，灰燼身子一斜往地上掉，發出睡意正濃的抗議聲。她轉頭面對岩石並說：「妳聽得到我們說話嗎？」

那則訊息消失了，由另一則訊息迅速取代。

「我當然聽得見你們說話，」圖畫中的女人翻翻白眼。**「我也看得到你們。我還會倒立呢，什麼把戲我都會。」**

「妳……妳在這裡做什麼？」愛麗絲說。

「我住這裡啊，」女人把雙手搭在臀部上，文字回答，**「更好的問題是，你們在這裡做什麼？」**

「妳為什麼要問？」艾薩克說，瞇細了眼睛。

「你們是讀者，不是嗎？」她臉上的笑容隱去，專注地凝視著，文字自動書寫：**「這裡已經很久都沒有讀者來了，可是我們記得你們。」**

「我們迷路了，」艾薩克說，瞥了瞥愛麗絲，然後挑起一眉，「我們想要離開你們的世界。如果妳可以指引一下方向——」

「你還真不會說謊，」文字書寫，女人用一手掩住輕笑，**「況且，我看到你們從大門進來。」**

艾薩克臉一紅，一副懊惱的樣子。愛麗絲說：「其實我們需要妳的幫忙，我們正在找另一道門，可以回到我們世界的門，在一個不同的地方。」

「到大迷宮是吧，」文字寫道，**「讀者們去過那裡一次，是很久以前的事了。」**

「沒錯！」愛麗絲說，「如果妳可以告訴我們怎麼走——」

「讀者們當初穿過這裡時，摧毀了很多我們的族人，」文字繼續下去，女人眼皮低垂，表情陰沉起來，**「其他人則被帶走，再也沒人見過，很多年過去了，可是我們一直記得。」**

當然了。老讀者不管到哪裡去，都會運用法力奪走自己想要的東西，完全不顧他們釀出多少悲慘的災禍，憑什麼這一次就會有所不同？

女人指指遠處一群跳舞的骷髏。**「那麼，我應不應該叫我的同伴宰了你們呢？」**文字寫道。

艾薩克舉起雙手，做出表示威脅的手勢，可是愛麗絲揮手要他放下。「如果妳知道我們是讀者，為什麼妳不早早殺了我們？」

一陣長長的停頓。那些字母消失了，只留下女人一臉沉思的樣子。接著，緩緩地，隱形的繪者寫道：

「我覺得無聊啊。我這輩子不曉得聽了多少讀者的故事，可是從沒見過一個，有的故事講的是大門之外的奇異世界，可是我們已經不再能到外頭去了，我想知道那些故事是不是真的。」

好吧。愛麗絲深吸一口氣。「妳叫什麼名字？」

「奧絲卓維克卓－速爾－約翰塞斯．菲德爾，」文字潦草寫著，女人一見愛麗絲的表情便笑了，**「如果妳想要，可以叫我奧絲卓就好。」**

「奧絲卓，」愛麗絲感激地說，「我叫愛麗絲，這位是艾薩克。」她往下伸手，抱起灰燼，灰燼原本疑神疑鬼地蹲伏在她腿後，然後把他放在她肩上。「這是我的貓，灰燼。」

「哈囉，愛麗絲、艾薩克、灰燼。」女人一鞠躬，她背後的山脈一時以踉蹌的動作往內縮。

「妳聽過的讀者故事，大多也許都是真的，」愛麗絲說，「可是艾薩克和我，還有更多像我們的人，都在跟另外一批人對抗。我們想要解除老讀者的力量，將困在書本裡的入口打開，讓事物恢復原本的樣貌。」

「感覺不可能做得到，」文字寫道，**「讀者非常強大。」**

「那些讀者已經遭到背叛，」愛麗絲說，「迷陣怪囚禁了他們，他們正在擴張自己的迷宮，想要覆蓋全世界，我們必須阻止他們，要不然那些入口都會永遠落入迷陣怪的控制。」

「**迷陣怪？**」文字再次停頓，「**他們恢復自由之身了？**」

愛麗絲點點頭。

「**這樣會帶來很大的變化，**」奧絲卓一臉若有所思，「**可是我不知道能不能信任讀者說的話。**」

「妳最近有沒有接觸到我們的世界？」愛麗絲說，「最近有沒有人去過那邊？」

「**有些夥伴比較常跟旅人說話。**」文字寫道。

「問問他們吧，」愛麗絲熱切地說，「只要去過我世界的人都能告訴妳，迷陣怪正在撒野胡鬧。」

奧絲卓的表情變得堅決起來。「**我會去問問，**」文字潦草寫道，「**在這裡等著。**」

她轉開身子，走「進」峭壁裡，身形越縮越小，她這麼做的時候，圖畫也漸漸隱去，直到最後幾道黃褐色線條消失不見。

「好……奇怪啊，」艾薩克說，看著愛麗絲，「我根本沒想到可以那樣。」

「可以怎樣？」愛麗絲說。

「實話實說啊，」他搔著腦袋側面，「我原本拚命想找個好藉口，解釋我們為什麼會在這裡。」

「這是我去魔鏡宮殿的時候，向艾卓德和爍兒學到的事情，魔法生物痛恨自己世界遭到的對待，就是讀者將入口鎖在書本裡，或是派守護者看顧入口。很明顯，他們也不喜歡被綁架到囚禁書裡面，受人利用。如果他們相信我們在做的事情，應該就會支持我們。」她露出笑容。「實話有時滿有用的，前提是要能說服對方。」

「這種假設很大膽，」灰燼陰沉地說，「她可能會帶著骷髏大軍回來。」

「如果真是這樣，我們會想出辦法來的。」愛麗絲說。

第二十八章 啟示

當他們在等奧絲卓回來的時候，愛麗絲拿出龍書，將手搭在封面上，然後閉上雙眼。她可以看到這本書的書寫內容就懸在眼前的黑暗中。是個複雜到驚人的創造，這個外殼纏繞著龍，將龍含納在其中，連向魔法機制，這個機制會將生物的法力抽取出來，傳送給掌控這個束縛的人。連書內世界的本質都由這個魔咒的細微之處所創造，看著它讓愛麗絲明白，讀者的技藝自己只學到了一點皮毛——她覺得自己就像手邊只有石製工具的原始人，看著瑞士鐘錶內部的精細運作一樣。

幸運的是，她不必複製那個魔咒——她不可能辦得到——只是必須操控原本早已存在的東西。容納龍本身的那部分還滿直截了當的，不過棘手的地方就是微調那個部分，而不讓整個架構瓦解。愛麗絲把弄著那些連結，感覺它們相對的力量，就像音樂家評估小提琴弦的鬆緊度。**我辦得到的，我希望。**

「愛麗絲？」艾薩克說，「她回來了。」

愛麗絲睜開雙眼。奧絲卓回來了，從岩壁內部山巒起伏的遠處「漸漸接近」。也有聲音從遠處傳來，是種鏗鏗鐺鐺、砰砰作響的金屬噪音，音量迅速變大。愛麗絲回頭望去，可以看到一群黑色骷髏越靠越近，依然以複雜的繞圈舞步旋轉不停，但是確實朝著他們的方向而來。

「妳找到人確認我們世界的現況了嗎？」愛麗絲說。

「**找到了，**」奧絲卓的文字寫道，「**看來妳說的是實話，來自不同世界的幾個旅人路過了你們的世界，回報說迷宮正在擴張，可是我的夥伴們對於該怎麼處理你們，意見各不相同。**」

「為什麼呢？」愛麗絲說，試著不去看那些逐漸接近的骷髏，她感覺灰燼的爪子扎進她的肩膀，以及艾薩克抓住內心的線時，蕩漾在空氣中的法力。

「**有些族人說，如果迷陣怪推翻了讀者，我們應該跟迷陣怪結盟才對，**」奧絲卓的文字寫道，「**可是最年長的族人依然記得讀者現身以前的時代，說那時候迷陣怪的作風還更殘忍，不過他們懷疑你們也阻擋不了迷陣怪。**」

「那妳覺得呢？」愛麗絲說，望著奧絲卓由隱形繪者畫成的雙眼。

「**我主張我們乾脆放你們過去，**」奧絲卓的文字寫道，「**如果迷陣怪毀了你們，也影響不到我們，所以有何不可呢？**」

「妳對我們還真沒信心。」艾薩克咕噥。

「我接受。」愛麗絲低聲回應。她放大音量。「他們都同意嗎？」

「**是的，**」奧絲卓寫道，「**我的同伴要護送你們到入口去。**」

愛麗絲吁了口氣。她轉身面對那些越靠越近的骷髏，它們現在很接近了。仔細一看，模樣不大像人類——有長型的頭顱，口鼻像是蜥蜴或犬類，還有尖尖的長牙。它們的隊伍順暢地分成兩半，彷彿這是舞步的一部分，然後再次聚合，將愛麗絲和艾薩克圍在中央。它們身上的骨頭跟那些巨型廢墟一樣，都是由黑色金屬構成，雖然不帶鏽斑。

「謝謝妳！」愛麗絲對奧絲卓說，拉高嗓門好壓過那些迴旋不已的骷髏所發出的金屬碰撞尖響。

「不管怎樣，我都希望你們成功，」奧絲卓寫道，**「總有一天我想看看你們的世界。」**

那些骷髏不停跳著瘋狂的快步舞，越過煙霧瀰漫、灰撲撲的平地，帶領他們往前行。

儘管骷髏們繞著圈圈跳舞，整體卻能往前快速移動，愛麗絲和艾薩克夾在中央，不得不加快速度以便追上骷髏們的腳步。那些骷髏讓愛麗絲看得入神——沒人針對它們的舞步提供口令，而且舞步變換不停——可是同夥的每個成員都跟得上。她納悶它們年輕的時候是不是得要練習，或者它們是否**年輕過**，它們跟奧絲卓的關係是什麼？其他畫出來的人在哪裡？

如果我們贏了，如果有機會的話，接下來要做什麼？她不允許自己多思考這件事。不過，現在她稍微想了想。有好多事情她都還不**知道**，有一個又一個世界的美麗謎團等待發掘。讀者們在複雜的世界網絡裡一路橫行霸道，奴役沿途遇到的生物，將寶藏佔為己有。但愛麗絲只想要**探索**，查出那些散落在平原上的鐵骨打從何處來，查明爍兒世界那些錯綜複雜的隧道。還有艾諾基、骨巫婆瑪各妲、發條蜘蛛魯歐——他們各個也都來自一個豐富奇特的世界。

這點以後就無關緊要了。不過，稍微作個白日夢也不錯。

走了幾個鐘頭之後，他們來到一處海岸。海水看起來很髒，點點橘色沙礫在水裡迴旋，一波波的鏽渣沖上灰色海岸。那裡有一座小島，距離海灘九十多公尺，即使隔著這個距離，愛麗絲也能看到另一個野地入口閃爍扭動的光線，入口就懸浮在沙灘上方。一排大型鐵肋骨頭尾相接，臨時拼湊成一座橋。

「謝謝你們。」這群骷髏的成員繞過他們散開，朝著來時路跳著永不終止的舞蹈，「替我們謝謝奧絲卓！」

「就跳舞的骷髏來說，它們還滿友善的。」艾薩克邊說邊朝它們的背影揮手。

「如果這次我學到了一件事，」愛麗絲說，「那麼就是不要用外表評斷別人。」

他們好整以暇地爬過那些肋骨，往外朝著島嶼前進，排成一行小心移動著。金屬骨頭寬闊得足以舒適地走動，可是愛麗絲可不想摔進那片看來有毒的海洋。灰燼更是心存芥蒂，死命抓住她的肩膀，直到她從最後一塊鐵骨上跳下來，降落在摻雜著橘色的沙灘上。

那座島小不隆咚，除了那個入口跟幾塊黑色岩石之外，再無其他東西。愛麗絲坐下來，將龍書擺在她眼前的地面上，用手勢要艾薩克也坐下。

「好了，」她說，試著不理會自己飛快的心跳，「在我們嘗試這件事以前，我得先

做某件事。」

「妳終於要告訴我，我們為什麼非得拿到龍書了嗎？」艾薩克邊說邊坐下。

愛麗絲點點頭。「我打算解除它，拆解魔咒，放龍自由。」

一陣沉默。灰燼從她的肩膀上跳下來，謹慎地繞著龍書走。

「有可能嗎？」貓說，「我從沒聽過這種做法，如果一本囚禁書被毀掉，就會永遠失去那個囚犯才對。」

「我辦得到的，」愛麗絲說，表現得比心裡想的更有自信，「關於書寫，終結教我夠多，我可以辦得到。重點是，要在不拆毀整個結構的狀況下，闢一條出路。」

「如果妳說妳辦得到，我就相信妳，」艾薩克說，「畢竟奧若波里恩是妳除掉的，可是妳確定這樣做好嗎？」

「一直以來，龍都不怎麼願意幫忙。」灰燼補充。

「我想龍一直想用自己的方式做對的事，龍總是讓我自己作選擇。」愛麗絲在內心拂過龍那條堅定不屈的黑曜石線。「也許龍可以幫助我們對抗終結。不過即使龍幫不了忙，我也必須做這件事。」

「不過，也許等之後再做會比較好，」艾薩克說，「如果妳先放龍自由，不是會失去對迷宮的連結嗎？一旦沒了連結，我們穿過這個入口之後，就可能抵達不了束縛大協議。」

「我不會失去我的連結，」愛麗絲持續抓著龍線，心知龍也聽得到她說話，「首先呢，那些法力從來就不是從龍這裡來的。」

艾薩克蹙起眉頭。「最早妳誤以為那些法力是終結送妳的。妳的意思是，確定一直都是終結給妳的嗎？」

她搖搖頭，深吸一口氣。

「那些力量不是任何人送給我或授與我的，」愛麗絲說，「它們是我的一部分，一直都是。」她將注意力轉向龍線。「因為我就是迷陣怪，對吧？」

第二十九章 起源

第一時間，她以為龍會保持沉默，即使到了這個節骨眼。接著龍說話了，聲音在她的內心深處迴盪。她看到艾薩克一聽見那個聲音便僵住身子，她把手搭在灰燼的背上，將那條線延伸到他那裡，好讓灰燼也聽得見。

「**妳知道多久了？**」龍說。

「我跟初始講過話以後，逐漸拼湊出真相，」愛麗絲說，「她告訴我迷陣怪是怎麼創生出來的，說她將自己的部分精髓跟許多不同的地球生物結合起來。如果終結是從貓創造出來，腐衰是從蜈蚣創造出來，那麼我就是從人類創造出來的。」她搖搖頭。「我應該早點猜到的，打從一開始，你就一直叫我『小妹』。」

「**即使在當時，**」龍柔聲說，「**我也感覺得到妳內在的那股力量。**」

「初始跟我之間也有**連結**，」愛麗絲說，「我在魔鏡宮殿看過她，當時我問起我的母親，初始在那裡救了我，後來我被囚禁在虛空中的時候，她又救了我一次。」愛麗絲猶豫起來。「你知道是怎麼發生的嗎？你知道我是怎麼出生的嗎？我父親……」**他真的是我父親嗎？**

「**妳的創生是精心策劃的結果，**」龍說，「**妳父親是個攜帶者，讀者的天賦就潛藏**

在表面底下。這種人的後代往往都具備這樣的天賦，他搭船出海的時候，路過大迷宮附近，我的手足們綁架了他，取得他的精髓，和沉睡初始的精髓結合起來，將妳創造出來，後來你們父女兩個都被送回他的老家，而他的記憶被動了手腳。」

「為什麼？」艾薩克說，先前一直靜默不語。愛麗絲不敢往他的方向看去。「他們為什麼要這麼做？」

「這就是終結計畫的基石。就是要創造出讀者和迷陣怪的混種，法力大到足以獨力維持大協議，最後又能協助迷陣怪反抗老讀者。」

「我想終結對我父親記憶的更動不算成功，」愛麗絲說，「至少並不完全，我父親對於發生過什麼事，還留有一點記憶。維斯庇甸出現，威脅要帶走我的時候，他去搭吉迪恩號。我想他是想去找我母親。」她滿眼淚水。「他對實情一無所知，可是一定曉得自己之前航行途中的某地有個力量，他知道那個力量在乎我，他想保護我。」

「**我相信妳說得沒錯**，」龍說，「**妳父親死後，終結別無選擇，只能直接把妳納入她的羽翼底下，要不然別的讀者可能會將妳佔為己有，事情發生得比她計畫中得快，可是她只能寄望妳的法力壯大到讓妳實踐自己的角色。**」

「所以我跟愛麗絲有血緣關係？」灰燼說。

「我想我們算是隔了一代的表親吧。」愛麗絲帶著淺淺的笑容說。

「我不知道自己該有什麼感覺，」灰燼說，「我從來沒有跟不是貓的生物有過血緣關係。」

「你在這當中扮演了什麼角色？」愛麗絲問龍，「你當初為什麼不告訴我？」

又是一陣長長的停頓。

「許多年前，」龍終於開口了，「我和終結意見相左。是這樣的，我後來改變了想法，我們當初跟讀者訂定協議，囚禁了初始，但我開始認為我們做錯了。初始想把我們一起帶回家，我們很害怕。不過，初始的想法沒有錯，這世界沒有我們會更好。

「我試著說服其他手足，我想解除束縛大協議，讓初始將迷陣怪帶回我們所屬的地方。終結卻提出讓大家擺脫讀者統治的計畫，我挑戰她，然後我輸了。她向讀者們舉報我的背叛，於是他們將我囚禁在這本書裡。

「愛麗絲，我遇到妳的時候，我並……沒有把握。也許終結這一路以來都是對的，妳很強大，但並不殘忍，不像其他讀者。我看出傑瑞恩、終結和其他人，他們全都會竭盡所能操控妳，利用妳那份了不起的潛能，遂行自己的目的。於是我向自己發誓，我會讓妳選擇自己的道路。」

連龍都有可能沒把握，愛麗絲心想。她清清喉嚨。「我囚禁了傑瑞恩以後，怎麼就沒再接到你的消息？你在一場夢裡來找我，只有這樣。」

「我以為妳已經選定了自己的道路，」龍說，「而妳選擇跟終結站在同一邊，如果我嘗試把妳拉過來，那麼我就跟她沒有兩樣。」龍頓了頓。「其實我滿害怕的，我不知道怎樣做才對，所以什麼也沒做，可是我不知道終結也打算囚禁妳，要是我事先知情……」

「我相信你。」愛麗絲說。

「**對不起，**」龍說，「**我的族類虧待妳了。**」

「你願意讓我試試看，看能不能放你自由嗎？」愛麗絲說，「我們需要你幫忙，不過……狀況有可能會變調就是了。」

「**麻煩妳，**」龍說，「**我願意冒這個險，作壁上觀的時候已經過去了。**」

「好。」

愛麗絲長長吁了口氣，然後放開那條黑線。她抬頭望著艾薩克，後者正盯著她，彷彿頭一次看到她似的。

現在他知道我不是人類了。她之前原本想跟他說，可是一時失去了勇氣。**我跟終結或腐衰是同一種生物，是迷宮魔怪。**

他眨眨眼，清清喉嚨。「妳想會花多久時間？」

「什麼？」愛麗絲說。

他往下指指那本書。

「噢，不用太久吧，我想。」

「之後呢？妳有計畫嗎？」

她點點頭。「是有個構想，至少啦。」

他露出戒備的神情。愛麗絲無法分辨自己看到的是嫌惡或同情，她用力嚥嚥口水。

「那我們開始吧。」她說。

愛麗絲花了很久時間在囚禁書的線之間飄蕩，最後終於碰了其中一條。

如同她原本的打算，她只把法力用在魔咒中相對簡單的部分，就是實際囚禁龍的魔咒。關鍵在於釋放獄囚，但要避免引發魔咒的災難性崩解，免得讓魔咒裡的一切滾入空無裡，**看起來**雖然直截了當，但是比愛麗絲以往嘗試過的書寫都還複雜。

她一點點、一綹綹地將纏繞著龍的獄牢之線鬆開，就像解開非常、非常複雜的蛛網網結，而不能扯破任何區塊，或是嘗試在不打破外殼的情況下將蛋取出。如果她失敗了，龍可能會永遠消失。

她在毫不張揚的狀況下，一口氣成功達陣。龍的精髓從魔法的層層細網裡解脫，一舉重獲自由。愛麗絲趕緊抓住牠，指引牠一起回到現實裡。她在睜開眼睛以前，就能感覺到牠的存在，一個遮擋陽光的龐大形體。

她好久沒看到龍的本尊了，龍佔據了這座小島的絕大部分，包繞著愛麗絲和艾薩克席地而坐的地方，即使如此，牠的尾巴還是往外伸到水面上。白色鱗片反射出遠處火堆的光亮。龍有八條腿，沿著爬蟲類的曲折身體等距排列，巨大的腦袋兩側各有三隻眼睛，是昆蟲般那種閃亮的黑色半球體。嘴顎兩側探出長長的利牙。

儘管如此——儘管經過**種種**風波——見到一頭巨型怪獸，愛麗絲不曾有過這麼開心的感受。她站起來，手腳因為專注在魔咒上太久而發疼，衝過去擁抱最近的一條龍腿。龍用尾巴圍住她的肩膀，是種溫暖乾燥的重量；在折磨的寶物室裡，龍也曾經這樣安慰她。

艾薩克站得非常筆直，他從在囚禁書裡跟這個巨大生物交戰以來沒再見過牠，灰燼躲在他的腿後，只露出尾尖。

「謝謝妳。」龍說。親耳聽見龍低沉的嗓聲，就像一般的聲響，而不是在心裡迴盪的聲音，讓愛麗絲感覺很怪。「如果妳把我留在書裡，我也不會怪妳，妳知道的。」

「我會怪我自己，」愛麗絲說，「況且，就像我說的，我們需要你幫忙。」

「幫忙什麼呢？」艾薩克說，「我們只是要穿過這邊，然後摧毀大協議，不是嗎？」

「終結會等著出手，」愛麗絲說，「腐衰一定跟她說我逃走了，她知道我打算做什麼。」

「妳想她已經在那邊了嗎？」灰燼探出腦袋，對著野地入口點點頭，「等著對付我們了？」

愛麗絲點點頭。「她會想辦法再囚禁我的。」

「那麼我們該怎麼辦？」貓豎起毛來。「妳是不能跟她對戰的，愛麗絲，妳知道吧？不管妳是不是迷陣怪，她比腐衰強多了，其他人聯手攻擊傑瑞恩的圖書館時，她是怎樣獨力擋住他們的，妳還記得吧。」

「我知道，」愛麗絲說，她回頭面對龍，「如果我們進入大迷宮，你可以開一條路通到其他任何迷宮，對吧？就像之前終結跟蹤我和灰燼那樣。」

偌大的龍頭點了點。「除非另一邊有迷陣怪想要擋住我，那就會很困難。」

「好。」愛麗絲長長吸了口氣，說明自己的計畫。男孩、貓咪和龍都愣住了。

「那樣做風險很大。」龍說。

「終結會分心的，」愛麗絲說，「我是她所有計畫的中心。如果我在場，她的焦點就會放在我身上。艾薩克，你必須保持低調，不要插手。記得，她不會殺我的，她需要我讓大協議運轉下去。」

「記得腐衰跟妳說過的事，」艾薩克說，「就因為她不會殺妳，不代表她不會傷害妳。」

「我會小心的，」愛麗絲承諾，「灰燼，你跟龍一起走。」

「什麼？」灰燼仰頭看著巨大的迷陣怪，緊張地貼平了耳朵。「為什麼？」

「傑瑞恩莊園那裡的人認得你。如果龍單獨出現，會要花很多時間他們才肯聽解釋，你必須讓他們理解。」

灰燼嘆口氣。「好吧，如果又要由我出面才能拯救大局的話。」

「我就知道你靠得住。」她望向艾薩克，再次嘗試解讀他的表情，但是他藏住了自己的感受。「都要仰仗你們了。」

「沒問題。」艾薩克說。龍轟隆隆附和著。

「那好了。」愛麗絲轉頭看著晃動閃爍的入口，然後嘖嘖口水。「無所事事沒好處。」

第三十章 返回大迷宮

跨過入口，經過片刻的混亂之後，他們來到一處僻靜的海灣，光簾懸在協議之島的海灘上方。高聳的峭壁矗立在他們背後，往前一點的地方是一道粗糙的樓梯，通往島嶼的中心。愛麗絲很高興地注意到，放眼不見收割者用過的那種黑石板，**原本的情勢就已經夠險峻的了**。

「去吧，」她告訴龍，「動作快，終結很快就會感應到我們的。」

她希望他們怎麼做，她都解釋過了。龍和灰燼似乎都抱持懷疑的態度，但是都沒表示抗議，現在那隻小小的灰貓停棲在巨大白怪獸的背上，模樣荒謬，緊緊攀在順著龍背延伸的雙排脊骨之間。

「我們會盡快趕來。」龍說。

「我們會前來救援的，」灰燼說，顯然已經入戲，「走吧！往前衝刺，威武的駿馬！」

愛麗絲感覺迷宮的織布在她四周彎扭，轉眼他們兩個就不見蹤影，只剩她和艾薩克在海灘上。

艾薩克轉向樓梯，愛麗絲追隨他的目光，然後嘆口氣。

「等這件事結束以後，」她說，「我整個星期都不要走路去任何地方。」

「我是整個月都不想，」艾薩克修正，「我打算躺在床上，叫灰燼送餐給我。」

「我打算每天都泡兩次澡，就因為我可以，」愛麗絲說，「而且還要加很多泡泡。」

「那我要戳戳黛克西、麥克和索拉娜的痛處，強調他們錯過了什麼事情，」艾薩克說，狡猾地看著愛麗絲，「看來我們必須多杜撰幾場冒險。」

「沒錯，」她對他虛弱地一笑，「可是我們得先爬完這些樓梯。」

他們跋涉到這座島嶼的中央高原時，愛麗絲意識到自己**累壞了**。她的肌肉痠疼，可是不只如此。她內在深處有某些力量已經快要透支，**只要再前進一點**，她告訴自己，**不管用什麼方式，都要結束了**。

到了峭壁頂端，愛麗絲留意是否有戴著兜帽的幽影，但是那裡只有一條越過崎嶇地面、通往內陸的窄路。艾薩克跟在她後頭，雙手插在外套口袋，默默無語。愛麗絲在內心悄悄承認，如果能再牽一次他的手會不錯。**不過，他還會願意跟迷陣怪牽手嗎**？她把五味雜陳的感受往下壓進肚子裡，**反正以後就無所謂了**。

那裡有一圈石塊，就跟她記憶中的一樣，每塊上頭都放著一本書，可以通向已遭囚禁的讀者的碉堡。中央是一塊立石，大協議的文字就深深刻進岩石裡。沒有任何動靜，愛麗絲感覺艾薩克握住了他內心的線。

「也許她沒有妳想的那麼聰明，」他低語，「也許她根本不曉得妳要過來。」

「她在這裡，」愛麗絲疲憊地說，「她只是喜歡戲劇效果。」她拔高嗓門。「妳可以乾脆一點，出來吧！」

「掃興鬼。」終結的聲音是柔軟如天鵝絨的呼嚕響。

那塊立石的大小不足以掩住終結，可是她還是從後面現身，從立石的陰影裡悄悄走出來，彷彿那是通往另一地的出入口，當然那裡是出入口沒錯。在大迷宮的中心這裡，空間幾乎影響不了迷陣怪。她移動的時候，平順烏黑的皮毛就像黑油一樣泛起漣漪，底下的肌肉緊縮，巨大的黃眼就像檯燈似地回望著愛麗絲，她打哈欠時露出象牙色的長牙。

「我才開始想說妳不會來了呢，」終結說，「可是妳沒讓我失望，妳不曾讓我失望過。」

「這就是我不懂的地方，」愛麗絲說，「其他的迷陣怪都是動物的巨型版本，不是嗎？那麼為什麼我沒長六個眼睛，身高不是四點五公尺？」

終結哈哈笑，笑聲響亮真誠。「這樣一來妳就很難冒充成凡人了，」她說，「我們盡力不要讓母親那方的生理特徵顯現出來。」她頓了頓。「這麼說來，妳全都想通了？」

「多少算吧。」

「我就猜妳可能會想通，」終結說，「當然了，是她幫妳逃走的，我早該料到的。說到底，她畢竟是第一個迷陣怪，不容低估，看來也不能低估妳。」

「我盡量。」愛麗絲瞥了艾薩克一眼，他已經走開，躲在一塊大石後方。很好，她往前跨步。

「妳何必去為難可憐的腐衰呢？」終結說，「在我們這些手足裡，他向來不是最靈光的一個。」

「我們得躲開妳啊，」愛麗絲聳聳肩說，沒提到龍，「腐衰那邊還不錯。」

「別以為我沒看到妳朋友躲在那裡，」終結說，「如果他乖乖守規矩，等我們結束以後，我會帶他一起回家。」

愛麗絲一語不發，又往前踩一步。

「有件事我就是搞不懂，」終結說，自己往前移動，「妳明明知道我會在這裡等妳，所以何必過來呢？為什麼不躲起來？至少可以延遲無可避免的下場。」

愛麗絲無言地聳聳肩。

「妳當然不可能想像自己有能力擊敗我，」終結呼嚕，「妳沒那麼傻。」

她又一次聳肩。

「有時候，」愛麗絲說，「人能做的只是盡力而已。」

雙方同時猛力出擊。

她們的初次衝突是隱形的，戰鬥地點在迷宮的織布裡。

愛麗絲將自己所有新發現的力量都使出來對抗終結，試圖扭曲空間，將迷陣怪從束縛大石那邊支開。猛烈的攻擊力道讓終結吃了一驚，起初稍微退讓，愛麗絲看到空氣閃動不停。不過很快就能看出誰比較強大。灰燼說得對——終結跟腐衰一點都不像，她倆的法力一波波彼此撞擊，迷宮織布縮緊扭曲，怪異的幾何波紋頻頻向外蕩漾。儘管愛麗絲卯盡全力折疊世界，終結卻再次將整個世界壓平，就像成年男子輕而易舉制伏孩子一樣。

好吧，愛麗絲暗想，她早已汗流浹背，**那就試點別的**。

她探出心念去抓線，龍既然自由了，那條黑曜石線也不見了，這種空缺彷彿割掉了自己內在的某個部分，可是她不予理會，轉而伸向了史百克的線。她用這條線緊緊繞住自己，感覺身體厚實起來，開始轉變，一等四條腿都碰地了，便開始往前衝刺。愛麗絲伏下腦袋，四根尖銳的頭角直接瞄準終結。

大貓並未站在原地迎擊，而是猛地一撲，靈巧地躍過愛麗絲的頭角，落在她寬闊帶鱗的背上。這個衝擊讓愛麗絲失去平衡，她一時往旁邊踉蹌，然後摔倒在地。大貓撲向恐龍的喉頭，咧嘴露出尖牙。

還沒，愛麗絲心想，**我還沒完**。

她放開史百克的線，改抓簇仔的線。她的恐龍身軀爆開來，散成一百隻迷你的簇仔，朝著四面八方奔跑，呱嘓叫著蹦蹦跳。終結的牙齒咬住一隻，這隻斃命的時候，一陣痛楚竄遍愛麗絲全身。巨貓撲向另一隻，將之困在前掌底下。那隻簇仔掙扎不休，狂亂地呱嘓叫，可是迷陣怪逐漸增強力道，最後那個小生物被活活壓扁，殘破地貼在崎嶇的地面上。愛麗絲又感到一陣劇痛，急忙讓簇仔們穿過那圈石塊，再次聚攏起來。

「我們非得戰到最後不可嗎？」終結說，她輕腳往前走，「我不想傷害妳。」

「那就永遠把我關起來吧。」愛麗絲說，恢復了人類外型。

「妳當初倒是很樂意讓傑瑞恩承受這樣的命運，」終結說，嘴唇往後拉開，露出長長的利牙。「況且，我替妳準備了一個新牢獄，感覺就好像睡著一樣，妳連發生什麼事情都不會曉得。」

「好讓全世界的每個人都成為你們的玩物嗎？」

「就是這樣，沒錯。」終結說。

愛麗絲深吸一口氣，用史百克的線捆住自己。她環抱身旁的那塊大石，手臂可以伸多遠就多遠，然後將手指戳進光裸的岩石之中。隨著嘎吱碾磨的聲響，岩石移動了，她將岩石抬到頭頂上方時，灰塵和小石紛紛落下。即使擁有史百克的蠻力，使出這樣的力氣也讓她的手臂顫抖，但她抖著膝蓋也勉強往前跨出了一步，然後將那塊巨石直接朝著終結拋去。

巨貓靠後腿站起身，迅速伸出掌子。她在半空用雙掌擊中大石，當那塊岩石像絨毛玩具一樣輕鬆被撥開時，愛麗絲心裡陡然一沉。岩石砸在土地上，嘎吱一聲隨之碎裂，終結再次四腳著地，繼續進逼。

「妳講過的所有事情，」愛麗絲邊說邊後退到下一塊岩石那裡，「說想要一個搭檔，全都是謊言？」

「當然了，」終結說，「我們迷陣怪原本就站在世界的頂端，哪需要什麼搭檔？」

「可是——」

「妳真的越來越煩人了。」

終結以驚人的速度往前跳躍，突然騰起，眨眼間撲到了愛麗絲身上。愛麗絲發現自己被壓制在岩石上，終結的一隻巨掌搭在愛麗絲的胸口，施力大小恰恰讓她動彈不得。

「妳**輸**了。」終結低嘶，黃色眼睛閃閃發亮。

「我知道。」愛麗絲說，掙扎著要呼吸。

那雙黃眼逐漸瞇細。「那**妳為什麼面帶笑容**？」

「愛麗絲！」艾薩克的吶喊越過那圈岩石傳來，愛麗絲的心猛抽一下。

不！你這個英勇的白癡！

「噢天啊，」終結說，「我希望妳不是寄望**他**來當妳的救星。」

「不，」愛麗絲說，「這是我們兩個之間的事，別把他扯進來。」

「有意思，」終結轉頭，「他看來並不想給我選擇的空間，妳會乖乖待著吧？」

終結以愛麗絲不曾見過的方式扭曲迷宮。迷宮緊緊攀住她的手腕和腳踝，小小的空間摺層將她縛在原地，給她一種強烈的感覺：如果她硬要掙脫，可能會扯斷自己的手腳。

「放她走！」艾薩克大喊，衝過那個圓圈。

「這應該會很有娛樂效果，」終結呼嚕，「使出你最高明的招數來對付我啊，小子。」

艾薩克已經在拉他的線。他四周的空氣凝出冰來，他的雙腳噴出冰霜，以颶風強度的狂風直接撲上終結的臉。雪開始攀在她身上時，皮毛從烏黑變成灰黑，她凝望著暴風雪。片刻之後，出現一道亮光，愛麗絲認出那是艾薩克的火怪，接著一波強烈的熾熱蒸汽掃過她和終結，愛麗絲趕緊用簇仔的線纏住自己，好讓肌膚強韌起來。

在盤旋的霧氣中，幾乎看不見終結，一個黝暗的形體緩緩轉動，發出逐漸拔高的吼叫，右邊再次閃出一道光，一波熱火掃過那個迷陣怪，終結忽地轉回來，發出咆哮，高速猛力出掌，但艾薩克已經沒入了霧氣之中，另一波烈焰從另一個方向撲來，終結的皮毛開始冒煙。

「算你聰明，」迷陣怪低吼，「我不得不承認。」她甩動尾巴。「可是我不用看到你也曉……」

黃色眼睛閉上。愛麗絲感覺終結觸摸著迷宮織布，慢一步才意識到發生了什麼事——即使視線受到阻礙，迷陣怪也可以用那種方式感應到艾薩克。愛麗絲張開嘴巴準備大聲警告，終結此時猛力一躍。愛麗絲聽到一聲叫喊突然中斷，繼而傳來重重的悶響。

她使勁衝撞制住她的那些法力，瓦解終結用來困住她的扭曲空間。束縛逐漸退開，但是速度慢得教人沮喪，等她的手臂成功掙脫，霧氣也逐漸消散，終結深暗的形體完全顯露出來，悄悄走了回來，有東西垂掛在嘴裡。

是艾薩克，軟趴趴地懸垂著，終結的嘴顎叼著他的破外套，終結將他隨意扔在愛麗絲的腳邊。大貓吐舌舔了舔，清掉口鼻濺到一團深暗的血跡。

「艾薩克！」愛麗絲大喊。在他的長外套底下，她看不大清楚他的狀態，可是他動也不動。她彷彿頓時回到了伊掃的碉堡，看著另一個迷陣怪隨意扯破雅各的喉頭。**「艾薩克！」**

「妳希望他活下去？」終結說，「是嗎？那就不要再跟我戰鬥，至少我會讓妳實現這個心願。」

愛麗絲掙扎著想鬆開雙腿。「妳講的話，我永遠不會信的。」她斥道。

「妳也別無選擇了，」終結打哈欠，「如果妳乖乖合作，我會讓他活著。他不像妳，他威脅不了我。」

「如果妳……如果妳傷到他，我會殺了妳。」愛麗絲說，呼吸急促。她的右腿掙脫開來。「我不在乎要費多少力。」

「不可能的，妳知道吧，」終結說，饒富興味地看著，「這可不是什麼愚蠢的故事書，說什麼弱者最後會勝出。這是真實世界，強者為所欲為，其他人就得接受，不接受的話——」她意味深長地瞅瞅艾薩克——「就等著吃苦頭。」

愛麗絲終於解開空間裡的最後一個結，她自由了，但終結就站在她面前，彷彿挑戰她是否敢亂動，艾薩克文風不動地躺在她倆之間。

「妳知道我的，」愛麗絲說，「妳知道我是不會退讓的。」

「妳從一開始就知道，妳打不贏我，」終結說，「所以妳到底在幹嘛？」

愛麗絲感覺迷宮織布在顫動，有人從**這裡**到**那裡**扭出了一條通道。

「拖時間。」她說。

第三十一章 最後一回

一個巨大入口閃了閃之後現形了，終結猛地轉身。沒有門口，也沒有方便的角落可以掩藏空間的扭曲。完全不可思議，可以將你從這座荒島一舉帶回——

帶回傑瑞恩的圖書館，在那裡書架傾頹，遍地撒滿書本。

龍站在這個空間圓洞的中央，聳立在終結上方。牠的腦袋鑽過入口，探出了一腳。

「姊妹。」龍說。

「兄弟，」終結低吼，「原來這就是她的絕招。」

「是的。」

「你明知道這是不夠的，」愛麗絲感覺終結的能量在迷宮中蕩漾，「不管你有多巨大，你的法力終究比不過我。我最初將你關起來的時候，你就打不贏我了，而我現在又比從前強大多了。」

「儘管如此。」龍又往前跨出一步。

再一次，兩頭迷陣怪纏鬥起來，雙方碰撞的能量搖撼了空間的結構。愛麗絲一時轉開注意力，衝向艾薩克，將他翻身仰臥，把擋住他的外套拉向一旁，發現他還在呼吸，她如釋重負，不過他的雙眼緊閉。他的襯衫上沾了血跡，但下頭的傷口看起來並不嚴重。

「這一次，」終結咬牙切齒，「我打算找個更令人不舒服的世界，把你鎖進去。」

愛麗絲抬頭一看，看到迷宮魔怪之間的空氣正在閃動。終結說得沒錯，龍的影響力被推了回來，一步接一步，折疊空間一層層束住龍的腿，在入口一半的地方制住牠，這個巨型生物得要很勉強才能維繫圖書館和這座島嶼之間的連結。

愛麗絲站起來，雙腿顫抖，準備獻出自己殘餘的力氣投入戰鬥。艾薩克安然無恙，給她某種平靜的感受，**我會竭盡所能**。

有其他人從入口現身，繞過龍走來。是另一個艾諾基女孩，沒比愛麗絲大多少，頭髮裡長著紫色蕈菇。她拿著一把長矛，頂多只是個末端削尖的筆直細枝。她雙眼圓睜，充滿恐懼，可是勉強往前跨出幾步，朝著終結的方向放低長矛。

大貓盯著敵對陣營如此展現傲然不屈的姿態，然後回頭望去。她先是咯咯輕笑，接著開始放聲大笑，用掌蹭著自己的耳朵。

「真的假的？」她在換氣的空檔說，「**真的假的？**我還以為妳會端出更高招，愛麗絲。」

「是古莉賽普絲，對吧？」愛麗絲說，音量大到足以壓過迷陣怪的嘲弄。

「是……是。」蕈菇女孩的聲音幾乎細而不聞。

「謝謝妳過來。」愛麗絲站起來。

又有兩個艾諾基現身，一男一女，跨過閃閃爍爍的入口，他們也持著長矛，各佔古莉賽普絲的一側。女人把手搭在女孩的肩上，要她放心，女孩稍微穩定了些。另有六個艾諾基緊跟在後頭，拿著長矛排成橫排，矛尖對準終結。接著來到的是克里普塔斯，就是帶領艾諾基們的老人，身邊帶著至少有二十四位艾諾基，他對愛麗絲爽朗地揮揮手，長在他背上的蕈菇跟著晃了晃。

骨巫婆瑪各姐就在他背後。她的長袍用枯骨縫製而成，注滿生命力，有幾十條枯骨手臂圍著她升起。

「老天，能再見到妳真好！」她向愛麗絲呼喚。

「也很高興再見到妳。」愛麗絲說，感覺力量漸漸回到了勞累過度的手腳。

更多圖書館的魔法生物穿過入口走來。有各式各樣的妖精，多彩的頭髮閃閃發亮，各持長劍、長矛或弓箭，發條蜘蛛魯歐拿著看起來像是巨型圓鋸的東西。年輕的鳥身女妖伊芙瑞絲特在其他人上方振翅飛著，鳥爪向外伸。

在挨挨擠擠的人群裡，愛麗絲差點漏看了小珍。小珍從人群當中擠出來，拔腿奔向愛麗絲，愛麗絲看到，灰燼正騎在她的肩膀上。

「那是艾薩克嗎？」小珍說。

「他沒事，」愛麗絲說，「妳還好嗎？」

「好多了，」小珍說，「瑪各姐說，我總算恢復正常了，多少算啦，可是麥克——」

「我們會把他帶回來，」愛麗絲說，「就是現在。」

有更多生物穿過入口而來。是愛麗絲不認得的人——戴著面具、身穿黑燕尾服、身姿靈活優雅的人物；揮動長長觸鬚、身材粗短的三腿怪物；一名鏗鏘作響的高大騎士，

穿著生鏽盔甲，手持跟他一樣高的長劍。一群火妖精發出橙色和紅色的火光，愛麗絲認出帶頭的是艾提尼亞，殿後的是排成陣式的冰巨人——穿著藍鋼製盔甲的女巨人舉著巨型的雙頭斧，領頭的是艾卓德和她母親荷爾加。

「來了好多人，」愛麗絲說，「灰燼，你是怎麼辦到的？」

「我想說全是靠我的才華，可是貓咪天性謙遜，」灰燼說，「他們幾乎不怎麼需要勸說，我一說妳需要幫忙，他們就開始口耳相傳，消息傳遍整座圖書館，傳進書本裡。」

「他們對妳有信心，愛麗絲，」小珍說，「我們全都是。」

愛麗絲眨眼忍淚。「我不……我沒辦法……」

「我想妳應該負責指揮，」灰燼匆匆說，「趕在母親採取激烈的手段以前。」

終結不再發出笑聲。

愛麗絲穿過密密匝匝的群眾，小珍伴隨在側，只是一聲呼喊，就同時有那麼多講話的聲音，她無法聽懂。她點點頭，視線因為淚水而模糊，生物們分站兩側讓她通過。

艾提尼亞領著一小群火妖精，正在荷爾加、艾卓德和其他冰巨人附近等候。他將自己的長矛遞給別人，衝過去擁抱愛麗絲。身穿閃亮的盔甲、樣貌令人生畏的艾卓德，則是猶豫不決地揮揮手。

「當我發現爍兒沒回來，就想去找他，」艾提尼亞說，在火妖精的村莊裡，他是爍兒交情最深的朋友之一，「派洛斯不肯讓我出來，所以我請艾卓德幫忙說服他，有消息傳來，說妳需要我們——」

「最後他們爭吵起來，」艾卓德的母親荷爾加以雄渾的聲音說，她雙手各執一把雙刃斧，「我就跟那個囉唆的老頭子說，妳早已贏得我們的信任。」

「謝謝妳，」愛麗絲動作輕柔地離開艾提尼亞的懷抱，「爍兒還活著，我們會把他帶回來的，我保證。」

「我們當然會。」艾提尼亞說。他發亮的髮絲亮著橙紅色火光。

前排的魔法生物都放低了他們的長矛，銳利的矛尖形成一堵牆，終結瞇起眼睛瞅著。愛麗絲原本害怕終結會立刻發動攻擊，但她寡不敵眾，這點她心知肚明，如果愛麗絲和龍可以壓制終結扭轉空間的法力，連終結也無法對抗一整個軍隊。

愛麗絲走進矛尖之間，立定，再次面對迷陣怪。

「最強大的人不見得都能為所欲為，」她對終結說，「當弱小的人可以攜手合作時，就不能。」

「真感人，」終結說，「妳知道如果我們戰鬥到最後，這些人有大半會丟掉小命。」

「妳以為我不知道嗎？」愛麗絲小聲地說。一時片刻，她再次看見收割者懸浮的幽影，然後搖了搖頭。「妳以為**他們**不知道嗎？」

終結的眼睛瞇得更細了，接著她嘆口氣，蹲坐下來。

「我低估妳了，」大貓說，「我很難拉下臉承認這個錯誤，我早該想到的。」

「別逼我們跟妳開戰，」愛麗絲說，感覺自己喉頭發緊，「妳不可能打敗我們所有人。」

「妳說得對，」終結誇張地打了哈欠，猛甩尾巴，「算妳贏，聽起來如何？那座圖書館可以給妳，我跟我的手足同意好一段時間都不去打攪妳。如果妳想要，我們可以讓妳參與我們的議會；這是妳身為迷陣怪的基本權利，我們甚至可以找一片領土，給我那邊那個傻瓜兄弟。」

「不。」愛麗絲說。

「如果我是妳，就不會得寸進尺，」終結說，「也許我暫時屈居下風，可是妳還是必須對付其他人——」

「我的意思是不談條件，」愛麗絲說，「我打算破除大協議，站到一邊去。」

一陣長長的停頓。

「妳是認真的。」終結說。

「當然了，」愛麗絲說，「妳以為我做這件事是為了……為了得到**領土**？為了搶奪權力？」

「我以為妳因為我把妳監禁在虛空裡不高興，」終結說，「這種反應很合理，但是放初始自由就**不是**了，妳到底**知不知道**這會有什麼後果？」

「她會回故鄉去，」愛麗絲說，「帶著迷陣怪們一起走。」

「想要贏得競賽是一回事，」終結說，「可是摧毀一切又是另一回事！」她現在語速飛快。「我知道我傷害過妳，愛麗絲，可是——」

「這**不是**競賽，」愛麗絲說，「妳難道還不懂？真實世界、圖書館、書本裡都有活生生的人，你們正在傷害他們所有人。」她深吸一口氣。「傑瑞恩殺了我父親，我因為這點而痛恨他。可是他傷害的不只是我父親，而是**每個人**，每個他碰觸過的人，所有的老讀者都一樣，迷陣怪也是。」

又一陣長長的靜默。當終結再次開口，所有的幽默已經從她的語氣裡消失，換成低沉危險的咆哮。

「妳本身就是個錯誤，」終結說，「我早該知道的，我原本希望有一個擁有讀者法力的迷陣怪，我是得到了一個沒錯，但是卻交給**人類**扶養長大，」她的嘴唇往後捲。「我們傷害到人？**那又怎樣**？人們老是互相傷害，天天如此，我們只是更拿手而已。」

「讓開，終結。」

「所以妳打算毀了我們大家？」終結挺直身子，毛髮豎起，「不，如果必要的話，我會把你們每個人都送到虛空去。」她扯開嗓門狂吼，「看看妳這次還逃不逃得走！」

愛麗絲眨眨眼，腦袋一時暈眩。迷宮織布，也就是空間本身的結構顫抖起來，然後開始**扯裂**。愛麗絲急亂地東張西望，看到世界上出現了裂隙，可以短暫窺見後方的黑暗。魔法生物也看到了，發出一陣陣驚慌的叫喊，有幾個艾諾基湧上前來，以長矛戳刺，終結齜牙咧嘴，靈活地扭身躲開。

愛麗絲集中精神，使出全力抵抗終結的力量，試著平息這場風暴，但是不夠，織布繼續撕裂。愛麗絲覺得自己好像到了桌面邊緣，死命扒抓想攀住東西，但桌子卻越來越斜，即將把她和其他每個人都倒入虛無裡。

「夠了，」那個聲音是低沉雄渾的轟隆響，「鬧脾氣並不適合妳，姊妹。」

龍一路穿過入口，然後任由入口消隱在牠背後，終結在暴怒之下放開了制住那頭巨型生物的扭曲空間。愛麗絲感覺龍的力量在她身邊流動，將世界穩定下來，抵住終結的蠻橫力量，魔法生物讓路給龍過去。

「兄弟！」終結低嘶，拱起背部，「你怎麼可以站在她那邊？」

「因為她是對的。」龍說。

龍的腦袋猛地往前竄，嘴顎張得老大。終結試著要閃避，但龍的速度快如蛇，一把咬住，將她提離地面。她發出號叫，就是貓咪惹上大麻煩的哀鳴，狂亂地扒抓龍臉側面，可是她的利爪只在龍鱗上擦出火花。

「現在停止掙扎，」龍說，雖然滿嘴塞滿憤怒的貓，說話聲音卻不受影響，「如果妳想活著目睹事情經過。」

終結的攻擊戛然停止，愛麗絲深深吐息，放開織布。

「妳還好嗎？」小珍說，「剛剛發生什麼事了？」

「我沒事，」愛麗絲往上瞥瞥終結，「我們都不會有事的，我只是必須執行我來這裡的任務。」

小珍的手用力搭上她的肩，咧嘴一笑。愛麗絲疲憊地轉向束縛大石，就在終結之前站立地點的後方。

「別做傻事！」終結大喊，龍高高啣著她，「愛麗絲！」

愛麗絲往前跨步。

「初始會把**每一個**迷陣怪都帶回家，」終結說，因為氣急敗壞而破了音，「包括灰燼，也包括妳！」

第三十二章　愛麗絲的犧牲

愛麗絲的腳步毫不遲疑，但是當她接近束縛之石時，另一個身影擋在她面前，是個身穿破舊長外套的男孩，一手抵住身側的新傷，蒼白的臉龐沾滿了污垢和道道血跡。

「艾薩克，」愛麗絲說，「你——」

「是真的嗎？」艾薩克說。

「你應該叫瑪各姐幫——」

「是真的嗎？妳要離開了？」

一陣久久的停頓，最後愛麗絲終於點點頭。艾薩克退後一步，癱靠在束縛之石上。

「這件事妳知道多久了？」他說。

「從我想通自己是誰以來，」愛麗絲說，「我原本要告訴你，可是……」

「可是什麼？」

愛麗絲用力嚥嚥口水，挺直肩膀。「我很怕。」

「怕我？」

「怕說如果你知道我放初始自由，會有什麼結果，你就不會願意——」

「不會願意幫妳害死自己？」

「我沒有要害死自己！」愛麗絲說，「初始要帶迷陣怪們回家，那只是另一個世界。」

「才怪，」艾薩克說，「妳根本不曉得到時會是什麼樣子！連妳有沒有辦法在那裡生活都不曉得，而且妳回不來，對吧？」

愛麗絲發現自己說不了謊，現在不行，她搖搖頭。「我想是不行，初始當初會來到這裡全憑運氣，我想她不打算讓我們任何人再回來。」

「那就不要裝出一副知道自己在幹嘛的樣子！」艾薩克說，「拜託，愛麗絲，一定還有別的方法。」

「你以為我沒想過嗎？」愛麗絲發現自己再次熱淚盈眶，拚命眨眼，「你以為我**想要**這樣嗎？我根本沒有選擇，要不是放初始自由，不然就是讓迷陣怪們佔領全世界。」

「妳是讀者，」艾薩克說，「妳永遠都有選擇，妳可以拋下這個世界，去找另一個世界，遠離迷陣怪們，遠離一切。」他聲音一沉。「我會陪著妳一起。」

「我沒辦法。」愛麗絲跨步往前，她伸出手，輕柔地摸摸艾薩克的臉頰，淚水在他臉上的污泥中劃出一道乾淨的痕跡，「你知道我沒辦法。」

艾薩克嚥嚥口水。「伊凡德……離開之後，我孤單一人，我聽主人的命令做事，我告訴自己這樣就夠了，然後妳出現了……」他閉上雙眼。「現在連妳也要丟下我了。」

「其他人都會在。黛克西、麥克、小珍、索拉娜，他們需要你。」愛麗絲喉嚨堵著，幾乎說不出話。「會有很多事情要忙，會有人需要幫忙。」

她的手順著他的手臂滑下，兩人十指交扣。艾薩克掐得如此之緊，她覺得自己的手骨都要斷了。

「如果妳找到回來的方法，」他低語，「如果有**任何**方法，我會等妳的。」

愛麗絲點點頭，然後把手搭在束縛之石上。

這跟將龍從牢獄釋放出來不一樣，這個魔咒簡單多了，而且這個獄囚也比可以束縛在書裡的任何東西都大上許多，即使大束縛的法力無邊，初始迷陣怪也在睡夢中使力，推擠著那些束縛。她說過，她的夢境會滲漏出去，碰觸到世界。

釋放龍就像從一叢荊棘中央，小心翼翼割下一片草葉，而這就更像是剪掉綁著氣球的線，然後看著它飄騰入空。

愛麗絲破解了束縛大協議。

法力在她身上竄流，她一時陷入飄飄然的狂喜，當初為了維繫束縛大協議的運轉，她身上被榨取的那些能量，現在重獲自由了。

「現在怎麼樣？」艾薩克說，用外套袖子抹抹鼻子。

「我不知道，」愛麗絲跨步離開束縛之石，拉著艾薩克一起，「不過我想我們最好往後退。」

他們又多退幾步。成群的生物也跟著移動，拖著腳步往外走，龍站著觀看，嘴裡依然咬著終結。

地面晃動。起初是輕輕的顫動，足以讓站著的大家搖搖晃晃。接著是持續的猛烈震顫，彷彿有十二把電鑽同時啟動。接著，傳來喀啦巨響，束縛之石從中裂成兩半，裂痕轟隆隆地持續往外擴散，從石頭延續到地面，出現一道之字形裂隙，揚起的沙塵瀰漫在空中。

「再後退**一點**。」愛麗絲說。

那條裂隙持續往前蔓延，並且變得越來越寬，地面就像一張大嘴打了個大哈欠一樣，往旁邊拉開。露出來的裂口內側非常陡峭，裂口邊緣正在崩解，岩石被搖鬆了，啪答答滾落下方的深淵。地面搖晃得如此劇烈，愛麗絲很難保持平衡，一蓬蓬的灰塵和煙霧衝入空中。

「愛麗絲！」艾薩克大喊，「妳**確定**這樣做好嗎？」

有東西從裂隙的開口升起，是個眼睛，直徑有如愛麗絲的身高，中間有個貓似的瞳孔和一道銀色虹膜。這個眼球由一根有彈性的長型泛綠肉桿支撐，緩緩轉動著，將聚集起來的生物們望進眼底。終結一看到那個生物，又發出一聲哀嚎。

愛麗絲掐掐艾薩克的手。

「確定。」她說。

初始迷陣怪從坑洞裡升起，以十二條粗壯結實的長長觸手，將自己拉上崎嶇的岩壁。她很巨大，幾乎跟龍一般大，似乎由各種彼此矛盾的特徵組合而成，彷彿有人在海鮮廚房裡觸發一枚炸彈，然後在不知部位來源的狀況下，在事後將他們找到的一切縫合起來。每條觸角的長度和顏色各不相同，有些帶有黏液而黏答答，有的則像象鼻一樣乾燥發皺。觸角末端帶有尖爪、角或細小完美的手。她移動的時候，有更多的附肢跟著展開，巨大如蟹的螯，以及可能屬於水母的細長觸手。所有的附肢上方則是單一的眼睛，沒有眼皮，目光銳利。那顆眼球聚焦在愛麗絲身上，瞳孔移動著，逐漸收窄。

愛麗絲這輩子從未見過模樣更醜惡的生物，但在對方散發銀光的視線底下，她卻不覺得恐懼。她鬆開手指、放掉艾薩克的手，往前跨步。觸角往前朝她伸來，懸浮在她四周以及她的頭上，卻沒有近到碰觸的地步。其中一條乾燥如象鼻的觸角就在她面前，長長的末端原本可能是尾刺，愛麗絲緩緩伸出手，順著觸角輕撫，硬硬的細毛搔得她掌心發癢。

「哈囉，」她說，「我想妳就是我母親。」

「**是的**。」初始說，她的聲音在愛麗絲的心裡迴盪，而且從大家驚愕的表情看來，那個聲音也在現場每個人的心中響起。那個聲音慎重且教人安心，帶有一點幽默以及微微的笑意，是初始的身軀所無法傳達的。「**不過我必須說，妳的長相遺傳自妳父親那邊的家族。**」

愛麗絲顫抖著微笑，吐出她不知自己原本憋住的氣。

「**你們全是我的孩子**，」初始說，望著掛在龍嘴裡的終結，「**而且我想你們都犯了規。**」

「不可以，」終結說。聽到終結原本驕傲的語調變成了抽噎，即使她倆之間曾經有那麼多過節，愛麗絲還是有點難受。「拜託。」

「你們會害怕，」初始說，「我能理解，你們在這個世界出生，從來不知道真正的家鄉。可是時候到了，你們總算可以認識老家了，我們在這裡停留太久，我的女兒，我們早該離開的。」

終結發出尖鳴，是一聲長長久久、震耳欲聾的號叫。愛麗絲在腦海後方也聽見了幾十個類似的哭喊，在迷宮的織布裡迴盪不已，全世界的迷陣怪們都明白發生了什麼事，他們用尖叫表達恐懼和絕望。一時片刻，她看到終結**扭曲**起來，彷彿轉著進入了遠在三度空間之外的另一種次元裡，接著她和其他人就突然消失不見，他們的吶喊聲依然在愛麗絲的耳畔繚繞不止。

「**迷宮最終會漸漸消失**，」初始說，「**這個世界會自我復原**。」

愛麗絲點點頭，初始移動視線，愛麗絲隨著她的目光望去，仰頭看著龍。

「母親，」龍說，「很抱歉。」

「**他們囚禁我的時候，你並未起而響應**。」

「沒有，」龍說，「但我袖手旁觀。」

「**那麼我原諒你**。」一條發亮的長長觸角伸出來，輕撫龍的臉頰，就在牠三顆烏黑的眼珠底下。「**回到你所屬的地方吧**。」

「謝謝您，」龍一鞠躬，「也謝謝**妳**，愛麗絲，我的謝意難以言傳，很快再見。」

愛麗絲揮揮手，嚥下喉頭哽住的感覺。龍的巨大形體扭曲起來，就像終結那樣，朝著目光無法追隨的方向移動，接著他也不見了。

「**現在又如何呢，女兒？**」初始將獨眼轉回了愛麗絲。

「我的朋友們，」她說，「他們還在虛空裡。」她猶豫一下。「還有讀者們，我們不能就把他們丟在那裡。」

「**確實。**」

愛麗絲感覺初始的法力嗡嗡竄過迷宮，比她之前所感應過的都還強大。空間扭曲，像一朵摺紙花卉一樣綻放，一抹黑暗幽影閃過岩石，當黑影過去的時候，黛克西、麥克、索拉娜和爍兒都躺在岩石上，賽恩在麥克的腳邊緊緊蜷成一顆球。

「**他們睡著了，**」初始說，「**這樣對他們來說比較輕鬆。**」

「噢。」愛麗絲低頭看著黛克西，後者嘴帶笑意，彷彿正在作好夢，「我……」雖然我想說親口道別，可是這樣會比較好，要不然我該怎麼解釋事情的始末，又該怎麼解釋自己非得離開？

艾薩克走到愛麗絲身邊，身子微微顫抖，但還是仰頭望向初始龐然的身軀，然後咳了咳。

「**是的？**」初始說。愛麗絲感覺對方又露出一抹興味盎然的笑容。

「她一定得走嗎？」艾薩克說，「沒有別的辦法嗎？」

「**那是她的原鄉，**」初始溫柔地說，「**當我離開這個世界，沒有任何迷陣怪能夠留下來。**」

「到了另一邊，」艾薩克說，「她會好好的嗎？在你們的世界，或不管是什麼地方，

愛麗絲會好好的吧？」

「**她會的，**」初始說，「**她是我女兒，我會陪著她。**」

「妳可以向我保證嗎？」

「**我保證。**」

愛麗絲將一手搭在艾薩克的肩上。他眼泛淚光看著她，然後走了開來。

「我想妳沒辦法事先告訴我，到時會是什麼樣子。」愛麗絲說，心跳飛快。

「**很難解釋，**」初始說，「**妳直接看會比較容易。**」

「好吧。」她最後一次環顧四周，看看她睡夢中的朋友們，望向小珍和灰燼、整群的生物、艾卓德、艾提尼亞和其他人，看看艾薩克。「那麼——」

「**不過我不得不說，**」初始打岔，「**我很累了。**」

愛麗絲眨眨眼。「什麼？」

「**歸鄉的路途畢竟十分遙遠。**」她打了哈欠，聲音在愛麗絲的腦海裡迴盪。「**也許先打個盹再說。對，我想現在是打個盹的好時機。**」

「打……打個盹？」愛麗絲搖搖頭。

「**只是一個小盹，**」那個巨型眼睛動也不動，但愛麗絲的心頭浮現它眨了眼的影像，「**也許一百年就好。**」

「一百年？」愛麗絲說。

「**我知道我這樣太偷懶，不過，從另一方面來說，又有什麼好急的呢？**」

「妳的意思是——」艾薩克開口。

「等我準備好的時候，她就得跟我回家。」初始的視線在他們兩人之間來回。**「我想在那之前，妳可以自己找事做吧？」**

「大概吧？」愛麗絲說，啞著嗓子小聲說。

「很好。」初始的語調柔和起來。愛麗絲突然確定，這個迷陣怪現在只對著她說話。**「好好過妳的人生吧，我的女兒，享受妳的世界，之後我會帶妳到世界之外看一看。」**

第三十三章 其後

有好一會兒，只見一片混亂，摻雜著歡呼、吶喊、握手、擁抱，上百名來自近百個物種的生物，如釋重負又興奮難抑地聒噪不停，愛麗絲被艾卓德狠狠一摟，艾提尼亞給她暖熱的一抱，其他妖精也輪番上前擁抱，她被刮摩、沾濕、抹上泥巴。

不知怎地，在這些道賀聲中，愛麗絲還是沉得住氣，開了條返回傑瑞恩莊園的道路，她感覺得到那裡的迷宮正逐漸崩解，尤其是新近擴增的邊緣，可是核心還要很久才會腐蝕，織布依然堅實到足以讓她仿效龍那樣創造一個入口，然後領著大家穿過去。

初始爬回了之前現身的裂口，巨大的眼睛凝視著愛麗絲，直到潛進地下失去蹤跡，不管母親是否真的要打盹，愛麗絲依然可以感覺到母親無邊法力的嗡鳴，她懷疑大迷宮現在已經完全封閉，再也沒人能夠進去。**我想這是好事，我們可不希望有任何船隻誤闖。**

回到莊園以後，四處閒逛、吱喳閒聊的群眾聚集在傑瑞恩圖書館外面的草坪上，大家似乎都無意離開，愛麗絲在大宅的儲藏室裡找到艾瑪，於是請她從廚房端餐點和飲料出來。不久，那些隱形的僕人便超時加班，以便滿足各式各樣生物的飲食需求，愛麗絲連喝了幾罐清澈的涼水，吞下了一個半的三明治，然後肚子就開始抗議了。**只要不是蘋**

果，什麼都好；只要我還活著，再看到一顆蘋果都嫌太早。

艾薩克坐在其他學徒的身邊，他從那裡揮揮手。黛克西正要坐起身，而其他幾個動起身子。大夥合力將這幾個睡夢中的學徒扛過入口，放在草地上之後，大多生物都遠遠避開他們，儘管初始要愛麗絲放心，愛麗絲還是請瑪各姐替朋友們檢查了一番。骨巫婆宣佈大家都沒事，也用乾淨的繃帶徹底包紮了艾薩克的身側。

愛麗絲又抓起兩罐水，趕了過去。黛克西喝了水，咳起來，然後又喝更多。索拉娜在睡夢中發出呻吟，翻了身。小珍陪在麥克身旁。再過了幾分鐘，每個人才完全清醒過來，在窟窿和焦痕之間未受損的草地上，大致圍坐成一圈。

想當然耳，大家七嘴八舌爭相提問。愛麗絲盡力回答，當她解釋得支支吾吾時，就由艾薩克補充一些漏掉的細節。

「所以我們全都被迷陣怪抓到，」黛克西作了總結，「可是沒關係，因為妳在我們醒來以前就打敗他們了？」她拉長了臉。「愛麗絲姊妹，在這個故事裡，我們這幾個人的角色不怎麼英勇。」

「抱歉，」愛麗絲咧嘴笑，「如果我有你們幫忙，我確定處理起來會輕鬆許多。」

「她有我啊，」灰燼說，回到了愛麗絲肩上的老位置，「顯然就綽綽有餘了。」

「我就知道妳會成功。」索拉娜笑容燦爛地說。

「我真不敢相信，艾提尼亞竟然可以說服老派洛斯放他過來幫忙，」爍兒說，「回家以後肯定會被狠狠削一頓。」

「你為什麼不找他談談？」愛麗絲說。她注意到爍兒醒來之後，艾提尼亞頻頻害羞地偷瞥他，「而且艾卓德也來了，看到你她會很開心。」

這個火妖精環顧這圈人，然後回頭看看愛麗絲。他點點頭，站起身，有點搖搖晃晃。

「為什麼要把他支開？」小珍說，望著他的背影，「有需要保密的事情嗎？」

「有件事我們需要談談，」愛麗絲說，目光掃過留在圈子裡的五個人，「就我們讀者。」

她可以看出這個話題一個接一個撼動了他們，這個圈子裡的六個人，就是世界上僅存的讀者。

「我希望沒人會提議要我迴避。」灰燼說，愛麗絲搔搔他的耳後要他放心。

「所以我們需要談什麼？」小珍說。

「要談接下來怎麼辦。」麥克說，手指把弄著眼鏡。

「很清楚啊，」索拉娜說，「負責指揮的是愛麗絲，不是嗎？」

「指揮什麼？」艾薩克說。

索拉娜模糊地揮揮雙臂。「一切吧，我想。」

黛克西腦袋一偏，表情若有所思。「如何，愛麗絲姊妹？妳現在願意統治世界了嗎？」

我是可以沒錯，愛麗絲暗想，**我真的可以**。她不只是最後一批讀者之一，也是最後一個迷陣怪，如果不把沉睡的初始算進去。只剩她一人知道書寫魔法書的秘密，她可以成為獨一無二的勢力，是那些爭鬧不休的老讀者不曾有過的方式。**我可以……**

「當然不願意，」愛麗絲說，「我什麼都不想統治。」**初始給我一百年的時間，我才不要隨便浪費。**「可是有事情必須完成，我需要你們的幫忙。」

「上一次所有的讀者像這樣碰面的時候，他們瓜分了全世界，然後彼此爭奪領土，」艾薩克說，「我們不會做那種事吧？」

「不，我們不會，那就是重點之一。」愛麗絲深深吸口氣，「首先，沒人有辦法跟老讀者一樣強大，老讀者之所以能夠像那樣蒐集跟維護書本，就是因為有迷陣怪。沒了迷陣怪，迷宮會分崩離析，書本會不受管控。」

「沒錯，」灰燼說，「同一個地方有太多書本、有太多魔法滲漏出來，一切就會失控。」

愛麗絲點點頭。「那就是讀者的職責，有人必須趕在圖書館失控以前好好處理，而且只有我們有這個能力。」

「要怎麼處理才好？」艾薩克說，「把書本分開嗎？」

「不是，」黛克西說，眼睛越張越大，「愛麗絲姊妹是希望我們把書本裡的束縛全都**解除**，對吧？」

「沒錯，」愛麗絲說，「我希望我們放每個囚犯自由，解鎖每個入口。」她回頭望向爍兒。他曾經告訴她，束縛了入口，傷害到之外的眾多世界，害得他族人仰賴的火黯淡下來。「老讀者和迷陣怪扭曲了這個世界，我們的目的是要把事情矯正回來。」

「那要花很長時間，」麥克說，「書很多，好幾萬本。」

「我知道，」愛麗絲說，「還有別的事情，老讀者們在世界各地留下防護網和魔咒，我們必須趕在那些東西傷到某人以前，解除它們。至於已經傷害到的人——」愛麗絲指著路過的艾瑪——「我們會看看能為他們做些什麼。」

「既然說到這點，」艾薩克說，「也許剩下的**不**只有我們，老讀者有更多學徒，迷陣怪可能已經除掉其中一些——」艾薩克臉一扭，「可是有些人可能躲起來，或是被困住了。」

「那老讀者他們怎麼辦？」小珍說，「他們還是被困住，不是嗎？」

「我想放他們自由，」愛麗絲說，「可是我們必須先確定那樣是安全的，一等書本的束縛解除了，沒有迷陣怪，老讀者就失去力量，到時我們就能釋放他們。」

「如果我們解除了所有書本的束縛，」麥克說，「**我們**一樣也會失去力量。」

「不見得，」愛麗絲說，「囚禁書違反生物的意願，捕捉生物，並偷走牠的法力，可是如果可以跟有意願的生物約定好，可能還是能在不監禁對方的狀況下，運用牠的力量。」她搖搖頭。「到時要花很多時間跟力氣去協商，不過——」

「我們會想出辦法來的！」艾薩克和灰燼跟愛麗絲同聲附和。

「還有另一個問題，」黛克西說，「如果我們解除了入口和囚禁書的束縛，那麼所有的門就會再度開啟，就像讀者以前的時代。魔法生物會穿過那些門，而普通人類就會發現。」

「我知道，」愛麗絲說，「那就是我們必須處理的事情，受到迷宮的影響之後，世界已經無法恢復原本的狀態。現在普通人類和魔法生物必須學會共同生活，我想我們也許可以幫得上忙。如果有必要的話，我們可以負責維護雙方的安全。」她吐出一口長長的氣，環顧他們的臉孔。「把這些事情全都湊在一起的時候，聽起來比登天還難。」

「不管是不是比登天還難，愛麗絲姊妹，都是值得追求的目標，不是去統治所有的世界，而是保護那些世界裡的民眾，」黛克西說，「只要妳需要我幫忙，我一定配合。」

「只要我能做到的，我都會做。」索拉娜說。

「我會幫忙的，」小珍突然開口，她低頭望著麥克，對著他帶著疑問的表情皺眉。「怎麼？這樣做才對啊。」

「是，」麥克肅穆地說，然後露齒一笑，「我也會幫忙的。」

「整個計畫感覺會干擾到我的打盹行程，」灰燼說著便打了哈欠，「可是為了保護你們這些小毛頭，免得你們闖禍，我勉強可以配合你們的行動。」

愛麗絲看看艾薩克，艾薩克盯著地面，雙手插在破爛外套的口袋裡。

「來吧，」黛克西邊說邊站起來，「我們應該去看看爍兒跟其他人的狀況。」

索拉娜跟過去，接著換麥克起身。

「什麼？」小珍說，「為什麼——**哎唷！**」麥克用手肘戳了戳她的身側，「好啦，好啦，我來了。」

「如果您也過來的話，會很有幫助的，灰燼大人。」黛克西說。

「噢，好吧，」灰燼從愛麗絲的肩上一躍而下，「反正我喜歡他們剛剛端出來的烤雞。」

然後，在草坪的安靜角落裡，只剩艾薩克和愛麗絲。在他們背後，派對持續進行，嘈雜又亢奮。他們的眼前就是森林，在逐漸聚攏的暮光中一片黝暗。

「如何？」愛麗絲說，「你願意幫我修復世界嗎？」

「對妳來說，世界太大了，」艾薩克說，「對我們所有人來說，可能也太大。」

「反正我會試試看。」愛麗絲說。

「我知道，」他嘆口氣，「我當然會幫忙。」

一陣又長又尷尬的靜默。

「欸——」愛麗絲說。

「重點是——」艾薩克同時說。

他們頓住，又一陣更尷尬的沉默。

「妳先說。」艾薩克說。

「我是迷陣怪，」愛麗絲說，「我其實不算人類，你看過初始了，她是我**母親**。」

「我知道，」艾薩克搖搖頭，「就像妳說過的，如果我學到了一件事，那麼就是不要用外表評斷別人。」

「你不介意嗎？」愛麗絲的胸口緊揪，「你不擔心我最後會變得跟終結一樣嗎？」

「我知道妳不會，」艾薩克走得更近，「妳永遠不會像她那樣的。」

「我希望我可以像你這麼有把握。」

艾薩克牽起她的手掐了掐。「如果妳走偏了，我一定會跟妳好好講道理的，我保證。」

愛麗絲感覺自己紅了臉。她咧嘴一笑。「好，好了，你本來要說什麼？」

「我不記得了，」艾薩克說，「可能沒什麼吧。」

「少來。」

「我只是……」他嘆氣，「當我以為妳要跟初始一起離開，我才意識到……我不知道啦。」他蹙起眉頭，現在也跟著臉紅。「我為什麼沒辦法好好把話說出口？」

愛麗絲心跳飛快，使勁嚥嚥口水。艾薩克突然對自己的鞋子產生莫大興趣。

「艾薩克。」

「欸，算了，」他說，「這件事晚點再談好了。」

「記得你來偷龍書的那次嗎？」愛麗絲說。

「我們接吻了，」艾薩克喃喃，「那是魔咒的一部分。」

「我知道，」愛麗絲閉上雙眼，呼出一口氣，然後再次睜開，「既然已經不是任何魔咒的一部分了，你會很介意再來一次嗎？」

「那……就沒關係了吧。」艾薩克滿臉火紅，但勉強對上她的視線，「大概吧。」

愛麗絲往前傾身。

灰燼在附近的樹枝上偷聽，聽著他倆繞著真正想說的話兜圈子。

人類啊，他暗想，然後打了哈欠，**為什麼老愛把事情弄得這麼複雜？**灰燼精心地舔舔一隻前掌，然後用來揩揩耳朵，**貓老早把什麼事情都想通了。**

謝詞

寫這份謝詞，讓我覺得自己處境怪異，因為我平生頭一次寫完了一整個系列的小說，到達了感覺在一百萬年前就構想出來的大結局。這趟旅程美妙至極，我衷心感謝陪同我一起完成的每一個人。我希望你從閱讀愛麗絲的冒險記所得到的樂趣，跟我創作這幾本小說的樂趣不相上下。

這一集的初期讀者有 Robyn Murphy 和 Carl Meister，他們除了提供珍貴無比的評語之外，也幫忙我維持理智清明。非常感謝他們以及創造這個系列的過程中協助讀初稿的每一位。

我的經紀人 Seth Fishman 讓這個系列成真，當我把第一份初稿拿去給他並說「我寫了個奇怪的東西，你覺得是什麼？」他不只有答案，還知道該怎麼處理，我永遠感謝他。也很感謝以下諸位，包括 The Gernert Company 的團隊：Will Roberts、Rebecca Gardner、Ellen Coughtrey、Jack Gernert 以及我的英國經紀人 Caspian Dennis。

我的編輯 Kathy Dawson 從一開始就對這個系列抱持信心，在我完全不知道自己在做什麼的時候，幫忙我打造成形。我永遠感謝她、她的助理 Claire Evans，以及 Kathy Dawson Books 出版的每個人，他們幫忙讓這些文字化為具體的真實。

Alexander Jansson設計的封面與內文裡的插畫，打從一開始，就讓這個系列真正有了生命。我對這些美麗的作品滿懷感激。

各位，這一路以來真是樂趣橫生。後會有期！

國家圖書館出版品預行編目資料

禁忌圖書館Ⅳ讀者殞落／謙柯・韋斯樂Django Wexler著；謝靜雯 譯. -- 初版. -- 臺北市：皇冠, 2019.10　面；公分. --
(皇冠叢書;第4797種 JOY 224;)
譯自：The Fall of the Readers
ISBN 978-957-33-3480-4(平裝)

874.57　　108014979

皇冠叢書第4797種
JOY224

禁忌圖書館Ⅳ讀者殞落

The Fall of the Readers

作　　者—謙柯・韋斯樂
譯　　者—謝靜雯
發 行 人—平　雲
出版發行—皇冠文化出版有限公司
台北市敦化北路120巷50號
電話◎02-27168888
郵撥帳號◎15261516號
皇冠出版社(香港)有限公司
香港上環文咸東街50號寶恒商業中心
23樓2301-3室
電話◎2529-1778　傳真◎2527-0904
總 編 輯—龔橞甄
責任主編—許婷婷
責任編輯—平　靜
美術設計—王瓊瑤
著作完成日期—2017年
初版一刷日期—2019年10月

法律顧問—王惠光律師

讀者服務傳真專線◎02-27150507
電腦編號◎406224
ISBN◎978-957-33-3480-4
Printed in Taiwan
本書定價◎新台幣280元/港幣93元